LAURA BENE

UN PAESE DI

In copertina
foto di Brad Marshall

ISBN 978-88-6315-923-3

Realizzazione editoriale e progetto grafico

Via A. Gherardesca
56121 Ospedaletto-Pisa
www. pacinieditore.it
info@pacinieditore.it

Fotolito e Stampa
IGP Industrie Grafiche Pacini

Le letture e l'esperienza di vita non sono due universi ma uno. Ogni esperienza di vita per essere interpretata chiama certe letture e si fonde con esse. Che i libri nascano sempre da altri libri è una verità solo apparentemente in contraddizione con l'altra: che i libri nascano dalla vita pratica e dai rapporti tra gli uomini.

Italo Calvino

INDICE

L'AQUILA, 20 GENNAIO 2011 .... pag. 7
MOAB, MAGGIO 2010 .... » 9
BETHESDA, 8 OTTOBRE 2010 .... » 31
BETHESDA, 9 OTTOBRE 2010 .... » 39
MOAB, 15 OTTOBRE 2010 .... » 63
DOPO .... » 73
KENWOOD, 25 NOVEMBRE 2010 .... » 89
KENWOOD, 26 NOVEMBRE 2010 .... » 115
MOAB-WASHINGTON, 5-6 GENNAIO 2011 .... » 123
L'AQUILA, 7 GENNAIO 2011 .... » 137
L'AQUILA, 8 GENNAIO 2011 .... » 153
L'AQUILA, 13 GENNAIO 2011 .... » 171
L'AQUILA, 18 GENNAIO 2011 .... » 179
L'AQUILA, 19 GENNAIO 2011 .... » 193
L'AQUILA, 20 GENNAIO 2011 .... » 221
POSTFAZIONE .... » 237

L'AQUILA, 20 GENNAIO 2011

Sara si rigirò nel letto, cercando di capire dai rumori dell'appartamento se Concetta, la padrona di casa, dormisse ancora. Non le sarebbe dispiaciuto rinviare un po' i convenevoli mattutini con cui cercava di farsi perdonare di aver prolungato la sua permanenza a L'Aquila ben al di là del fine settimana annunciato. Ci vuole tempo per capire qualcosa, disse a se stessa quasi per scusarsi, o immaginando di scusarsi con Concetta, e si infilò le pantofole di stoffa scozzese. Scivolò in cucina senza fare rumore, col portatile sotto il braccio. Non c'era nessuno, ma le sembrò di cogliere delle voci dal ballatoio su cui si affacciavano tutte le porte finestra del piano terra del grande immobile. Dovevano essere tutti lì a commentare le ultime notizie, il cattivo tempo, le bollette che non erano arrivate per mesi per poi comparire tutte insieme, astronomiche. Sara si preparò il caffè, lo bevve davanti al computer, mentre scorreva le notizie del giorno e la posta elettronica. L'unico vero messaggio era quello di Jane Westbridge. Sara si sorprese di essere quasi contenta che sua madre le avesse scritto. Il testo veramente era una lista di recriminazioni. Perché sempre spento il cellulare? perché così poche notizie? perché la faceva preoccupare? non aveva mica ricominciato a...? Schiacciò il tasto per rispondere ma poi non seppe cosa scrivere.

In effetti avrebbe fatto bene ad accenderlo, il cellulare, non solo in caso sua madre avesse davvero qualcosa da dirle, ma soprattutto per organizzare l'incontro col professore. Finalmente era arrivato il momento. Aprì la finestra e l'aria fresca le mise quasi allegria. La neve, caduta abbondante il giorno prima, aveva rinnovato l'aspetto delle cose. Persino il misero terreno di gioco che copriva la distanza tra i palazzoni aveva l'aria invitante, e qualcuno c'era già passato, stivali da uomo e zampe di cane. Ma soprattutto, con la neve si cancellava lo stacco netto tra i palazzi e le montagne di fronte, superbe e impassibili. Sara le salutò chiamandole all'appello. Pizzo Intermesoli, Pizzo Cefalone, e il più maestoso di tutti, il Corno Grande. Glieli aveva insegnati Alessandro, i nomi, e adesso scopriva che le sarebbe mancata quella vista, e anche Alessandro. Per un attimo solo la possibilità di restare, di cambiare storia, le balenò alla mente, ma più come un esercizio per sgranchirsi il cervello che come vera tentazione. Era arrivato il momento. Sentì il bisogno di dirlo a qualcuno, tornò in camera, con gran cura tolse da sotto il letto uno zainetto, e dallo zainetto una scatola di plastica nera e lucida, con una targa color argento.

Alice Arienti
L'Aquila, 21 giugno 1930 - Bethesda, 9 ottobre 2010

– Tranquilla, Nonna Lice – disse Sara sottovoce, – ce l'abbiamo quasi fatta, torniamo a casa.

Per un attimo ebbe l'impressione che dall'urna venisse una specie di sussulto.

Impossibile. Doveva essere il suo cuore che aveva accelerato i battiti.

Ora di tornare a casa. Per tutte e due.

MOAB, MAGGIO 2010

1. Gap Year

– Perché hai cominciato?

Julia odiò il proprio tono inquisitore, ma aveva bisogno di altre informazioni oltre a quelle che le aveva passato Jane, la sua amica d'infanzia, quando l'aveva convinta a dare ospitalità per qualche mese a sua figlia.

– Perché mi piaceva...

Sara, dal canto suo, rimpiangeva amaramente di essersi andata a cacciare in quella situazione. Era come quando sua madre l'aveva mandata dallo psicologo, ma almeno lì poteva permettersi di non parlare. Invece quella donna non sembrava darle scelta. O tregua. Se la ricordava diversa, meno spigolosa, quella grande amica di sua madre, ma erano anni che non la vedeva.

– Ti piaceva bere whisky? – insistette Julia.

– All'inizio no, ma poi mi piaceva come stavo, ero più sciolta.

– Più sciolta?

Sara avrebbe evitato volentieri quel discorso. Perché quella scioltezza con l'alcol era stata immortalata nel bagno della scuola privata più cara di Montgomery County. Da un telefonino, le sue prodezze erano finite su una pagina Facebook, e poi chissà dove. Le sembrava che tutti i compagni l'avessero vista, e probabilmente anche alcuni insegnanti che però avevano fatto finta di niente o forse si erano divertiti pure loro, ma insomma era finita che l'aveva vista anche qualcuno che chissà come era riuscito a scovare il suo numero di casa.

Sara non ricordava di aver mai visto sua madre in quello stato.

– Come hai fatto a finire su internet? – l'aveva aggredita Jane non appena aveva varcato la soglia di casa.

La domanda rivelava scarsa dimestichezza con i meccanismi della rete, e infatti Sara non aveva capito subito.

– E il ragazzo chi era, e le foto chi le ha scattate? – aveva incalzato Jane come seguendo meccanismi di altri tempi e luoghi, matrimoni riparatori e accordi tra famiglie.

Sara non ricordava, e comunque non le sembrava importante.

Sua madre era talmente agitata e incoerente che Sara ci aveva messo un po' per capire che non era stata la scuola a chiamarla. Era stato invece un uomo così volgare, così volgare che Jane inorridiva al solo pensiero che avesse potuto comporre il suo numero di casa, che le aveva chiesto non se, ma quando Sara Westbridge (sì, nome e cognome!) avrebbe potuto bere un bicchiere anche con lui, magari proprio nei bagni della loro scuola esclusiva, tra i rubinetti Kohler e le ceramiche importate. Jane aveva riattaccato precipitosamente, come aveva sentito dire si doveva fare in queste circostanze, ma le frasi dell'uomo l'avevano insospettita. Aveva cercato di richiamarlo ma il numero era protetto. Non aveva dovuto aspettare molto, però, perché quello si era fatto vivo di nuovo, e allora lei era già più pronta (complice un bicchierino di Southern Comfort che ometteva nel racconto) ed era riuscita a carpirgli qualche informazione. Aveva fatto anche lei le sue ricerche, fino a trovare quelle immagini orribili. A questo punto Jane aveva interrotto il racconto e indicato con enfasi drammatica il computer portatile aperto sul tavolo della cucina, che però pudicamente mostrava solo il salvaschermo di foto del safari al Krueger. Dalla poltrona del salotto un movimento goffo aveva rivelato la presenza di Jeff, che Sara subito intuì rivestisse un ruolo importante in quelle ricerche al computer, visto che Jane da sola riusciva sì e no a controllare le previsioni del tempo. Presa tra la crescita repentina della figlia e quella incontrollata delle cellule della madre, Jane si era rivolta al principio che credeva potesse mettere ordine nel caos degli umani: la legge, anzi la Legge. E Jeff, bisogna dire, non era mancato all'appello. La sua voce baritonale ("sono l'avvocato Ross della Ross, Justin & Westbridge") minacciante sanzioni, scandali e pubblico ludibrio aveva spaventato tutti, dal preside ai compagni di scuola. Nel giro di tre ore il sito era stato oscurato e i possibili autori delle foto convocati d'urgenza. Per quanto riguardava Sara, erano tutti d'accordo che una franca discussione in famiglia dovesse precedere qualsiasi intervento disciplinare. Erano arrivati a quel punto, con Jeff che evidentemente non vedeva l'ora di ritirarsi in buon ordine e Jane che continuava a ripetere il mantra della franca discussione senza avere la più pallida idea di come intavolarla. Poi Jeff si alzò per andarsene davvero, e il faccia a faccia tra madre e figlia sembrò inevitabile.

Se Sara aveva temuto quel momento, Jane accompagnando Jeff alla porta provò un vero terrore. Avrebbe voluto capire in quale momento Sara aveva cominciato a covare tutto quel rancore verso di lei. La sua infanzia, grazie anche ad Alice, la nonna così presente e premurosa, era stata tutto sommato serena. Forse, a rifletterci col senno di poi, quando lei aveva divorziato da Xavier le si era appoggiata troppo, l'aveva fatta entrare nel mondo degli adulti troppo in fretta. L'aveva fatta partecipe di riflessioni che, come aveva capito troppo tardi, Sara non era preparata ad accogliere. D'accordo, ma lei, allora? Possibile che nessuno capisse che anche lei aveva bisogno d'aiuto? Quasi contemporaneamente, il suo matrimonio con Xavier era finito e Alice si era ammalata, rintanata in sé, resa irreperibile. A casa, le era rimasta solo Sara. Le era venuto spontaneo trattarla da donna a donna. D'accordo, quello era stato un errore ma, francamente, le sembrava un peccato veniale. Aveva sopravvalutato Sara: malgrado l'aria matura e le grandi letture, non era ancora un'adulta. Che fosse solo una ragazzina lo dimostrava la sua incapacità di assimilare quello che la madre le diceva. Per esempio, la faccenda della sua nascita. Era vero, Jane aveva esitato se portare a termine o no la sua terza gravidanza, arrivata in un momento in cui aveva finalmente la possibilità di affermarsi professionalmente dopo essersi tanto sacrificata per la famiglia. Alla fine, era stato l'intervento di Alice, la sua promessa di occuparsi di quel nuovo bambino, a farla decidere. Erano state considerazioni umane, logiche, le sue. Come non capirla? E invece per Sara quell'esitazione diventava il mito fondante della sua esistenza, spiegava la sua tendenza alla solitudine, il non sentirsi amata, la rivalità con i fratelli e specialmente con Roger, il primogenito, il maschio, lui sì desiderato, capito, coccolato. Non era vero che lei non l'aveva amata, Sara. Magari era stata un po' distratta, questo sì, c'era sempre tanto a cui pensare, troppe cose che reclamavano il suo tempo. Però, che diamine, si può amare anche senza prestare attenzione. Si può amare senza prestare attenzione?

Al Thanksgiving dell'anno prima c'era stata battaglia campale, tanto più che Alice all'ultimo momento aveva detto che il tacchino le risultava indigesto ed era passata solo dieci minuti d'orologio per salutare. Piccola piacevole tregua, quei dieci minuti. Andata via lei, Sara aveva ricominciato con le provocazioni. Roger aveva fatto ogni sforzo per dimostrarsi paziente e comprensivo, ma Sara aveva comunque finito per correre a rifugiarsi in camera. E quando Jane era riuscita a farsi aprire e aveva cercato di parlarle, Sara aveva subito usato tutte le conversazioni di quei mesi per ferirla. Terribile il momento in cui l'aveva accusata di averla sempre e soltanto considerata un aborto mancato... Se la maternità è più che un fatto biologico, aveva infierito Sara, allora la sua vera madre era sua nonna, Alice, non lei. Jane si era rivolta a uno psicologo, che si era però scontrato contro un muro di silenzio e aveva dovuto desistere. Nel frattempo Alice si era ripresa dal primo ciclo di chemioterapia. Aveva ricominciato con i muffin, le passeggiate lungo il fiume, le letture. Piano piano, la crisi sembrava rientrata. Jane aveva soffocato la gelosia. Era lei che si sentiva poco amata, altro che. Adesso era chiaro che quella quiete era solo un'illusione, un periodo di incubazione prima di una crisi più grande. Il disagio di Sara sembrava seguire le remissioni e recidive della malattia di Alice.

Comprensibile dunque che Jane fosse ancora più spaventata di Sara all'idea della franca conversazione. Accompagnò Jeff fino alla macchina, si attardò il più possibile a salutarlo e a lamentarsi del destino crudele. Quando rientrò, il tavolo era vuoto, segno che Sara si era stancata di aspettare o aveva preferito svignarsela anche lei. Jane si limitò ad avvicinarsi alla porta della sua camera per sincerarsi che non fosse scappata di casa. Un arpeggio di pianoforte la tranquillizzò. Approfittò di quella momentanea sospensione delle ostilità per mettere in atto il piano che aveva discusso con Jeff. Julia, solo Julia poteva aiutarla a venir fuori da quel pasticcio. Senza esitazioni compose il numero del Bed and Breakfast-caffè-ristorante-galleria d'arte "Eccentrika" a Moab, nello Utah.

Non appena riconobbe la voce dell'amica dall'altro capo del filo, Jane venne subito al dunque.

– Senti, Julia, devi farmi questo favore...

Sentì il rumore di una porta che si apriva e abbassò la voce il più possibile. Sara, protetta dal buio in cima alle scale, faceva fatica a indovinare chi ci fosse dall'altro capo del filo.

– No, Sara non è pronta, lo sai com'è legata alla nonna, non la sta prendendo bene.

E qui un singhiozzo, col risultato che il tono della voce si era alzato ma le parole erano più difficili da capire.

– Nessuno la sta prendendo bene – continuò, – Come si fa a prendere bene una porcata simile?... No, ormai non c'è niente da fare, ce l'hanno detto chiaramente. È solo una questione di tempo.

Sara tratteneva il respiro per non far capire che stava ascoltando. Scalza in cima alle scale, tremava di freddo malgrado fosse primavera inoltrata per via dell'aria condizionata perennemente in funzione, come piaceva a Jane.

Il gioco era sfiancante e no, nessuno la stava prendendo bene, aveva continuato Jane. Nessuno, ma soprattutto la più giovane della famiglia. Sara pensava di riuscire a nascondere che il livello delle bottiglie scendeva, ma lei mica era scema. Julia doveva aver obiettato qualcosa, perché Jane era rimasta in silenzio un attimo, prima di protestare indignata.

– Ma almeno me lo ricorderei, no?

Poi aveva aggiunto la prova risolutiva, che doveva stroncare i sospetti di Julia sul fatto che a bere fosse Jane, e non Sara. Il livello non scendeva poi tanto, ma il colore diventava più chiaro. Sara aveva l'accortezza di aggiungere acqua alle bottiglie per cercare di ingannarli! Come lo sapeva? Be', una volta che si era versata anche lei un dito di Jack Daniels alla fine della giornata, si era accorta che era stato annacquato, e tutte le bottiglie erano state truccate allo stesso modo!

Julia, dall'altro capo del filo, non aveva potuto impedirsi di sorridere, sfiorando con il guanto da giardinaggio sporco di terra il più vecchio dei suoi gatti che le era venuto vicino sulla mensola del telefono. Che la sua amica di gioventù non ricordasse di aver bevuto la sera prima era possibile, ma che annacquasse un Jack Daniels, questo no, a certi principi non sarebbe mai venuta meno. Represse la battuta.

– Hai ragione – si limitò a rispondere.

– Ti rendi conto? – aveva ripreso Jane, godendo dell'inaspettata concessione.

– Alcolizzata a diciott'anni? Si è mai sentita una cosa del genere?

Julia fece rapidamente un paio di calcoli e concluse che lei e Jane avevano condiviso la loro prima lavanda gastrica circa quarant'anni prima, quando di anni dovevano averne avuti sedici. Non sarebbe stata la prima volta che la sua buona memoria e la sua passione per i dettagli rischiavano di compromettere i rapporti con la sua amica di gioventù. Decise di non essere troppo fiscale.

– Mai – confermò.

– Senti – aveva ripreso Jane, – so di chiederti tanto. Hai le tue abitudini, la tua vita, il tuo modo di pensare. Hai avuto il coraggio di dare un taglio radicale a tante cose, non sai quanto ti ammiri... Non te lo chiederei se non fossi veramente disperata.

Qui il singhiozzo si era fatto più profondo, tanto da far sussultare la stessa Jane, che si era guardata intorno con sospetto. Trafitta dallo sguardo della madre, Sara simulò naturalezza, scese le scale, si diresse verso il frigorifero.

– Hai fame, cara? – le chiese Jane adottando istintivamente il tono sollecito delle serie televisive, la mano sulla cornetta.

Sara bofonchiò qualcosa, si versò un bicchiere di latte in fretta, risalì le scale quasi di corsa.

– Vedi, era scesa anche adesso, scommetto che voleva andare al mobile bar... – riprese Jane. – Sì, certo, lo chiudo a chiave, ma tu me lo puoi fare questo favore?

Non era il pensiero delle abitudini interrotte, dello spazio da condividere, della responsabilità. No, non era quello. Quello che spaventava Julia era il pensiero di ritrovarsi a coabitare con le nevrosi cittadine di cui si era felicemente liberata sette anni prima, quando si era trasferita a Moab. Il quadro le era fin troppo chiaro: Jane che nello scontro con la malattia della madre vedeva evocati i fantasmi della sua stessa mortalità; Jeff che sorvegliava il territorio desideroso di rendersi utile, anzi indispensabile; Alice, che era riuscita bene o male a reggere gli equilibri fino a quel momento, piegata dalla malattia e ormai fuori gioco; Sara improvvisamente privata del punto di riferimento della nonna, e in pericoloso sbando.

Julia ripassò mentalmente la conversazione con Jane e le conclusioni che ne aveva tratte. Quel primo, inconcludente colloquio con Sara stava confermando i suoi timori e le suggerì cautela. Guardò la ragazza di fronte a lei, che passava le dita sull'orlo della tazza e aveva appena assaggiato il caffè. Sembrava ancora più giovane dei suoi diciotto anni, con le fossette sulle guance, le ciglia lunghe, una sorta di bellezza trasandata, l'esatto contrario del controllo maniacale esercitato da Jane, anche quando aveva quell'età, sul proprio aspetto. Julia si sforzò di reprimere un principio di tenerezza. Più sembrano indifese più sono pericolose. Doveva mettere subito in chiaro le regole della convivenza, altrimenti erano guai.

– Jane deve aver pensato che lo Utah non è un buon posto per l'alcol, ma a Moab se ne trova facilmente, e molto. Io non sono per le regole drastiche, non provo a dirti di stare a secco. Ma se ti vedo in giro ubriaca, se cerchi di ricrearti gli stessi giri che avevi al liceo, puoi tornare subito a casa.

Cercò un modo per addolcire la durezza delle sue parole.

– Se invece ti adatti ai nostri ritmi, a una vita all'aria aperta...

Si indispettì nello scoprirsi capace di tanta banalità.

– ...in movimento, sana... Be', allora credo che ti troverai bene.

Impossibile. Parlava come la brochure dello stato dello Utah: vita ad alta quota.

Sara sentì il dovere di dire qualcosa.

– Se ti preoccupi dei disturbi che potrei procurare con le sbronze, della cattiva reputazione che potrei attirare sul tuo Bed and Breakfast, non ne hai motivo. L'alcol non mi è mai piaciuto veramente, e non è mai stato davvero un problema. Almeno, non è mai stato *il* problema.

Julia riconobbe le scuse sue e di Jane dietro quella teoria. Forse, malgrado la scarsa somiglianza fisica, l'impronta era la stessa. Disse a Sara quello che non era mai riuscita a dire all'amica.

– Tutti gli alcolisti dicono così. Allora, dammi retta. Togli l'alcol di mezzo e vedi quali sono i problemi che nasconde. Se poi, una volta tolto l'alcol, trovi che non c'è niente, tanto meglio.

Se Sara si era risentita di quel discorso non lo aveva dato a vedere. Una strana apatia le era scesa addosso da quando era arrivata a Moab. Calma forse, più che apatia. Soprattutto era contenta di non dover rimettere piede al liceo. La stranezza, che nessuno dei consulenti psicologici riusciva veramente a spiegare, era che il suo comportamento dissennato coesisteva con risultati accademici eccellenti che le erano valsi l'ammissione a Princeton, trampolino, secondo Jane, per una delle facoltà di giurisprudenza più prestigiose (qui l'immaginazione e l'ambizione di Jane correvano a briglia sciolta: Chicago? Columbia? Forse persino... Harvard?). Gli anni trascorsi con Alice le avevano affinato il corpo e la mente, e i suoi tentativi di autodistruzione non erano ancora riusciti a disfare tutto. Ma qualcosa in lei si era rotto. Mentre la recita procedeva come da copione, Sara si era accorta di non essere più nella parte. Qualcosa si era incrinato, e lei aveva cominciato a farsi del male. L'alcol era l'arma con cui si feriva, tutto qui. Se non avesse avuto bisogno di punirsi, non avrebbe bevuto. Ma all'alcol doveva anche quella fortunata via d'uscita. Il sollievo che aveva provato all'abbandono della recita era immenso, godeva di poter stare un po' in platea, a commentare lo spettacolo e decidere se, quando e come tornare a partecipare. Era stato un sollievo sapere che c'era una denominazione amministrativa per quella sua condizione.

– Io suggerirei un gap year.

– Un gap year? – aveva ripetuto Jane senza capire.

– Sì, un gap year – aveva ripreso lo psicologo del liceo guardando Sara che sembrava disinteressarsi della conversazione. – Un anno di interruzione degli studi, dopo il liceo e prima dell'università. È un fenomeno relativamente nuovo, ma sta prendendo piede. Molti giovani sono pronti per l'università a livello accademico, ma non hanno la maturità necessaria per vivere da soli, assumersi la responsabilità delle proprie azioni e così via. In Europa il liceo dura un anno di più, cosa che sembra avere una sua logica. Questa è un'età in cui un anno conta molto.

– Ma Princeton...? – chiese Jane, che vedeva allontanarsi il momento in cui Sara avrebbe potuto unirsi alla Ross, Justin & Westbridge. Avrebbero cambiato la targa: Ross, Justin, Westbridge e figlia.

– Si può chiedere di posticipare di un anno l'inizio degli studi di Sara a Princeton – spiegò lo psicologo, che doveva aver previsto l'obiezione. – Scommetto che accetteranno. Le università, specialmente quelle più prestigiose, sono piuttosto favorevoli all'idea, soprattutto perché procura studenti più maturi, riduce i rischi di abbandono degli studi, depressioni, suicidi...

Gap, cioè interruzione, stacco. Ma anche lacuna, e peggio: breccia, squarcio. Era questa la paura di Jane: che una volta interrotta la traiettoria precisa su cui era avviata, Sara precipitasse in un mondo di sogni e aspirazioni indistinti, senza più riuscire a recuperare una direzione. Ma sembrava che lei fosse la sola a nutrire quel timore.

– Lavorare non può che farle bene – aveva sentenziato Jeff paterno, rinfrancato dal pensiero di una vita più tranquilla e produttiva per tutti. Tra malattie e crisi, la famiglia di Jane si era rivelata più ingombrante del previsto. Jeff era stato contento di vedere che gli altri figli di Jane, Roger e Kate, forti della loro autorità di adulti responsabili, lo sostenevano in quella circostanza. Persino Alice, per motivi completamente diversi, approvava l'idea di un anno in cui, a suo dire, Sara avrebbe potuto recuperare il gusto della lettura che sembrava aver perso in quegli ultimi anni di liceo, così ossessionati dalla ricerca di voti perfetti e dai test di ammissione all'università. Era persino arrivata a compilarle una lista di quello che mancava alla sua formazione: Cervantes, Achmatova, Kundera... Per la prima volta, Sara aveva condiviso i timori di Jane, e cioè che la malattia avesse finito di sconvolgere il cervello della venerabile matriarca, come la chiamavano in famiglia.

Così, quella visita a Moab che era stata programmata da Jane in tutta fretta avrebbe potuto prolungarsi. Oppure, se Sara avesse voluto, avrebbe potuto viaggiare, fare uno stage, insomma andarsene un po' a spasso, e nel frattempo crescere, che diamine.

Sara non avrebbe saputo dire quando aveva cominciato a non coincidere più. Questa era l'espressione che le veniva in mente, e non era un granché logica. Non coincidere più. La strada per cui era così brillantemente avviata aveva perso di significato, e non ne scorgeva di nuove. Nuda sotto la coperta, nella stanza che Julia aveva ricavato dall'attico, si guardava il corpo che era cresciuto così vertiginosamente negli ultimi anni, strappandola a un'infanzia incantata che si era prolungata fino allo spasimo attraverso un'adolescenza ambigua. Un corpo di cui non sapeva bene cosa fare, i cui desideri non riusciva a indovinare. Un serpente che cambia pelle e si ritrova ad ammirarsi, stupito e vulnerabile, sulla pietra cotta dal sole.

Moab era un rettilineo fiancheggiato da negozi, caffè, ristoranti. Tramontate le ambizioni industriali del passato (uranio, petrolio), la cittadina aveva cercato di rinnovarsi in virtù della sua posizione strategica, porta d'ingresso per due tra i parchi nazionali più famosi del paese, Arches e Canyonlands. Vi convergevano amanti delle passeggiate e della mountain bike, fotografi più o meno professionisti, adepti della vita all'aria aperta. Quando Julia vi si era trasferita, aveva calcolato che con il ricavato della vendita della sua casa in Virginia e i suoi investimenti in borsa avrebbe potuto comprare mezzo paese, oppure limitarsi a una casa dignitosa e vivere settecento anni. Aveva optato per la casa dignitosa e i settecento anni, ma dopo un po' aveva capito che le risultava impossibile non fare almeno finta di lavorare. Così aveva trasformato il piano terra in un caffè, aperto solo fino alle tre di pomeriggio perché le piaceva andare a letto presto. Poi si era fatta convincere a esporre collane e anelli navajo, poi quadri di artisti locali, ed ecco che il caffè si era trasformato in una specie di galleria d'arte e negozietto di artigianato. Nei mesi estivi, qualche turista di passaggio le aveva chiesto alloggio, il che l'aveva convinta a trasformare le due camere al primo piano in un Bed and Breakfast. Poco importa che Julia si fosse trasferita in quel posto sperduto proprio per smetterla di pensare ai soldi, sottrarsi alla corsa frenetica dei criceti sulla ruota. La vita puramente contemplativa non le si confaceva. Aveva dovuto imporsi di non cominciare a organizzare visite guidate nei parchi, safari fotografici, discese nelle rapide del Colorado. Jane era sbalordita da quella capacità di convertire tutto in business.

– Non è Julia che cerca gli affari, sono gli affari che cercano Julia – le diceva per prenderla in giro, ma con una certa dose di ammirazione. Chissà, forse il suo esempio sarebbe stato salutare per Sara.

I primi giorni a Moab trascorsero senza scosse. Sara, contrariamente a quanto aveva temuto Julia, non sembrava avere nessuna fretta di fare amicizia con i suoi coetanei, pochi in verità. Si era adattata docilmente ai ritmi del Bed & Breakfast. I clienti erano in gran parte francesi perché Julia, non sapeva bene come, era finita nelle pagine di una delle guide turistiche più famose in Francia. Era gente che preferiva un posto un po' spartano ma pieno di personalità come il suo Bed & Breakfast a uno dei tanti motel anonimi che pure si potevano trovare nei dintorni. Il fatto che Sara parlasse francese li deliziava, e a volte uscivano tutti insieme, in uno dei pochi bar della città. Julia, che la mattina dopo scrutava il suo comportamento, non scorgeva niente di preoccupante. Ogni tanto capitava anche qualche italiano, e Sara si meravigliava nel constatare la distanza tra la lingua che aveva imparato con Alice e la sua versione contemporanea. Si riprometteva sempre di scriverne alla nonna, ma non era sicura che lei fosse al corrente dei veri motivi di quella sua permanenza all'ovest, e si sentiva a disagio all'idea di non accennare, almeno accennare, alla questione. Mandarle una lettera generica avrebbe significato venir meno alla sincerità con cui si erano sempre parlate, ma affrontare certi argomenti per iscritto le risultava difficile. E così, giorno dopo giorno, Sara finì col non scriverle mai.

2. Le fasi della luna

Quando finalmente Sara si decise ad accettare la proposta di Julia e a prendere in prestito una bicicletta per percorrere il paese in lungo e in largo, si meravigliò di non averlo fatto prima. L'austera desolazione del paesaggio contrastava piacevolmente con la pulizia e la cura degli ambienti. I caffè offrivano piatti insoliti, come le pancakes allo zenzero con burro e mele, che si ripromise di assaggiare alla prima occasione. Per il momento, però, quello che le premeva di più era provare a Julia la propria indipendenza. Avrebbe approfittato della minuscola cucina di cui era corredata la sua camera da letto (embrione del progetto di un miniappartamento da affittare per periodi di almeno una settimana) per organizzarsi in modo da starle tra i piedi il meno possibile. Era talmente ansiosa di andarsene di casa che non aveva tenuto nella giusta considerazione la tendenza di Jane a non giudicare i bisogni altrui come qualcosa di legittimo. Nel caso particolare, non era chiaro perché Julia avrebbe dovuto accogliere a braccia aperte una reduce da quella costa orientale americana che per lei evidentemente rappresentava un mondo di nevrosi, dipendenze, fame di successo, insomma tutto quello che aveva voluto lasciarsi alle spalle andandosene. Sara non sapeva quanto sarebbe durata quella permanenza a Moab (dubitava di riuscire a passarci l'estate, figuriamoci un anno intero), ma la conversazione della prima sera era stata una chiara indicazione che sarebbe stato meglio delimitare gli spazi con una certa cautela. Ripensandoci, Sara si stupì di non aver colto subito l'invito a camminare con le proprie gambe e di essere restata invece nella sua stanza trasformata in tana, a leccarsi le ferite e mettere ordine ai pensieri.

La colmò di soddisfazione la vista della cooperativa di cibi biologici all'angolo della strada principale. Riempì il carrello di hummus, pita, latte, cereali, petti di pollo, burro di arachidi. Il prezzo di verdure e frutta era scoraggiante. Era determinata a non accettare soldi da sua madre, ma non era chiaro se e quanto Julia l'avrebbe pagata per il suo lavoro al caffè, visto che le stava già passando l'alloggio e, fino ad allora, anche il vitto. Prese due pomodori, li rimise a posto pensierosa. Meglio le carote, che tra l'altro andavano anche bene con l'hummus. Le mise nel carrello e procedette verso il reparto dei cibi conservati, cercando di ignorare la voce della nonna nel cervello che le ricordava di comprare le scatolette prima e il latte dopo. Tanto poi esco subito, le disse per placarla.

– Scusa! – la chiamò una voce alle sue spalle.

Sara si voltò.

– Ehm, scusa, ma mi sa che quel carrello è mio.

Sara abbassò gli occhi verso i suoi acquisti. Hummus, pita, latte...

– Guarda che ti sbagli, è tutto quello che ho preso io.

La sua interlocutrice sembrò perplessa.

– Strano, avrei giurato...

Sara vide un gallone di latte in un carrello a metà del reparto, alle spalle della donna. Indicò in quella direzione.

– Non è che è quello il tuo, per caso?

La donna si voltò.

– Ah! Be', è possibile.

Si era già avviata in quella direzione, ma si voltò con un sorriso.

– Scusa, eh...

– Figurati, a me capita sempre – ribatté Sara, tanto per dire qualcosa.

Aveva ripreso il suo cammino verso lo scatolame quando la donna con l'altro carrello le si affiancò.

– Scusami di nuovo, sai, ma mi sa proprio che hai preso il mio.

Sara guardò nel carrello della donna: hummus, pita, latte, burro di arachidi...

– È il burro di arachidi, sai... – disse l'altra quasi per scusarsi. – Mica per niente, ma io sono allergica...

Sara guardò il contenitore incriminato, poi di nuovo la donna. Aveva capelli nerissimi e folti, umidi di doccia, e un volto triangolare dagli zigomi pronunciati. L'abbronzatura rendeva ancora più scura una pelle che doveva già esserlo naturalmente, in contrasto con i piccoli denti che le si erano schiusi in un sorriso. Una camicia di lino grezzo lasciava intravedere una collana di piccole pietre turchesi.

Già, il burro di arachidi.

– Scusa, avevi ragione tu – ammise Sara cambiando velocemente di carrello.

– Non fa niente, capita – rispose l'altra, poi le mostrò la scatola dell'hummus.

– Guarda che con l'offerta speciale puoi averne due al prezzo di uno, se ti interessa.

L'imbarazzo tolse a Sara il momento giusto per ringraziarla, ma andò a prendere un'altra scatola di hummus prima di passare alla cassa, tenendo le mani strette intorno al carrello per evitare di fare ulteriori sbagli. Era un errore comunissimo nei supermercati, davvero non c'era motivo di arrossire.

– Per le quesadillas si fa così – disse Julia mentre cercava di ricavare fette sottili da un enorme blocco di formaggio. Si era finalmente decisa ad ampliare il menu, davvero elementare. Del resto, a parte gli ospiti del Bed and Breakfast, i clienti venivano soprattutto per curiosare tra gli articoli di artigianato. Julia però era fiera del suo caffè. Lo faceva venire apposta da Seattle e questo, insieme con la macchina italiana, le era valsa la reputazione di migliore barista di Moab.

– Veramente, dopo Starbucks, noi Americani non abbiamo più scuse se facciamo un caffè cattivo – ripeteva spesso a Sara, che almeno su questo si trovava assolutamente d'accordo. Julia continuava a rimanere sul vago circa le modalità dell'aiuto che Sara avrebbe dovuto offrirle. Dal canto suo Sara, per quanto desiderosa di chiarire quegli aspetti, capiva la riluttanza di Julia ad affidare troppe responsabilità a una quasi sconosciuta, per di più in odore di alcolismo.

– Allora, io vado a mettere i panni nell'asciugatrice, tu rimetti un po' a posto e controlli i dolci, va bene?

– Certo, tranquilla – rispose Sara. Era un'ora morta, tutti sembravano partiti per parchi e corse in bicicletta. Si spostò nel retrobottega, accese la luce del forno. Diviso in dodici stampi uguali, il famoso cranberry orange bread, specialità della casa, andava assumendo una coloratura dolcemente dorata. Rimise a posto zucchero e farina, passò uno strofinaccio sul piano da lavoro. Il carillon dell'ingresso le segnalò che era entrato qualcuno, tornò in fretta nella sala principale, prese un taccuino per darsi un tono, si diresse verso l'unico tavolo occupato.

– Ehi, ciao! – La donna del supermercato la guardava incuriosita.

– Ciao...

Sara si sentì assurdamente felice di vederla, doveva sentirsi più sola di quanto volesse ammettere. Le venne in mente una battuta.

– Buongiorno... che ne diresti di un piatto di hummus e pita?

L'altra rise, e anche questo le fece piacere.

– Per carità... praticamente non mangio altro! Ma Julia non c'è?

– Julia è di sopra.

Sentì il bisogno di aggiungere qualcosa per giustificare la sua presenza.

– Io... lavoro per lei. Posso portarti qualcosa?

– Be', un cappuccino se puoi, però...

– Però?

– ... come lo fa Julia.

– E cioè?

– Ecco, brava... non lo so. Però è buonissimo. Poca schiuma, questo è sicuro...

– Niente schiuma, con la crema di latte invece del latte, e una goccia di vaniglia – rivelò Julia raggiungendole.

Sara la guardò stupita.

– È così che fate cappuccini da queste parti? – chiese.

– Solo per clienti speciali – ribatté Julia. – Hai già conosciuto Una?

Una, pensò Sara, si chiama Una.

– Sì, cioè no... – incespicò.
– Ci siamo viste alla cooperativa – spiegò Una.
– Ah, benissimo! – Julia sembrava sollevata di avere qualcun altro nel bar e del fatto che Sara cominciasse a fare conoscenze in paese. E poi, se avesse preso a frequentare Una, di certo non correva il rischio di eccedere con l'alcol.
– Allora continuate pure a chiacchierare – disse togliendo il taccuino dalle mani di Sara. – Io preparo due Speciali Una, va bene? – Sara avrebbe preferito latte scremato per il suo cappuccino, ma non osò chiedere a Julia ulteriore lavoro. Si sedette davanti a Una. Continuava a sentirsi ansiosa di giustificare la sua presenza a Moab.
– Mi chiamo Sara... Sono venuta ad aiutare Julia per la stagione.
Una ricordò le parole di Julia a proposito della nipote, sì insomma, della figlia dell'amica nei guai che le sarebbe capitata tra capo e collo. Eccola, dunque. È proprio vero che la gente è diversa da come uno se l'immagina. C'era qualcosa di particolare in quella ragazza, l'aveva colpita già alla cooperativa. Rimase in silenzio. Contraddire era impossibile, ma di convalidare quella bugia, o verità parziale, non se la sentiva.
– Tu sei di qui? – riprese Sara per rompere il silenzio.
– Sì... non si vede?
– Da che si dovrebbe vedere?
– Be', dal colore della pelle, per esempio... No, non sono messicana. Sono una Ute.
– Ute? – fece Sara.
– Sì, abitavamo qui da molto prima che arrivassero i bianchi. Ute, come Utah.
Già, Utah da Ute.
Sara la guardò tra la curiosità e l'imbarazzo.
– Scusa, sai... Sono arrivata da poco e non so assolutamente niente di questo posto.
Una la guardò incoraggiante.
– È la situazione ideale... molto meglio che arrivare con le idee preconcette su Indiani e selvaggio West che hanno in tanti.

– Ecco due Speciali Una, e anche due fette di cranberry orange bread appena sfornato! – annunciò Julia. Sistemò il contenuto del vassoio sulla tavola, prese una sedia e si sedette anche lei.

– Che fai, non lavori oggi? – chiese rivolta a Una.

– Sono di ritorno dal lavoro. Ho inseguito la luna su e giù per Canyonlands... con scarso successo. Il mio vero lavoro è quello di ranger – spiegò rivolta a Sara, – ma ho deciso di lavorare part-time, almeno per un po', fin quando posso permettermelo. Vogliono farmi passare troppo tempo dentro l'agenzia, non mi piace, non sono tagliata per gli orari d'ufficio. Allora porto in giro i turisti, a piedi o in bicicletta, e soprattutto cerco di scattare fotografie, per cartoline un po' particolari e magari, un giorno, tutto un libro sui parchi.

– I parchi di notte? – chiese Sara.

– Anche.

– Devo dire che l'idea di queste scorribande notturne non mi va tanto a genio – intervenne Julia.

– Ma dai! Conosco queste montagne come le mie tasche – ribatté Una.

– Non è la natura che mi fa paura... Specialmente d'estate, con tutti questi turisti. Niente di più facile che trovare qualcuno che te la faccia pagare.

– Me la faccia pagare di che? Non faccio mica male a nessuno! E non chiedo niente a nessuno.

– Appunto. Qualcuno che te la faccia pagare di essere giovane, di essere una donna, e di non chiedere niente a nessuno.

– Dai, Julia, non esagerare. Queste sono paranoie da costa orientale – ribatté Una. – A ogni modo, la stagione è quasi finita, puoi cominciare a tranquillizzarti.

– Comunque, se qualche volta preferisci andare in compagnia, conta su di me – fece Sara d'istinto.

– Questa poi! Hai appena cominciato a lavorare, e già vuoi assentarti? – si lamentò Julia.

– Be', mi era sembrato che stessimo parlando di escursioni notturne...

– Già, perché immagino come lavorerai bene dopo una nottata a rincorrere la luna, come dice Una – ribatté Julia.

– Sai che stai diventando una gran brontolona? Dai, non andrà a rotoli il tuo giro d'affari perché concedi una mezza giornata di libera uscita ai dipendenti… Sfruttatrice! – disse Una ridendo. Poi si rivolse a Sara.

– Affare fatto. Tra una settimana è luna piena. Passo a prenderti dopo cena.

La settimana era servita a Sara per capire che non poteva recitare la parte dell'appassionata della vita all'aria aperta, tanto più che era probabile che Julia avesse parlato a Una dei veri motivi della sua permanenza a Moab. Ma così facendo si esponeva alle solite domande per le quali non aveva risposte. Nel silenzio della notte stellata, con le rocce che proiettavano ombre dense, le sembrava di averle ancora meno, le risposte, come se le si chiedesse di spiegare il comportamento di una sconosciuta.

– E dopo quella storia al liceo, ti è più successo?

Una parlava a bassa voce come per non disturbare l'oscurità. Posizionò la macchinetta sul treppiede per preparare l'appuntamento, sotto Delicate Arch, con la lenta salita della luna, poi si sdraiò sulla roccia.

– La voglia sì, ma mia madre ormai faceva la guardia al mobile bar, e qui Julia mi passa ai raggi X ogni volta che rientro…

Le sue parole e il tono scanzonato non ingannarono neanche lei stessa. Era la prima volta che si trovava di notte in mezzo alla natura e avrebbe voluto poter dire che le piaceva. Invece ne era quasi spaventata, provava un vago senso di vertigine, e non era sicura di aver fatto bene a essersi offerta di seguire Una per le sue fotografie notturne. Si sdraiò alla meglio sulla pietra ancora tiepida dal sole del giorno, malgrado la pendenza. Erano entrate nel vasto anfiteatro di arenaria. Al limite del precipizio, l'arco di pietra si disegnava nitido nella notte di luna piena, incorniciando le lontane Montagne La Sal.

– E lì, perché hai cominciato?

Sempre le solite domande, pensò Sara. Le sembrò che l'attenzione con cui Una ascoltava meritasse qualcosa di più, magari addirittura la verità. L'avesse conosciuta gliel'avrebbe detta, la verità.

– Non lo so – disse dopo un silenzio che era sembrato anticipare qualcosa di meglio. – Vorrei saperlo anch'io.

Ed era quella la verità, in fondo.

Sdraiata sulla roccia, con il braccio piegato sotto la testa, Sara aveva finalmente trovato per il suo corpo una nicchia ideale. Armonia, fragilità. Una si impose di guardare altrove.

– Non credo che sia una buona serata per le foto – disse Sara dopo un po'. – Guarda quella nuvola.

Una guardò stupita il cielo senza ombre.

– Quale nuvola?

– Quella. – Sara indicò la striscia luminosa che velava la costellazione del Sagittario.

Una le si fece più vicina.

– Quella... quella non è una nuvola, è la Via Lattea.

Sara si sentì irrimediabilmente cittadina. Già, la Via Lattea. Non l'aveva mai vista così. Forse non l'aveva proprio mai vista, a pensarci bene.

– Non è mica strano, sai... – la consolò Una. – I posti da cui si può guardare il cielo stellato sono sempre di meno... Una di queste notti che lavoro al centro di accoglienza di Arches puoi anche venire a sentire la mia presentazione... Parliamo proprio di questo, dell'inquinamento luminoso, della luce che invece di rivelare nasconde.

Il paradosso colpì Sara, che guardò il profilo di Una ormai vicinissimo. La camminata nella notte, il buio tutto intorno, i loro corpi vicini che sembravano rilasciare come il terreno il calore del giorno, quelle rocce sconvolte da movimenti primordiali. Tutto le faceva desiderare di avvicinarsi ancora di più. Chiuse gli occhi cercando di farsi coraggio. Restarono in silenzio qualche minuto, poi sentì Una che si alzava precipitosamente, aprendo gli occhi la vide al cavalletto.

– No! – la sentì protestare.

– Cosa c'è?

– C'è che mi sono distratta, o forse non è la posizione giusta, ma ecco che se ne va... – Indicò sconsolata la luna piena che a Sara sembrò comunque ancora la vera protagonista della notte.

– Che vuoi dire... Dove se ne va?

– Tra poco tramonterà. Ed è impossibile con quest'angolo inquadrarla sotto l'arco, come volevo fare.

Guardò sconsolata la luna.

– Ma non mi arrendo – promise, minacciò quasi. – Ci vediamo tra un mese!

Sara guardò il disco traditore che scivolava via.

– Ma è difficilissimo quello che vuoi fare... e poi, perché questa passione per la luna piena? – chiese pensierosa. – Forse dovresti seguirla da prima, da quando è una falce appena percettibile, coltivarla un po', insomma...

Una ascoltò un po' incredula quei rudimenti di psicologia lunare.

– Credi davvero? – fece perplessa.

– Sì... Be', intendiamoci, non è che io ci abbia pensato poi tanto, però mi sembra logico. Vuoi prenderla un po' a tradimento, questa luna, intrappolarla sotto l'arco. Invece forse dovresti seguirla con più pazienza, lasciarla crescere, conoscerla. Sono sicura che ne verrebbero fuori foto interessanti.

Una gettò uno sguardo perplesso al cielo stellato.

– Ci penserò... grazie.

Riscescero in silenzio. Una avrebbe potuto fare la strada bendata, ma non così Sara. Col tramonto della luna la notte era diventata profonda, e ancora più avvolgente e vischiosa.

– Passa per di qua, attenta, devi fare un piccolo salto, una trentina di centimetri al massimo – la avvertì Una improvvisamente finita più in basso, tendendole la mano. Sara la afferrò, saltò praticamente nel buio e slittò sulla rena.

– Attenta! – disse Una stringendole la mano più forte. Sara si tenne aggrappata più del necessario, e anche quando ebbe riacquistato l'equilibrio non la lasciò. Per sicurezza, si disse. Continuarono la discesa l'una accanto all'altra senza più dire niente, trattenendo quasi il respiro. Quando si lasciarono davanti al caffè, dovettero provare di nuovo a scambiarsi qualche goffa parola.

– Allora buonanotte, mi dispiace di non averti portato fortuna – disse Sara.

– No, non è vero, mi hai dato da riflettere. Ci vediamo, buonanotte.
– Buonanotte.

BETHESDA, 8 OTTOBRE 2010

Alice si era compiaciuta di riuscire a stare seduta a letto senza giramenti di testa per più di qualche minuto. Rinfrancata dal successo, aveva creduto di poter persino raggiungere il bagno da sola, si era avventurata con cautela ma a metà strada, cioè dopo un metro, si era appoggiata al muro e sua figlia era dovuta correre ad aiutarla. Stava scendendo la sera, ma Alice aveva lasciato la stanza in penombra. Dalla finestra avanzava il rosso tiepido dell'autunno incipiente, l'acero giapponese lanciava fiamme. Mai potato, si era fatto un po' troppo vicino alle finestre, attenuava la luce.

Richiamata dai colori, Jane si era avvicinata alla finestra. Qualcosa della luminosità si trasmise ai suoi capelli, al suo viso assorto. L'I-Phone la distolse dalla contemplazione, le segnalò l'arrivo di un messaggio.

– È Sara, va tutto bene a Moab, ci chiede che facciamo e ci saluta – riassunse Jane, traducendo per la madre "bn Moab, ke fate, tvb".

– Mandare messaggi lunghi costa di più? – chiese Alice, insoddisfatta malgrado la spiegazione per esteso. Con la malattia si era fatta ancora più esigente, ancora più insofferente al chiacchiericcio. L'idea che la sua nipotina prediletta adesso invece di scrivere mandasse quella specie di formule matematiche si insinuò tra gli altri dolori, le procurò una fitta acuta, inedita.

– Be', costa più tempo – replicò Jane, intenerita dal pensiero della figlia e facendosi ancora più vicina alla finestra. Almeno aveva scritto, non era il caso di pretendere troppo. Alice non si rendeva conto di quanto fosse diventato difficile comunicare con Sara.

Toglieva la luce quell'acero ma Alice non sapeva decidersi a tagliarlo, con quei colori che regalava in autunno.

– Certo che in autunno quest'albero trionfa – commentò Jane.

– Però guarda, non si vede nemmeno le case dei vicini.

– Si vedono – corresse Alice.

– Come, scusa?

– Si vedono. Non puoi dire "si vede" le case. Quel "si" è passivante.

Da quando si era ammalata Alice era ripiombata nel monolinguismo, si rifiutava di parlare altro che l'italiano, e per di più un italiano intransigente, che costringeva la figlia a pesare ogni parola. Jane ebbe un moto di impazienza, non riuscì a resistere alla tentazione di ribattere.

– Non è passivante, è impersonale. Non sono solo io o solo tu, nessuno può vedere le case. Dunque impersonale.

– Passivante. Vuoi dire che le case non vengono viste.

– *Sono* viste.

Alice rise.

– Adesso non salire in cattedra e non aprire un nuovo capitolo. *Vengono* viste va benissimo, ma torniamo a noi. Il si impersonale è una bufala, consideralo sempre passivante, fai sempre l'accordo e non sbagli.

– Meno male che dopo qualche piccolo tentativo come insegnante ti sei dedicata alla biblioteca! – fece Jane risentita. Che ne sapeva sua madre dello sforzo che le costava continuare a mantenere viva in sé quella lingua inutile. – A me sembra che "non si vede le case" suoni bene, no? E la tua spiegazione non è che faccia proprio senso.

– Un'altra volta che lo dici, "si vede le case" comincerà a suonare bene anche a me. E non si dice "fare senso" in quella accezione, è un anglicismo.

– Orrore! Un anglicismo si è infiltrato tra noi, e magari scritto pure con l'apostrofo, tie'... un'anglicismo...

Ma Alice non rideva.

– Tu non capisci, vedi solo la pedanteria, l'Accademia della Crusca. Invece bisogna essere vigili, vigili... Basta una distrazione, arrivati a questo punto... una distrazione, e si scivola via.

Anche Jane smise di ridere. Per un attimo il silenzio calò nella stanza.

– Sai cosa mi disse mia madre quando lasciai l'Italia?

Alice non attese la risposta della figlia per continuare.

– Mi disse di scrivere su un pezzo di carta le informazioni essenziali: il mio nome, la data di nascita, i nomi dei miei genitori, l'indirizzo di casa, quello che mi importava di più. Così, se mi fosse capitato qualcosa, se avessi perso la memoria, avrei sempre potuto ripassare l'ABC della mia identità, non mi sarei smarrita del tutto.

– E tu che hai scritto?

– Alice Arienti, figlia di Cesira e Raffaele, nata a L'Aquila il 21 giugno 1930. Amo la poesia. Solo che Cesira e Raffaele sono morti e L'Aquila... lasciamo perdere. Falla tu la sottrazione, dimmi cosa rimane... io e la poesia. E tra poco, solo la poesia... Ma senti che discorsi! L'ho detto quasi per caso, e invece è vero.

Non parlavano mai della morte, l'ospite alla porta. Le cure quotidiane assorbivano tutta la loro attenzione. Nella sala da ballo del Titanic, l'orchestra non smetteva di suonare.

– Mi manca non esserti vicina quando morirai – Alice riprese. – Sono contenta di morire prima di te, l'idea di sopravviverti mi è inconcepibile, ma mi manca non poter essere lì per incoraggiarti, spiegarti cosa ho provato io, allargare le braccia per accoglierti. Sai, come quando hai fatto il primo passo.

– Che ne sai? Magari ci sarai...

Alice sorrise.

– Siamo messe così male, adesso? Siamo a questo punto, a queste consolazioni? Visto che ne parliamo, in caso tu abbia dei dubbi in proposito, niente scherzi dell'ultim'ora... niente preti.

– Niente preti, d'accordo.

– Giura.

– Giuro... Anche se volessi, non saprei neanche dove andarlo a cercare un prete!

– Ecco, brava, meglio così. E neanche, che so, un pastore universalista, un imam, l'ultimo guru di moda nel quartiere...

– D'accordo, d'accordo, non ti porto nessuno! – replicò Jane stizzita.

– Però forse hai ragione – riprese Alice dopo una breve pausa,

– forse arrivano le madri, che ne sappiamo? A casa mia quando qualcuno stava per morire si lasciava aperta la porta, così le donne potevano venire a prenderlo. Forse tornano.

Dovevano essere quelle le presenze che sentiva. Ecco un'altra verità, si disse, era il giorno delle rivelazioni quello. Bastava lasciare la presa, abbandonarsi alla corrente, e tutto quello che aveva cercato di raggiungere con sudore e lacrime le si offriva da sé. Non era sicura che fosse opportuno far partecipe Jane dei suoi pensieri. Troppo complicato, per le poche forze che le rimanevano.

Il silenzio era così spesso che si poteva sentire il respiro affannoso di Alice, stremata dalla conversazione. Abbandonò la testa sul cuscino, chiuse gli occhi. No, non così, non ancora.

– Jane...? – chiamò.

– Sì, sono qui.

– Resta ancora un po'. Ti va se ripassiamo un po' di passati remoti?

– Il passato remoto?! – protestò Jane. – Ma non lo usa più nessuno neanche in Italia, il passato remoto, siete rimasti solo tu e Corleone!

– Fanno malissimo. Perdono una dimensione del passato. Come i Romani, che smisero di usare il futuro, e persero l'impero.

– E allora, scusa?

– Scusa che?

– Non è la scomparsa del futuro ad aver causato la perdita dell'impero, casomai il contrario – ragionò Jane. – Hanno capito che non avevano futuro e hanno smesso di usare un tempo che teneva in vita un'illusione.

– Dunque vuoi dire che in Italia il passato lo hanno perso già, e che l'eliminazione del passato remoto è solo una conseguenza?

Jane sorrise. Anche in quelle condizioni, la logica della madre la metteva alle corde.

– Non arrivavo a conclusioni così drastiche – riprese, – volevo dire solo che grammatica e storia non vanno a braccetto, come pensi tu. E nemmeno linguaggio e identità.

– Discutibile la prima, grossolana e palesemente errata la seconda – sentenziò Alice. – È terribile perdere il passato remoto, la profondità del tempo. "Cesare ha varcato il Rubicone"! Come si fa ad appiattire tutto così?

– A sentire te ci vorrebbe un tempo verbale per ogni secolo, non si finirebbe più!

– Hai ragione... sai che è proprio una bella idea? Un tempo per la guerra, per indicare i disastri, le privazioni... Quello che è venuto a mancare con la guerra, non c'è miracolo economico che ce l'abbia potuto ridare.

Perché non gliene aveva mai parlato a Jane, di tutto quello che si era portato via la guerra? La pace, ecco cosa si era portata via, e non solo per quei pochi anni che era durata. Come spiegarlo a Jane, come a Sara, che le guerre le avevano viste solo al cinema? Ma avrebbe dovuto almeno provarci. Cosa era stata quella fretta di rompere i ponti, di dimenticare? Non si dimentica mai, mai. Ci si abitua, questo sì. E poi un giorno ci si scopre a cercare tempi verbali che non esistono in nessuna grammatica.

– Sì, ci vorrebbe una coniugazione apposta, un po' l'equivalente verbale del caso abessivo, sai, quello che ha il turco, per indicare che manca qualcosa...

– Il turco...?! – sbottò Jane. – Cominci col turco adesso?! E io che mi lamentavo del passato remoto! Come niente corro il rischio che tu mi propini un ripasso della grammatica turca, così, tanto per rilassarsi al termine di una giornata di lavoro...

Alice sorrise. Da un po' di tempo Jane la trattava come una povera inferma da assecondare per pietà. Le portava i libri senza fare storie, la stava ad ascoltare con partecipazione sospetta. Tutti brutti segni. Le faceva piacere ritrovare quella donna insofferente e sbrigativa.

– D'accordo, d'accordo, non complichiamo, mi sembra che le circostanze impongano piuttosto una semplificazione. Però almeno due...

Qui Alice fece un gesto che Jane avrebbe ricordato a lungo, perché gesticolare costava un'energia che sua madre non aveva più. Però dalle coperte vide uscire una mano scarna che faceva come un segno di vittoria. Le ci volle un attimo per capire che Alice voleva solo indicare il numero due.

– … Soprattutto se pensi che ci sono due tempi per il futuro, quella sì che è un'esagerazione… almeno due dimensioni per il nostro passato, almeno, vogliamo conservarle, o costa troppa fatica?

– D'accordo, d'accordo, conserviamole, almeno a Bethesda, va bene? – scherzò Jane. – È casa tua e facciamo quello che ti pare.

Eccoci in trincea, pensò, a tenere a bada la morte a colpi di passato remoto.

– Allora dai, che sennò ci sfugge tutto. Cominciamo da uno semplice. Parlare.

Ma anche uno semplice metteva Jane in difficoltà.

– Ma che è, pensi di essere tornata a scuola? Comincia tu e io ti vengo dietro.

– Va bene, ma allora comincio dove mi pare, facili o difficili che siano. Nascere. Nacqui, nascesti, nacque, nascemmo, nasceste, nacquero.

Jane l'aveva seguita con una certa difficoltà. Sperava di rifarsi col verbo successivo. Speranza vana.

– Crescere. Crebbi, crescesti, crebbe, crescemmo, cresceste, crebbero.

Niente da fare.

– Proviamo con uno regolare – suggerì Alice. – Amare. Amai, amasti, amò, amammo, amaste, amarono.

Regolare per modo di dire. Regolare in un universo di irregolari. Jane continuò il gioco tirando a indovinare, era da tanto che sua madre non rimaneva lucida per un periodo così lungo. Ne era contenta, malgrado la piega surreale che aveva preso la loro conversazione le facesse sospettare che la malattia avesse intaccato anche il cervello di Alice. Però che diamine, non ce n'erano due uguali, di quei passati remoti. Le venivano fuori le cose più strane: particqui, forserono. Dopo un po' si accorse che la voce della madre si andava affievolendo, e pensò che quella litania somigliava alle preghiere che aveva sentito levarsi dagli scranni delle chiese durante il suo unico viaggio in Italia, tanti anni prima, quando aveva ceduto alla tentazione di andare alla ricerca di quelle radici di cui aveva sempre sentito la mancanza, solo per ritrarsene delusa. Le vecchiette in prima fila ripetevano le loro formule fin quasi ad addormentarsi, sacrificando l'intelligenza alla ripetizione mnemonica, trovando conforto in quel rito officiato prima di loro da tante donne impaurite, strette vicine nel ventre di una chiesa minacciata da un mondo incomprensibile e oscuro. Si lasciavano cullare e confortare da quelle parole misteriose di scongiuro. *Nunc et in hora*. Si avvicinò al letto in punta di piedi. Alice non si arrendeva, anche in quei momenti non cedeva alla tentazione di biascicare paternostri. Meglio, mille volte meglio la grammatica.

Morire.

Morii.
Moristi.
Morì.
Morimmo.
Moriste.
Morirono.

BETHESDA, 9 OTTOBRE 2010

1. L'anima d'improvviso

– Liliana, come non puoi?... Pronto...

Dall'altra parte suoni confusi, il treno doveva essere entrato in un'altra galleria. Jane mise giù il telefono e ricominciò a misurare nervosamente la distanza tra il frigorifero e il lavandino. Passò in sala da pranzo, senza sedersi digitò il sito del *Washington Post* sul portatile sempre acceso. L'ultimo aggiornamento delle notizie locali parlava di ritardi della metro sulla linea rossa, tra Shady Grove e Bethesda. Ci mancava questa.

Il telefono squillò di nuovo, ma non era Liliana. La voce perentoria di Jeff saltò i convenevoli.

– Non dimenticare di prendere la lettera in cui diceva che avrebbe ricominciato a pagare da gennaio.

– Già stampata –, mentì Jane.

– E parti per tempo. Con la metropolitana fuori uso avranno preso tutti la macchina. Cerca di arrivare puntuale.

– Va bene.

– Alle nove precise.

– Va bene, ciao.

– Ciao.

Jane guardò l'orologio. Per trovarsi alle nove precise a Hyattsville sarebbe dovuta partire al più tardi entro cinque minuti. Impossibile che Liliana arrivasse prima di allora, chissà in quale galleria era bloccata. Partire in fretta e furia, lasciando sua madre sola, così. Ma era questione di poco, Liliana sarebbe giunta presto, forse ancora prima che Alice si svegliasse dal torpore ipnotico che le procuravano gli antidolorifici. Ritardare un altro appuntamento significava rischiare grosso. L'aveva fatto altre volte, quando pensava che il momento fosse arrivato. Ma chi poteva dirglielo, quando arrivava il momento? Quelli tra i suoi amici che avevano avuto esperienze simili avevano ricevuto una chiamata dalla clinica per malati terminali. Una cosa pulita. Invece lei aveva lasciato che quella casa venisse invasa dalla malattia, dalla morte. Sua madre si era ribellata all'idea di entrare in una casa di cura, e anche a quella di avere assistenza a tempo pieno. Testarda, sua madre, su questo Jeff aveva ragione. Fortunatamente Liliana, oltre a fare le pulizie, aveva accettato di farle un po' di compagnia. Ma si sa come vanno queste cose, bisogna sempre tenere sotto controllo la situazione. Perciò Jane passava da sua madre ogni giorno, prima e dopo il lavoro. Non era una grande distanza, tra la sua casa a Kenwood e quella di sua madre al centro di Bethesda, ma era pur sempre un'ulteriore complicazione, soprattutto all'ora di punta. Jane chiacchierava, organizzava la giornata appena cominciata, tirava le somme di quella trascorsa, si assicurava che tutto andasse come previsto. Per un po' era andata abbastanza bene, tutto sommato. Il problema era il declino rapido delle ultime settimane. I medici sembravano non solo incapaci di spiegarlo, ma anche restii a prenderne atto. Secondo loro, all'età di Alice, uno poteva continuare a spegnersi lentamente per quattro, sei mesi, anche un anno. Jane però era diventata apprensiva, cancellava appuntamenti di lavoro, trovava mille scuse per piombare nella piccola casa dov'era cresciuta e dove sua madre si ostinava a rimanere. Dopo l'ultimo falso allarme, che li aveva costretti a rimandare uno sfratto programmato da mesi, Jeff l'aveva guardata di traverso. Era pronto a farle le condoglianze e passare oltre, archiviare. Questo accanimento gli risultava incomprensibile. Jane aveva l'impressione che lo prendesse come un affronto personale. Avevano mangiato insieme al ristorante sotto il loro studio legale e Jeff aveva approfittato dell'attesa del piatto speciale a 350 calorie (petto di pollo con julienne di carote) per mandare quattro messaggi sull'I-Phone. Jane invece aveva chiamato istintivamente Alice ma poi non aveva trovato niente da dirle. Allora le aveva ricordato di prendere le medicine, di non litigare con Liliana, di non cercare di andare in bagno da sola. Proprio il genere di telefonate che Alice non sopportava. Ne era scaturito uno scambio stentato, che aveva lasciato a Jane una sensazione di disagio. Qualsiasi cosa facesse, per quanto si sforzasse, finiva con lo scontentare tutti, se stessa inclusa.

– Non è un periodo fantastico per il nostro lavoro –, le aveva ricordato Jeff non appena terminata quell'interruzione. – Possiamo superarlo ma dobbiamo essere vigili, pronti ad afferrare le poche occasioni che ci si presentano.

Mentre nervosa faceva la spola tra la cucina e il soggiorno, Jane rivide lo sguardo sicuro e le mascelle serrate di Jeff. Dalla famiglia scomparsa aveva ereditato qualcosa di militare che al tempo stesso rassicurava e intimoriva Jane. Mandare un'altra volta a monte quello sfratto era impensabile. Cercò di richiamare Liliana. Irraggiungibile. Si assicurò di avere tutto nella borsa, chiavi della macchina, occhiali da sole, cellulare. Camminò veloce fino al bagno per gettare un'occhiata nello specchio. Niente male, l'aria ansiosa le stava bene, forse era persino riuscita a perdere qualche etto, inutile pesarsi adesso, tutta vestita. Salì le scale, in punta di piedi si avvicinò al letto della madre. Un gemito.

– Mamma...

Alice aprì gli occhi. Erano limpidi, segno che l'effetto dei calmanti notturni era svanito. Jane le porse una pastiglia arancione. Prendi, ti farà bene.

Alice cercò di tirarsi su a sedere, scivolò. Jane le sistemò i cuscini, le mise le mani sotto le ascelle per aiutarla. La fragilità di quel corpo che le somigliava così tanto riusciva ogni volta a turbarla.

Alice rimase con la testa appoggiata sui cuscini, gli occhi chiusi. Prese la pastiglia tra le dita. Acqua.

– Acqua? – ripeté Jane, dubitando di non aver capito bene. Da quando in qua le serviva l'acqua per mandare giù le pastiglie? Si ricordò quello che le aveva detto il medico, quello che aveva avuto modo di constatare tante volte lei stessa. Una persona malata è una persona nuova, bisogna imparare a conoscerne tempi, abitudini, idiosincrasie. Scese in fretta in cucina, le rimanevano due minuti, se voleva fare in tempo. Invece di un bicchiere optò per una ciotola, sarebbe stato più difficile far traboccare l'acqua, anche in caso di tremori, e poi sua madre beveva ormai un sorso alla volta, bastava un centimetro sul fondo. Quando tornò nella stanza trovò Alice completamente lucida e desiderosa di collaborare, le labbra chiuse, la pastiglia evidentemente già in bocca. Aveva persino preso il suo libro preferito dal comodino, con la penna in mano sembrava prendere appunti. Lo richiuse quando Jane rientrò nella stanza, cercò di rimetterlo a posto ma era un movimento complicato, che rese necessario l'intervento della figlia. Alice strinse la tazza il più forte possibile con le due mani per evitare disastri, appoggiò le labbra sull'orlo, piegò diligentemente la testa all'indietro. Quando l'acqua le toccò le labbra si sentì affogare. Gli occhi che la guardavano dal fondo della tazza erano quelli di una bambina. Invece dell'acqua filtrata le scivolò sulla lingua e nella gola un sapore dolciastro.

– Amate il pane, cuore della casa, profumo della mensa, gioia del focolare.

Così recitava il libro di scuola. Ma quel pane era difficile da amare. Era scuro, granuloso, di crusca, segale, grano saraceno. Un pane di guerra. Fortunatamente le api non se ne erano accorte della guerra e avevano continuato a fare un miele che non era mai sembrato così chiaro e profumato, riempiva i crateri di quel pane impossibile, lo rendeva liscio e soffice. E quando si finiva di mangiarlo, inzuppato ben bene, lasciava nel latte una scia densa da inseguire fino all'ultima goccia, fin quando sul fondo rimanevano solo i suoi occhi che la guardavano golosi e complici. Come adesso.

– Tutto a posto? – chiese Jane, cercando di non far trapelare la fretta.

Gli occhi dal fondo della tazza fecero l'occhietto ad Alice. Allora smise di far finta di bere, mise giù la tazza e guardò sua figlia.

Degli splendori giovanili era sopravvissuto in Jane qualche atteggiamento, la consapevolezza di piacere, la benevola tolleranza verso le meno fortunate. Era stata, effettivamente, una bellissima ragazza, dal profilo delicato, occhi chiari, portamento rigido, lievemente aristocratico. Prima ancora, era stata una bambina sensibilissima. La sera che i vicini li avevano avvertiti che avevano una gomma a terra, era uscita di nascosto per mettere i cerotti sulla ruota. Aveva sofferto per tutto in maniera che ad Alice sembrava abnorme, sproporzionata: un disegno venuto male, la morte del criceto, l'indifferenza distratta con cui l'aveva salutata l'amica del cuore. A scuola, la storia l'aveva terrorizzata: un'intollerabile litania di stupri e massacri. Non ci voleva molto per capirne il meccanismo, e studiarne le infinite variazioni le era sembrato una gran perdita di tempo. La medicina le piaceva in teoria, ma in pratica non poteva avvicinarsi a sangue e sofferenze. Forse avrebbe dovuto dedicarsi a qualcosa di astratto e sempre uguale: matematica, numeri. Ma era una ragazza, e aveva coltivato invece per quella perfezione algida un'indifferenza che all'epoca sembrava congenita e naturale. Aveva sofferto molto, prima di cominciare a proteggersi, un velo qui, una maschera lì, e qualche bicchiere quando la cosmesi non bastava a nascondere le crepe. Un giorno si era accorta di non soffrire più. Solo Alice riusciva a vedere, in una vertiginosa prospettiva di bamboline russe, la bambina che sua figlia era stata, e poi quella cosa uscita dalla sua pancia e poi, tuffandosi ancora più in profondità, quel momento eterno in cui era stato impossibile distinguerle. Guardando la figlia Alice rientrava nella sua preistoria. Era una strana sensazione, se la scuoteva di dosso stordita. Ancora l'indistinto a minacciarla. Jane le si era fatta più vicina e sorrideva, ignara e incolume.

– Mi sembra che tu stia meglio, oggi.

Alice fece cenno di sì.

– Senti, ti dispiace se vado? Liliana è già sulla metro, c'è un ritardo ma dovrebbe essere qui da un momento all'altro, io ho quello sfratto... Chiamo dopo e poi ripasso stasera, va bene?

Alice fece un cenno di commiato.

– Va bene? Ti porto qualcosa? – chiese Jane.

– No.

– Allora vado.

Le baciò la fronte, i capelli. Alice la guardò che si allontanava verso la porta nel completo grigio fumo.

– Bambina.

– Cosa? – Jane si voltò a guardarla dalla soglia.

Alice ebbe la prontezza di mostrarsi stupita.

– Mi hai chiamato?

– No, io... no – si difese. – Però stai bene così. Sai cosa ci starebbe bene? La mia collana...

– Quale collana? – Singolare che sua madre si mettesse a dare consigli sugli accesssori, spartana com'era. Fu la curiosità più che il desiderio di mostrarsi accondiscendente a fermare Jane sulla porta, a seguire il gesto di Alice che le indicava una piccola scatola sullo scaffale.

– Questa?

Era un monile d'argento rotondo. Da un anello interno a otto lobi scaturiva una raggiera di piccole colonne a sostenere dodici archi con i vertici poggiati sull'anello intermedio. Il motivo si ripeteva, raddoppiato, nello spazio tra questo e l'anello più ampio. L'insieme era sorprendente, leggermente ipnotico.

– Bella... – disse Jane con sbrigativa sincerità, cercando di allacciare il fermaglio. – Dove l'hai trovata, in uno dei tuoi mercatini?

Quando si voltò di nuovo, Alice riconobbe nel ciondolo il rosone. C'erano giornate estive in cui i raggi del sole al tramonto attraversavano la sua filigrana per disegnare perfettamente sul pavimento di pietre bianche e rosa una trama di luce. Lo scintillio la abbagliò, le fece socchiudere gli occhi.

Jane esitò ancora un attimo, le sembrava restasse qualcosa da fare, da dirsi.

– Allora vado, va bene? Ti chiamo.

Va bene.

Alice rimase a sentire la discesa precipitosa della figlia per le scale, la porta di casa che si chiudeva. Trattenendo il respiro, le riuscì anche di percepire la messa in moto, il rumore della macchina che si allontanava. Mise la mano sotto al cuscino, recuperò la pastiglia arancione, non voleva rischiare di macchiare le lenzuola. La posò con cautela sul comodino. Se l'avesse presa, sarebbe ripiombata nel solito stordimento. Invece aveva bisogno di rimanere vigile.

Siamo venute a prenderti, ma dipende da te.

Incredibile che avessero trovato la strada, sua madre Cesira e zia Rachele, due sorelle che in vita loro avevano tutt'al più preso qualche autobus. Al limite, ma questo era già il racconto di un racconto, erano arrivate fino a Roma, sempre rigorosamente in coppia, per cercare Alberto che, era corsa voce, era stato portato a Regina Coeli per quella ragazzata di partire per le montagne a combattere i Tedeschi, con quegli altri esaltati, tutti più grandi di lui, in quel crepuscolo dell'estate '43.

Regina Coeli, i Tedeschi, il '43?

Storie di un altro pianeta.

Il viaggio a Roma, epico. Al prezzo spropositato che il carrettiere aveva chiesto per portarle fino a Regina Coeli, Cesira aveva risposto che non voleva comprare il cavallo.

– Ma mica per fare una battuta, no! Davvero pensava che quello aveva capito male, che voleva venderci il cavallo!

Zia Rachele rideva ancora fino alle lacrime a raccontarlo, ma Cesira metteva il broncio, qualsiasi cosa riguardasse Alberto le riapriva la ferita, e poi non era mica giusto, doveva esporsi sempre lei a fare figuracce, per dare alla sorella il gusto di raccontarle. Intanto, non fosse stato per lei, sarebbero ancora lì a piazza Esedra, spalla contro spalla per coprirsi la schiena e tenere sotto controllo una parte più ampia del piazzale, la borsetta ben stretta sotto l'ascella sudata.

Insomma, non propriamente delle scaltre viaggiatrici, né si capiva come avrebbe potuto essere altrimenti.

Invece l'avevano trovata.

Non poteva sbagliarsi, aveva sentito i loro passi leggeri, la loro presenza scura vicino al letto. a un certo momento le era persino sembrato che sua madre le asciugasse il sudore con un fazzoletto enorme, bianchissimo e fresco. Questo però non poteva giurarlo.

Quello di cui invece era sicura era che non aveva nessuna intenzione di farsi intontire di calmanti e passare un'altra giornata nel dormiveglia chimico. Si era crogiolata fin troppo, ne aveva approfittato per rivivere infanzia e giovinezza, mettere ordine nei ricordi, finire finalmente quel libro. Già, il libro... Peccato non aver avuto il tempo di parlarne con Fulvio. Non riusciva a ricordare cosa gliel'avesse impedito. Ma ormai era tardi.

Aveva ceduto alla tentazione di farsi accudire, non dover più pensare, regredire. Ma non era giusto, anche per Jane. L'aveva sentita preoccupata, il lavoro, la crisi. E poi l'idea di non dire a Sara la gravità delle sue condizioni le aveva dato la misura di quanto sconveniente, oscena persino, fosse la sua malattia, la morte. Era ormai su un fuso orario diverso, perciò le due sorelle l'avevano trovata. Forse era lei ad aver raggiunto loro, e non il contrario.

Inseguendo questi pensieri era arrivata in bagno con una facilità che non si sarebbe aspettata, ma non c'era da fidarsi. Sapeva ormai che le fitte potevano arrivare improvvise, costringerla a piegarsi, snervarla nell'attesa di una pausa. Quando passavano, dopo intervalli sempre più lunghi, la lasciavano stremata, quasi fossero le ondate delle doglie. Si passò appena il pettine tra i capelli dove il grigio non più corretto trionfava. Brivido di freddo, acqua sulle guance. Meglio non indugiare. Appena arrivata, Liliana avrebbe ricominciato con la sua litania di *pobrecita*, a volte faceva finta di dormire per non sentirla e non farsi trattare come una bambina di due anni. Dal salotto una porta collegava al garage, ma una volta arrivata si rese conto che la macchina non c'era. Ovvio, l'aveva presa Jane. E allora?

Si avvicinò al muro, accarezzò la bicicletta. Forse. Ci salì su, azzardò una pedalata, tentennò pericolosamente, mise un piede per terra. Questa poi. Provò di nuovo. Il garage la costringeva a una traiettoria innaturale, una curva continua. Su una strada normale, con una direzione chiara da seguire, sarebbe andata sicuramente meglio. Gli odori di umidità e benzina, per quanto leggeri, erano sufficienti a stancarle il respiro. Si vide il muro davanti, girò il manubrio di scatto. Non si era resa conto di andare così piano. Bastò quel movimento perché la bicicletta si fermasse del tutto, restasse in equilibrio per un attimo per poi cominciare a inclinarsi verso sinistra. Fece appena in tempo a mettere un piede a terra. No, la bicicletta no, impossibile.

Premette il pulsante, la saracinesca prese ad alzarsi lentamente, una nebbia ovattata attutiva i colori del mondo. Indossò il vecchio giaccone di Jane appeso alla parete, respirò profondamente, si incamminò.

Ci si strappa con fatica all'indistinto e si perfeziona la propria illusione di determinatezza: il nome, la firma, l'atto di compravendita, la tazza preferita, il portachiavi personalizzato. E poi ci si rende conto che si tratta, appunto, di un'illusione, o per meglio dire di un prestito, e che piano piano bisogna restituire tutto. Così la malattia l'aveva privata, in rapida successione: della bicicletta, delle passeggiate, del sonno, del controllo sui movimenti intestinali, del diritto di vivere da sola. Si era ribellata all'inizio, aveva pianto e strepitato. Aveva anche incolpato Jane, come se per qualche misterioso motivo le facesse piacere trattarla da disabile, passare da lei due volte al giorno, metterle in casa una badante. Povera Jane, stava facendo quello che pensava di dover fare. Non gliel'aveva ripetuto lei fino alla nausea, del resto, il verso di Edgar Lee Masters? *Act your part well, there all the honor lies*. Non era Edgar Lee Masters, era quell'altro, come cavolo si chiamava. Basta con le citazioni, che brutto vizio. Anche la scena della sera prima con Jane, avrebbe potuto risparmiarsela, anzi risparmiarla a entrambe. Quell'aggrapparsi alla grammatica era un ultimo anelito di identificazione, patetico. Non c'è modo verbale che tenga, quando ci si addentra nella nebbia. O meglio, bisognerebbe inventarne un altro: l'indefinito. Diverso, meno presuntuoso, dell'infinito, che proprio non è un tempo da mortali, chissà chi l'aveva inventato. L'indefinito, l'unico modo a non avere sottocategorie, tempi. Niente prossimo, remoto, anteriore, imperfetto. Indefinito eterno, eterno indefinito. Ecco, c'era cascata ancora, ci cascava sempre, nella sua mania di catalogare, nella sua fede nel linguaggio. Meno riusciva a parlare, più le sembrava importante capire quello che si poteva e non si poteva dire, cercare di forzare la serratura.

La foschia non era tanto fitta da impedirle di vedere la vicina che scendeva da un taxi e riceveva dall'autista una valigia. Passò dall'altro lato della strada con fare indifferente, non voleva dare l'impressione di volerla evitare ma certo non voleva sprecare la libera uscita a parlare del tempo e dei prezzi astronomici del negozietto italiano del quartiere. Fece finta di concentrarsi sulla strada, cercò di rendersi invisibile. Le sembrò di sentire gli occhi della vicina sulla schiena, si guardò preoccupata le gambe. La flanella viola la tranquillizzò. Era una delle sue paure, quando aveva cominciato a invecchiare, quella di uscire di casa nuda, o con qualcosa di poco appropriato per una signora come lei. Vecchiaia e solitudine sono comari insidiose. È facile lasciarsi andare, sbrodolarsi mentre si mangia, evitare di cucinare, mettersi la stessa maglia per più giorni di seguito, crogiolarsi nel proprio aspro odore. Nido, cuccia, tana. E poi il senso di irrealtà di quelle giornate interminabili in cui non scambi una parola con nessuno.

Il pensiero di Sara, la nipote prediletta e lontana, la colse di sopresa. In una memorabile litigata con Jane, meno di un anno prima, Sara aveva urlato che la sua vera madre era Alice, perché era a lei che doveva la vita. Era un'interpretazione grossolana della loro storia, avanzata presumibilmente solo per ferire Jane, che infatti c'era rimasta malissimo. Vero però che, se c'era stata una volta in cui Alice era riuscita a imporre la sua volontà alla figlia, era stato proprio in occasione di quella terza gravidanza. Era stata una vittoria carica di conseguenze. Quando aveva intimato a Jane di accettare quell'altro bambino, quando l'aveva rassicurata di poter contare sul suo aiuto per crescerlo, aveva in mente qualche gita nel fine settimana, non pensava certo di doversene occupare in maniera pressoché esclusiva. Jane però aveva interpretato l'offerta in maniera diversa, e quando Alice se n'era accorta era un po' tardi per rivederne i termini. Aveva barcollato all'inizio, sotto il peso delle notti insonni, dei ritmi scombinati. Ma era stata questione di qualche settimana, forse anche meno. Sara aveva presto travolto ogni sua resistenza, l'aveva avvolta nel vortice di quella nuova maternità, tanto più intensa perché così fuori stagione. E per tenere quel passo che si allungava ogni giorno, Alice adesso lo capiva, aveva dovuto smettere di invecchiare, restare nel mondo, curare la propria persona e il proprio abbigliamento come non faceva più, come in fondo non aveva mai fatto. Perché per la piccola Sara ogni cena era una festa, e guai se non si preparavano meticolosamente davanti allo specchio prima di sedersi. E lei, che al ritorno da una giornata di lavoro si sarebbe volentieri messa subito in pigiama, era invece arrivata a comprarsi vestiti sgargianti solo per il piacere di indossarli in quelle stravaganti cene principesche. Insisteva perché Sara finisse di prepararsi da sola, si lavasse le mani, magari leggesse un po' se c'era tempo, e lei nel frattempo velocissima apparecchiava, dava gli ultimi ritocchi alla cena, accendeva le candele, sistemava i fiori nel vaso. Qualche volta riusciva anche a stampare il menu, che adagiava con cura nel piatto, sopra il tovagliolo.

Era lei a dover ringraziare Sara, non il contrario. La nipote le aveva allungato la vita di almeno dieci anni, altro che, forse non era un caso che si fosse ammalata quando Sara era piombata in quell'incomprensibile adolescenza e lei era rimasta senza nessuno da accudire. Adesso le dispiaceva andarsene così, senza aver modo di salutarla. Ah, Sara, Sara, cosa fai così lontana, avresti dovuto vedermi in quest'ultimo periodo, quando tutto costava troppa fatica, avresti dovuto vedermi a mangiare cibi riscaldati nella padella per risparmiare la fatica di lavare un piatto, bere per giorni dallo stesso bicchiere e una volta, persino, ingoiare cucchiaiate di ceci freddi direttamente dalla scatola di latta. Che ci fai là all'ovest, e perché non scrivi mai.

Ecco a cosa servono gli altri, dopo tutto. A fare in modo che non perdiamo di vista noi stessi. Ricordare qualche regola elementare di socialità non può che fare bene. A ogni modo, per essere vestita era vestita, in maniera un po' approssimativa certo, ma per fortuna era negli Stati Uniti e non in via Condotti. Aveva fatto bene a lasciare l'Italia, l'ossessione della moda, il clan che stabilisce quello che si può e non si può fare, le convenienze, l'apparenza. Aveva fatto bene a restare, anche dopo. The Land of the Free.

Si accorse di avere il fiatone malgrado la breve distanza percorsa, si sedette sulla panchina, una delle piccole panchine decorate con motivi floreali e poesie che punteggiavano il centro di Bethesda e segnavano le fermate del trolley, il piccolo autobus travestito da tram che faceva il giro della città. Le aveva sempre amate quelle panchine, le piaceva leggere i versi e immaginare una storia. Pensò a quanto avrebbe riso Fulvio nel leggere le frasi sconnesse sullo schienale, nel sentirle definire "versi". O forse si sarebbe arrabbiato, perché la poesia è una cosa seria, perché quel che rimane lo fondano i poeti, perché Esenin ha scritto col suo sangue? Smettila, Fulvio, sei il solito brontolone, c'è poesia e poesia, la poesia non è solo tragedia, è anche una panchina fiorita.

Lo schienale su cui era appoggiata (non doveva girarsi per saperlo) portava la scritta "nuvole imprigionate nella cima degli alberi". Ripassare la frase nella sua mente, e sapere che voleva andare a ritrovare le nuvole imprigionate tra le cime degli alberi sul Capital Crescent Trail, fu una cosa sola. E prima ancora che il pensiero si fosse completamente formato nella sua mente vide il trolley che arrivava, rosso e rumoroso, coi sedili di legno. Da quando la malattia aveva cominciato a restringerle gli orizzonti, il trolley era diventato particolarmente importante. Ne conosceva bene il percorso, così come ne conosceva i conducenti coi loro pranzi nascosti nel cruscotto e il caffè a tutte le ore del giorno. Arrivati all'incrocio della metro chiamavano col walkie talkie e dicevano "crossover", così l'altro trolley poteva partire. Perché erano solo due, le avevano spiegato, ed era importante sincronizzarsi.

La porta si aprì davanti a lei.

– Da quanto tempo! – la salutò l'autista gioviale, ma la voce gli si smorzò subito, perché la donna che salì sul trolley era molto diversa dalla bibliotecaria in pensione che aveva conosciuto fino a un mese prima.

Molto tempo, grazie, disse Alice, o pensò di dire. Dai sedili di legno in prima fila due ragazzi si alzarono premurosi, Alice fece segno di no, poi si arrese. Cullata dal rumore e i sobbalzi del trolley, appoggiò la testa contro il finestrino.

– Buona giornata, allora –, disse l'autista mentre lei con grande fatica scendeva a uno a uno i gradini. – Mi ha fatto piacere vederla.

– Anche a me –, avrebbe voluto rispondere Alice, ma ebbe paura del suono della sua voce. Si limitò a fare un cenno di saluto con la mano. L'uomo restò interdetto, indeciso se chiudere o meno la porta, aggiungere qualcosa, offrire aiuto. Ma lei lentamente si voltò, un passo dopo l'altro imboccò il Capital Crescent Trail. Le macchine dietro aspettavano, risuonò un clacson, e il trolley riprese cigolando il suo cammino.

Il Capital Crescent Trail, una pista ciclabile ricavata dal percorso di una vecchia ferrovia, era pieno di gente, come sempre a quell'ora. Cani dal pedigree prestigioso passeggiavano al guinzaglio di proprietari orgogliosi. Passavano le giovani mamme che non si arrendevano alla maternità e inseguivano una forma fisica perduta, spingendo i bambini in carrozzine da corsa, con grandi ruote e freni all'altezza della situazione. Sulla sinistra saettavano i pendolari su biciclette dalle ruote sottili, spolverini frangivento gialli, caschi aerodinamici. I più determinati si riconoscevano dalle grandi borse ai lati della ruota posteriore, piene di documenti importanti, un cambio di biancheria, l'immancabile barretta energetica. Cronometravano il percorso, tanto per non perdere l'abitudine a darsi sempre obiettivi e incentivi. Gridavano "a sinistra!" per avvertire i pedoni del loro passaggio e assicurarsi che non facessero qualche mossa falsa, ma lo gridavano senza cattiveria, per abitudine. Altrettanto meccanicamente i più educati, mentre sorpassavano veloci, trovavano il tempo di ringraziare. Scomparivano a tutta velocità verso gli uffici su Massachusetts Avenue, a Georgetown, o addirittura downtown. C'erano anche alcune donne anziane come lei, in genere a coppie, perché il medico aveva raccomandato mezz'ora di attività al giorno per combattere ipertensione e colesterolo e in due la faccenda è meno noiosa, andando si può parlare di come è cambiata Bethesda da quando era solo un villaggio, dell'ultima estate che è stata più afosa perfino di quella del 1988 e dei figli che tornano per Thanksgiving. Queste non vanno lontano, solo fino a Kenwood a commentarne le ville lussuose e gli alberi di ciliegio che in primavera danno una fioritura ancora più spettacolare di quelli al centro di Washington, ha dovuto ammetterlo anche il *Post*.

Alice conosceva bene la pista ciclabile e sapeva che era rarissimo invece incrociare una coppia che si tenesse per mano, come se la cosa fosse sconveniente. Tutti, mamme, pendolari e vecchiette, sembravano avere una missione precisa, tesi verso la forma fisica, la produttività, valori accettabili di colesterolo e glicemia. Alice sentì tutta l'oscenità di quel suo portare a spasso la malattia, la morte. Morte in vacanza, come quel vecchio film. Si strinse nel giaccone, cercò di darsi un contegno. Un ciclista che le urlò – attenzione... sorpasso a sinistra! – un po' troppo da vicino la fece dubitare della sua traiettoria. Forse, non volendo, tendeva a spostarsi verso il centro della pista. Lasciò allora il nastro asfaltato per proseguire sulla striscia di terra che lo costeggiava. Ecco, così andava meglio, poteva seguire la propria andatura, senza la preoccupazione di far rallentare il traffico. Forse, camminando senza fretta, sarebbe riuscita ad arrivare fino al tunnel dell'acquedotto. Cosa avrebbe fatto dopo, non voleva chiederselo. Avrebbe deciso una volta lì. Andasse come doveva andare, quella libera uscita era un regalo inaspettato della stagione.

Una bambina piccola le passò vicino su una bicicletta con le rotelle, il campanello la fece sobbalzare. Una bambina senza casco, non credeva che se ne vedessero ancora in giro, chissà che aveva in testa la mamma. Alice voleva soprattutto passare inosservata e quindi non fu proprio felice quando quella si voltò a guardarla salutandola festosa con la mano. Un attimo e le voltò di nuovo le spalle, ma quell'attimo fu abbastanza perché Alice si arrestasse, il cuore in gola. Le trecce tenute da fiocchi rosa creavano sulla nuca una ripartizione che lasciava intravedere la pelle chiara sotto un velo di peluria.

– Celestina! – chiamò Alice, vergognandosi subito dell'incongruenza di quel grido. E invece quella si voltò ancora, liberò una risata cristallina che sembrò rimbalzare e infrangersi sull'asfalto, e fece cenno di sì con la testa. Celestina! E allora certo che vai senza casco, mica si usavano a quei tempi, certo che sei rimasta impertinente, però, a far paura così alle vecchiette col tuo campanello argentino.

Cercò di affrettare il passo ma si accorse che era fatica sprecata, chissà dov'era arrivata quella nel frattempo. Era sempre andata così, Alice rossa e col fiatone, convinta di farcela, e Celestina che spuntava ridendo dietro di lei all'ultima curva, la sorpassava senza sforzo apparente. Figuriamoci adesso, che lei era vecchia e Celestina, invece, era rimasta bambina. L'assurdità della differenza di età tra di loro la colpì e la distrasse, impedendole di accorgersi subito della figura scura che l'aveva affiancata, con la testa china a leggere in un libro.

Ne reminiscaris, Domine, delicta nostra vel parentum nostrorum, neque vindictam sumas de peccatis nostris.

La voce era un sussurro, eppure inconfondibile.

– Suor Arcangela! – esclamò Alice.

La figura continuò a recitare camminando.

Domine, ne in furore tuo arguas me, neque in ira tua corripias me. Miserere mei, Domine, quoniam infirmus sum: sana me, Domine, quoniam conturbata sunt ossa mea.

Et anima mea turbata est valde: sed tu, Domine, usquequo?

– Suor Arcangela! – ripeté Alice. Era lei, con le sue formule minacciose e incomprensibili ripetute con devota ostinazione, come se dalla loro perfetta articolazione dipendesse la sorte della sua anima. Alice pensò che se voleva attrarre la sua attenzione doveva fare uno sforzo, parlare la sua stessa lingua. Ripeté l'antifona:

Ne reminiscaris, Domine, delicta nostra vel parentum nostrorum, neque vindictam sumas de peccatis nostris.

Suor Arcangela non diede nessuna indicazione di aver notato la presenza di Alice, ma la lasciò finire prima di ricominciare.

Discedite a me, omnes, qui operamini iniquitatem: quoniam exaudivit Dominus vocem fletus mei.

Exaudivit Dominus deprecationem meam, Dominus orationem meam suscepit.

Mentre recitava, aveva impercettibilmente accelerato. Alice cercò di mantenere l'andatura, ma presto si trovò a guardare la sua figura imponente di spalle. Gridò, come in uno scongiuro:

Ne reminiscaris, Domine, delicta nostra vel parentum nostrorum, neque vindictam sumas de peccatis nostris.

Sentì che lei le rispondeva, cercò di starle al passo, ma la sagoma si allontanava, e il vento ne portava le parole.

Il vento ne portava le parole?

– Questa mica l'ho scritta io, eh... – disse una voce baldanzosa al suo fianco. – Perché tu, ignorantella come sei, c'è il rischio che pensi davvero che sia mia... Invece no, è di quell'altro, mannaggia, come si chiama... Ma perché mi guardi così? Ci sei rimasta male che ti ho chiamato ignorantella? Ma mica è colpa tua, è solo che sei piccola! Per essere una bambina ne conosci già tante di poesie...

Alberto!? Ma dove vai così di corsa, e perché il fucile da caccia di papà.

– Perché secondo te dovremmo restare a farci dare ordini dai Tedeschi, eh? Eins, Zwei, Eins, Zwei... Mi ci vedi, tu? L'hai sentito pure tu, no, dell'armistizio? E allora che ci fanno questi qua, che aspettano a tornare a casa loro?

Che ci fanno, hai ragione, allora aspetta Alberto vengo pure io.

– Ma dove vuoi andare tu così piccola, su...

Alberto liberò senza fatica la mano dalla presa sudata di Alice.

– Non andare, Alberto, non andare, sei troppo giovane, non ti faranno niente, non è te che cercano...

Fulvio era comparso dal nulla, aveva raggiunto Alberto, lo prendeva per un braccio, ma quello rideva e gesticolava, sembrava euforico. Alice perdeva già terreno, della loro conversazione le arrivavano solo brandelli, ma tenere quel passo doveva essere difficile anche per loro due, soprattutto per Alberto, che era tutto bardato, come se partisse per chissà dove. A un certo punto, esasperato, cominciò a togliersi delle cose da dentro il cappotto. Prima una sciarpa, poi un pacco di carte legato da un nastro viola.

– Senti, mi hai fatto venire in mente una cosa... Le mie poesie, è meglio che le tieni tu, che sono solo un ingombro là dove vado –, Alice sentì che diceva prima di riprendere la corsa alleggerito.

Fulvio era immobile adesso, l'aria derelitta, guardava alternativamente le carte che gli erano rimaste tra le mani e Alberto che si allontanava. Alice approfittò del suo sbigottimento, gli fu addosso, gli strappò il pacco.

– Queste spettano a me, capito? – urlò senza neanche degnarlo di un'occhiata e continuando a inseguire Alberto. Sentì le dita di Fulvio che le sfioravano il polso, come se avesse provato a fermarla, ma senza convinzione.

Continuò a procedere nella stessa direzione anche dopo aver perso di vista Alberto, anche quando si accorse che al posto dei versi che lui aveva lasciato c'erano solo foglie incartocciate e ingiallite. Già autunno?

Nel frattempo era arrivata al tunnel del vecchio acquedotto. Il traffico di pedoni e ciclisti amatoriali si era già diradato, adesso rimanevano solo quelli più impegnati, che percorrevano lunghe distanze, soprattutto i pendolari. Doveva fare attenzione, il percorso nel tunnel la costringeva ad abbandonare la striscia di terra e rimettersi sull'asfalto, rimpianse di non avere una torcia per farsi notare. Cercò di tenersi il più possibile vicina alle pareti, per quanto trasudassero umidità. Allungò il passo, uscì con sollievo alla luce.

Una presenza inconfondibile e un tuffo al cuore. Eric coi blue jeans strappati e la maglietta color carta da zucchero, che sorride leggermente ironico, la testa bionda piegata sulla spalla. Con la mano fa segno di chiedere un passaggio, anzi impone di fermarsi. E Alice, ovviamente, si ferma. E allora il sorriso di lui si allarga vittorioso. Si gira e senza fretta prende la discesa verso il fiume, come dimentico di lei. Ma Alice è stanca di incontri fuggevoli e fantasmi ammiccanti, e senza pensarci due volte gli si precipita dietro. Il terreno ai lati della pista ciclabile non è curato, scivoloso e irregolare corre a balzi tra liane e tronchi caduti. Alice perde le pantofole (o le aveva già perse?), si infanga il pigiama di flanella, si graffia le mani nel tentativo di aggrapparsi a qualsiasi cosa mitighi la sua discesa. Eppure, malgrado i suoi sforzi, lo perde di vista, e quando arriva sulla riva del Potomac si sente sconfitta, si ferma anelante e delusa.

Il fiume sta guarendo dall'estate piovosa che l'ha infangato. Per settimane ha continuato a spurgarsi scaricando in correnti impetuose le scorie ereditate dalla bella stagione. La mitezza di questo inizio d'autunno l'ha confortato, lo incoraggia a recuperare il consueto andamento maestoso.

– Ehi...

Eric invece sembra non aver fatto nessuno sforzo, le sorride seduto sull'erba, ha sempre quell'aria sua, un po' distratta, di chi non è ancora tornato a casa e già pensa al prossimo viaggio.

– Certo che ce ne hai messo di tempo... – la rimprovera dolcemente. – Cominciavo a pensare che non saresti arrivata mai.

Lei si avvicina. Scusa il ritardo, vorrebbe dirgli, mi sono lasciata un po' prendere la mano dagli eventi, mezzo secolo passa in un battito di ciglia.

– Che fai, non ti siedi?

Alice si siede con grande cautela, come le hanno insegnato alla riabilitazione. Prima un ginocchio, poi l'altro. Si gira con grande fatica ma la pendenza del terreno le gioca un brutto scherzo e finisce lunga distesa. Non sta neanche male, ma come farà a rialzarsi?

– Si sono dovuti ricredere tutti, sei stata proprio brava... La bambina come sta?

Bene, bene, è bellissima la nostra Jane, è cresciuta, è grande. Lo sai che siamo nonni, vorrebbe dirgli, abbiamo tre nipotini, e una è pure incinta, tra poco saremo bisnonni! Ma esita, come si fa a dire delle cose così a un ragazzo di vent'anni, ha paura che lui la prenda male.

Eric si sdraia vicino a lei, con le dita sfiora una margherita. Alice è raggiante e spaventata. Adesso si accorgerà che sono vecchia, pensa, e per controllare almeno lo stato del pigiama di flanella si mette anche lei su un fianco e con fare indifferente si guarda le gambe. E qual è il suo stupore nel vederle uscire dritte e ben tornite da sotto la minigonna, muscolose al punto giusto, da persona che non sa cosa sia una palestra ma ha molto camminato, per voglia e curiosità. Quando si riprende Eric è vicinissimo, si sta chinando su di lei, Alice riconosce quell'odore mai dimenticato di sottobosco bagnato e salsedine, segue il percorso delle sue labbra sottili e socchiuse verso le sue fino a quando, troppo vicine, diventano sfocate.

mentre la baciavo con l'anima sulle labbra,
l'anima d'improvviso mi fuggì.

2. Intanto

Jane guardò indecisa il cellulare.

– Perché non la chiami? – suggerì Jeff.

– E se poi i calmanti hanno fatto effetto e si è appena addormentata?

Jeff non rispose, erano appena arrivati a destinazione, parcheggiò di fronte alla casa modesta, a due piani, con il cartello "foreclosure" nel giardinetto trascurato.

– Dio mio, quanto hanno pagato per questa baracca?

– Troppo, sicuramente – rispose Jeff secco scorrendo i documenti della cartellina "Hyattsville".

– Guarda qua – disse dopo aver consultato vari fogli, – la casa è stata valutata trecentomila dollari, e loro ne devono quattrocentomila alla banca. Ma come cavolo si fa a essere così stupidi?

Jane cercò il numero di Liliana tra quelli chiamati di recente.

– Questi hanno comprato alla fine del 2005, quando la bolla immobiliare stava per scoppiare – concluse Jeff continuando a scartabellare. – Ecco il contratto di vendita. Quattrocentocinquantamila dollari per questa baracca in mezzo al niente. Hanno provato a venderla per trecentocinquantamila e non l'ha voluta nessuno. Nessuno la vuole a nessun prezzo, la gente aspetta di vedere se cadremo ancora più in basso. Disoccupato lui, casalinga lei... La banca ha aspettato fin troppo, altro che.

– Shh... Liliana, sei tu? – Jane aveva seguito distrattamente i calcoli di Jeff mentre cercava di chiamare Liliana al cellulare. – Ah, meno male. D'accordo, adesso devo spegnere, ma lasciami un messaggio se devo passare a prendere qualcosa per cena, comunque ti richiamo io appena finito. Ciao, ciao.

In realtà la telefonata aveva sorpreso Liliana quando era appena giunta in vista della casa di Alice. Tra ambiguità linguistiche e il fatto che si capisce solo quello che fa comodo capire, Jane mise giù tranquillizzata.

– Liliana è arrivata, tutto bene – annunciò a Jeff. Spense il cellulare, aprì la portiera, raggiunse Jeff che si era già avviato verso la casa, cercò di concentrarsi sul compito che li aspettava.

– Chi mi hai detto che ci abita qui?

Non aveva seguito niente, come al solito. Jeff cercò di non far trapelare la propria irritazione.

– Coppia, giovane, reduce dell'Afghanistan lui, casalinga lei. Comunque, Jane, non ricominciamo, non siamo assistenti sociali, avrebbero dovuto pensarci prima di fare il passo più lungo della gamba.

– Non è che abbiano comprato una tenuta con campo da golf, mi pare – fece Jane guardandosi intorno.

– Che c'entra, avrebbero potuto fare come ho fatto io e restare in affitto fin quando non erano sicuri di potersi permettere una casa loro.

– Sì, ma credo di aver sentito quest'idea che il tenore di vita di ogni generazione debba essere superiore a quello della generazione precedente, che la felicità passi attraverso la proprietà... il sogno americano, insomma.

Jane si specchiò nella porta a vetri, si aggiustò la collana intorno al collo. Aveva ragione sua madre, le stava bene.

– Comunque hai ragione tu, non siamo assistenti sociali – concluse per evitare di imbarcarsi in una delle solite discussioni.

Un vagito.

– Che hai? – chiese Jeff.

– Hai sentito quel rumore? Sembrava il pianto di un bambino.

– Sì, dimenticavo, non poteva mancare il bebè. Per favore, Jane, se ricominci prima o poi facciamo la loro stessa fine.

Erano ormai davanti alla porta. Jane suonò il campanello.

– Avranno sentito? – chiese Jeff nervoso. – Alle brutte dobbiamo tornare con la polizia.

La porta si aprì prima che decidessero di suonare una seconda volta. Nell'uniforme mimetica dei Marine apparve un uomo maestoso, imponente, che sovrastava Jeff di almeno quindici centimetri. Il braccio piegato reggeva un bambino che a confronto sembrava invece minuscolo, la testina piegata nell'incavo del collo del padre. L'uomo ignorò i saluti e le mani tese, si girò e fece strada verso l'interno della casa, senza una parola.

Si erano già seduti al tavolo e Jeff aveva cominciato con le formule di rito quando una giovane donna salì dallo scantinato con una valigia. Prese il bambino dalle braccia del padre, stese una coperta vicino la finestra e cominciò a cambiarlo. Jane si sentiva soffocare, istintivamente la seguì.

– Vuole che la aiuti?

La donna fece segno di no. Era molto giovane, pensò Jane, forse appena più grande di Sara, l'avrebbe immaginata in un'aula di liceo più che d'università.

– Io mi chiamo Jane – disse tendendo una mano.

– E io Olga –, rispose l'altra già più distesa, – piacere.

– Davvero, Olga, non è un problema, se vuole stare con suo marito faccia pure. Sa, ho tre figli e una certa esperienza in fatto di pannolini –. Sorrise quasi per scusarsi e farsi perdonare quell'accenno alla solidarietà femminile.

– Che età? – chiese Olga subito, ma siccome Jane mostrava di non capire dovette precisare.

– Che età hanno i bambini?

– Oh... Be', non sono più bambini. Roger, il maggiore, ha ventotto anni, Kate ventiquattro e Sara, la più piccola, diciotto.

– Che bello! Anch'io ne vorrei tanti, ma adesso non lo so... Perlustrò con lo sguardo il salotto spoglio.

– Ma no, non dica così, siete giovani... – si sentì in dovere di incoraggiare Jane.

Giovani e inguaiati. Jane sentì la voce di Jeff dentro di sé, si sforzò di metterla a tacere.

– Che poi – riprese Jane, – se non arrivano altri bambini, non è la fine del mondo. Io sono figlia unica, e felicissima di esserlo.

– Davvero? – fece l'altra incredula.

Era vero, si accorse Jane. Figlia unica, e felicissima di esserlo. Si ripromise di dirlo ad Alice quella sera. Non era neanche sicura di averla davvero sentita la mancanza di quel padre autostoppista, che doveva essere stato uno scapestrato.

Eccoli lì l'uguaglianza e il femminismo, rimuginava nel frattempo Jeff rimasto incastrato al tavolo con l'uomo. Non poteva ascoltare la conversazione delle due vicino alla finestra, ma ne intuiva benissimo il tenore. Tutte quelle storie, parità di opportunità e di stipendi, ed eccole le femmine fitte a confabulare di figli e di latte, mentre i maschi si occupavano di affari. Gli affari in questione, tra l'altro, andavano maledettamente a rilento perché l'energumeno in mimetica si ostinava a leggere ogni rigo della pila dei documenti che doveva firmare, peccato solo che non avesse letto con altrettanta attenzione le condizioni del mutuo, a suo tempo. Ogni tanto faceva qualche domanda cui Jeff rispondeva alla meno peggio, senza riuscire a evitare termini giuridici (il legalese per cui Alice lo prendeva in giro, non sempre benevolmente) che non potevano certo risultare di facile comprensione per il suo interlocutore, né placarlo. Jeff non si sentiva tranquillo, ne aveva incontrati abbastanza di reduci per riconoscere quello sguardo assente, quella calma che poteva da un momento all'altro trasformarsi in furia cieca, come suo padre quando pensava di trovarsi ancora a Hue. E poi non riusciva a scrollarsi di dosso la sensazione di pericolo che aveva provato quando la porta si era aperta di scatto e l'uomo era apparso. Non era solo una questione di altezza, era proprio massiccio. E poi perché si era messo l'uniforme per accoglierli, dove si credeva di stare. Se non avesse avuto paura di sembrare ridicolo, avrebbe chiesto a Jane di dargli il cambio e sarebbe andato lui a cambiare pannolini.

Quando, a Dio piacendo, anche l'ultimo modulo fu compilato, Jeff si sentì più sicuro. Troppo sicuro.

– Ricordatevi – annunciò, – che il ferramenta verrà a cambiare la serratura tra due ore, quindi dovete essere fuori…

– Perché ti sembra che mi fa piacere attardarmi qua a godermi il panorama, testa di cazzo – sibilò l'uomo, roteando due occhi da pazzo intorno alla stanza prima di puntarli su Jeff.

– No, che c'entra, è solo così non vi spavent…

Non ebbe il coraggio di finire la frase.

– Jane! – chiamò Jeff, con voce un po' più acuta di quanto avrebbe voluto.

Le donne si voltarono. Dal loro punto di osservazione vicino la finestra vedevano la mimetica di schiena e la faccia tesa di Jeff di fronte.

– Jane, abbiamo fatto, dobbiamo andare…

L'altro approfittò del fatto che le donne non potevano vedere le sue espressioni per gettare a Jeff un'occhiataccia.

– Jane! – l'uomo imitò Jeff esagerandone il timbro fino a renderlo quasi un falsetto. – Jane, l'orco mi mette paura!

Percepì che le donne si erano accorte che stava succedendo qualcosa, sentiva i loro occhi sulla schiena. Lo capiva anche dalla faccia di Jeff, che guardava fissamente nella loro direzione cercando di evitare quello sguardo maschile che gli era invece tanto più vicino.

L'uomo fremeva. Tutte quelle ore di addestramento per finire poi come carne macinata in mano a avvocati e agenti immobiliari, senza la soddisfazione di sparare un colpo. Che spreco.

– Uomini come te, non vale la pena neanche di sporcarcisi le mani.

E per indicare che la conversazione era finita, si alzò e si diresse verso la moglie alla finestra.

Le donne si erano alzate.

– Tutto fatto? – chiese Olga.

– Sì, tutto fatto – rispose l'uomo togliendole il bambino dalle braccia. Il suo sguardo vagò dalla moglie a Jane, che si toccò istintivamente il collo nudo.

– Per favore, mi permetta… mi piacerebbe molto regalare questa collana a sua moglie – disse, venendo meno a tutte le sue convinzioni in fatto di autonomia femminile. Aveva agito d'impulso quando si era tolta la collana per darla a Olga, ma non voleva complicare quella situazione famigliare già così difficile, chissà che sarebbe successo a quei due, tra quei due, una volta chiusa la porta.

L'uomo guardò il cerchio luminoso sul collo della moglie.

– Ti sta bene – si sforzò di dire.

Jeff si accasciò sul sedile della macchina con sollievo.

– Insomma, prima mi lasci da solo alle prese con quel gigante, poi addirittura regali la preziosa collana di tua madre a sua moglie! Guarda che con quest'economia di sfratti dovremo farne parecchi, anzi, per essere più chiaro, gli sfratti sono la nostra unica salvezza. Se ogni volta vuoi lasciarci un gioiello finiremo col rimetterci!

Jane sorrise suo malgrado.

– Ma c'era qualcosa in quei due, no? E c'era anche qualcosa che girava intorno alla mia collana. Appena mi è venuto in mente di darla a Olga ho sentito che era la cosa giusta. Sono sicura che mia madre sarà d'accordo.

– Guarda che dobbiamo parlare, non va mica bene che ci dividiamo il lavoro così, anch'io...

Ma il pensiero della madre aveva già ricordato a Jane di accendere il cellulare. Trovò sette messaggi: quelli sempre più ansiosi di Liliana si alternavano con uno della vicina e un paio della polizia.

MOAB, 15 OTTOBRE 2010

1. Passato remoto

Questa volta sua madre aveva esagerato. Aveva sempre avuto il brutto vizio di prendere decisioni per lei, ma addirittura privarla della possibilità di partecipare alla cerimonia...

– Quale cerimonia, scusa? – aveva obiettato Jane. Non c'era stata nessuna cerimonia, bisognava sbrigarsi. Del resto, Nonna Alice, anzi Nonna Lice, come la chiamava Sara da bambina, le aveva ribadito espressamente, solo la sera prima di morire, che non voleva preti tra i piedi.

– La sera prima! Lo vedi che lo sapevi che stava per succedere?

Qui Jane aveva preso a parlarle come a una bambina piccola, anzi scema. C'è sempre una sera prima, no? Ma non è detto che uno lo sappia (questo era in realtà uno dei suoi tormenti, ma non era sicura di poterlo spiegare a quella figlia sempre così astiosa). Anzi, uno lo capisce solo la sera dopo. Il gioco di parole irritò Sara oltre ogni limite.

– Se l'avessi saputo – andava ripetendo Jane – avrei fatto tutto diversamente. Non solo ti avrei chiamata, ma anch'io sarei restata al suo fianco, non credi?

D'accordo, la morte va bene, la morte può anche essere imprevedibile, il giorno prima si capisce solo il giorno dopo (Dio, se ne diceva di banalità sua madre!). Ma il funerale...? Non era un po' sporca farle sapere tutto a cose fatte?

– Ma te l'ho detto! Bisognava affrettarsi, col corpo in quelle condizioni. Siamo andati nell'agenzia di pompe funebri più vicina e via. Non potevamo rimandare, e a quel punto che senso aveva farti precipitare?

– Magari però potevi lasciare che decidessi io, no? Lo sai quanto ha fatto nonna per me, lo sai quanto le ero legata, sai quanto le devo...

Jane decise di ignorare nobilmente il rimprovero implicito in quelle parole. Ci mancava solo che Sara tirasse di nuovo fuori la storia dell'aborto mancato, ne era capacissima.

– A Thanksgiving, dai... non manca molto, e ci saremo tutti.

Sara si sentì gelare alla prospettiva. Adesso diventava impossibile evitarla, la riunione di famiglia, e senza neanche avere la speranza di vedere Nonna Lice, stavolta. Al centro della tavola il tacchino di Jane, sempre secco.

– Dimmi di te, piuttosto. Come ti trovi nello Utah?

La parola Utah evocava nella mente di Jane dinosauri e Mormoni. Come se le avesse letto nel pensiero, Sara tagliò corto.

– Bene, ma devo andare, c'è gente, ciao.

Sara tornò al bancone. Erano quasi le undici, e passavano solo i ritardatari o, al contrario, i turisti esperti che erano usciti all'alba ed erano già sulla via del ritorno, pronti per il cappuccino migliore di Moab e il famoso cranberry orange bread.

Sua madre come al solito non capiva niente. Epica, nel suo non capire niente. Come se piangere Nonna Lice tra estranei a Moab e piangerla tra gente che la conosceva fosse la stessa cosa. Era sicura che in tanti, dai colleghi in biblioteca ai volontari del centro per i senzatetto, avrebbero voluto commemorarla. Per Jane invece Alice era sua madre e basta, non si rendeva conto del torto che le aveva fatto. Interrogando il suo sdegno, Sara capì che rimproverava a sua madre l'indifferenza di cui lei stessa si riteneva colpevole. Non era neanche sicura di aver parlato di Nonna Lice con Julia, o con Una. Non era ancora morta e già l'aveva confinata nel passato, presa da quel presente vorticoso e incomprensibile. Che senso aveva parlarne adesso, ricostruire una figura che già si dileguava, che si era già trasformata in cenere? Aveva solo bisogno di cambiare il tempo verbale, tutto qui. Bastava dire "Nonna Lice faceva la bibliotecaria", "Nonna Lice amava la poesia", invece di "Nonna Lice fa la bibliotecaria", "Nonna Lice ama la poesia", nessuno ci avrebbe trovato niente di strano. Una volta che ti ha inghiottito, il passato smussa le differenze. Ecco, Nonna Lice era morta, così come era morto Eric, il misterioso amante autostoppista da cui forse avevano preso a scorrere in sua madre Jane, e poi nelle sue stesse vene, tutte quelle inquietudini. Nell'unica foto insieme, Alice e Eric sorridevano abbracciati e coetanei. Poi lui si era fermato e lei aveva continuato a camminare, distanziandosi sempre di più da quell'immagine di ragazza avvinta al suo uomo. Ecco, adesso era rientrata nella cornice, quei cinquant'anni di percorso erano stati riassorbiti in un attimo, ridotti alle loro giuste proporzioni di increspatura sulla superficie dell'oceano. Impercettibili, insignificanti. E Nonna Lice, passato il guado, era già con lui, e lontanissima da loro. Parlando di lei, tutti avrebbero istintivamente corretto la sintassi, assimilandola a quella con cui, sempre più raramente ormai, si riferivano a lui. La morte, concludeva Sara attenta che il cranberry orange bread ancora caldo non le si sbriciolasse sotto il coltello, riposava sui tempi verbali. Imperfetto. Passato remoto.

– Sara... – la chiamò Julia sottovoce. Le bastò guardarla per capire che sua madre doveva averle detto quello che era successo.

– C'è un'altra chiamata per te.

– Pronto! – squillante, la voce di Una dall'altra parte del filo indicava invece che Julia non l'aveva informata.

Finalmente, pensò Sara. Per tutta l'estate Una era stata inviata in parchi sempre più lontani da Moab, le loro escursioni si erano diradate. Sara si era sorpresa ad aspettare le sue visite con ansia. Tanta attesa, per arrivare in una fase lunare così poco propizia.

– Ciao... sei tornata da Bryce.

– Sì, finalmente... Come va?

Male, avrebbe voluto rispondere Sara, ma non voleva rovesciarle addosso tutto il dolore che sentiva, spaventarla.

– Va... va benino, mi sembra.

– Senti, perché non vieni da me oggi pomeriggio? Facciamo una camminata nei dintorni e poi ceniamo insieme. Ti va?

– Devo chiedere a Julia, essere sicura che non ci sia niente da fare al caffè.

– Ecco, brava, chiedi – fece Una cercando di nascondere la contrarietà. Cosa ci può essere da fare, in una sera di ottobre, in un caffè che chiude alle tre di pomeriggio anche in alta stagione.

Era una domanda tanto per prendere tempo.

– Sì, certo... – rispose subito Julia, scrutando gli occhi arrossati di Sara, il suo pallore.

– D'accordo. A che ora? – disse Sara tornata al telefono.

– Vengo via dall'agenzia il più presto possibile. Se vuoi vieni in bicicletta e se non mi trovi entra pure, Julia ha una copia delle chiavi di casa. Diciamo alle cinque?

– Va bene. A dopo.

Invece poi Sara non era riuscita neanche ad aspettare fino alle cinque. Entrata in casa di Una, si era trovata di fronte un unico grande spazio. Le tende tirate avevano tenuto a bada la luce del giorno e permettevano alla penombra di avvolgere la stanza in un abbraccio che smussava angoli e contrasti. Si tolse le scarpe, il pavimento di mattoni le trasmise un piacevole senso di freschezza. Si avvicinò alla finestra, spostò la tenda. In un piccolo orto si succedevano piante di pomodori, cespi di insalate ed erbe aromatiche. Sotto la tettoia erano parcheggiate due mountain bike. Fu tentata di uscire, sentiva che quella piccola casa si proiettava naturalmente verso l'esterno. Impossibile trovarvi la paccottiglia della stanza di Sara, dove cataloghi di Victoria's Secrets riposavano sullo skateboard. Ecco, quell'immagine catturava bene la sua confusione. Aveva voltato l'angolo correndo e perso di vista la bambina che era stata, quando della donna che voleva essere non vedeva neanche l'ombra. In quella terra di nessuno, le erano piombate addosso le più strane paure. Forse era cominciato quando aveva abbandonato Nonna Lice. O forse era stata solo una curiosa coincidenza, che la malattia di sua nonna e il suo proprio sbandamento si fossero sovrapposti così? Nonna Lice aveva reagito a operazioni e terapie come un gatto, ritirandosi in sé, evitando gli sguardi compassionevoli e vagamente disgustati degli altri. E Sara, questo sì che era strano, si era fatta convincere dalle fandonie di sua madre sul fatto che queste malattie, a quell'età, progrediscono lentamente, che poi alla fine non si sa mica se uno è morto di cancro o di vecchiaia, che la medicina ha fatto passi da gigante e via di questo passo. E così lei non c'era, superficiale, assente, dopo che a sua nonna doveva, in fondo, la sua stessa vita, quella vita di cui non sapeva bene cosa fare.

Nonna Lice l'aveva fatta crescere con libri, canzoni e passeggiate, tutti i sentieri intorno al Potomac erano stati i loro. E quando, dopo l'incidente, aveva dovuto saltare un anno di scuola e affrontare quella noiosa riabilitazione, Nonna Lice l'aveva portata al lavoro con sé, giorno dopo giorno, in biblioteca, sulla sedia a rotelle prima, con le stampelle poi e infine di nuovo, finalmente, in piedi. – Guarda, Nonna Lice! – Sara aveva aspettato che non ci fosse nessuno alla consultazione, si era aggrappata allo scaffale del dizionario enciclopedico per tirarsi su. – Hai visto? – Le gambe le formicolavano, ma le sentiva capaci al di là della disabitudine e dell'emozione. Aveva aspettato di avere gli occhi della nonna su di sé prima di muovere un passo minuscolo, dalla "A" di "Astonishment" alla "B" di "Birth". E Nonna Lice, di solito così misurata nelle sue reazioni, era invece scoppiata a piangere e le si era fatta vicina, combattuta tra il desiderio di abbracciarla e la paura di turbare quel nuovo equilibrio. Quando, quando l'aveva persa di vista? Come aveva potuto accontentarsi delle piccole visite rituali dove non si parlava di niente mentre lei sotto il tavolo aggiornava furtivamente il suo profilo su Facebook? Quell'ultima passeggiata, avrebbero dovuto farla tutte insieme, tre generazioni di donne. Avrebbero dovuto essere lì a chiuderle gli occhi quando, stanca, si era sdraiata sulla riva del fiume. Invece, sua madre era con quel bellimbusto di Jeff a buttare gente per strada, e lei era nel deserto a preparare il migliore cappuccino dello Utah. Si prese la testa tra le mani. Non avere più la possibilità di spiegarsi, di scusarsi.

– Scusa – disse lo stesso. La sua voce risuonò incongrua e straniera nella stanza.

2. Capo Nonna Lice

Quando riaprì gli occhi il suo sguardo, fisso sul pavimento, trovò i piedi nudi di Una. Sobbalzò e risalì fino ai fianchi solidi, la vita sottile, l'espressione preoccupata. Una le si accovacciò davanti, come si fa coi bambini e i cuccioli.

– Sono passata al caffè, pensavo di trovarti lì. Julia me l'ha detto... mi dispiace.

Sara annuì.

– Julia mi ha detto che è stata una cosa relativamente improvvisa...

Silenzio.

– ...e che le eri molto legata.

Vere entrambe le cose. Sara si rese conto di non riuscire a dire niente, di non voler dire niente.

– Scusami... non posso essere un granché di compagnia stasera, forse è meglio che me ne vada – si sforzò di dire.

Non mandarmi via non mandarmi via non mandarmi via.

Una le si sedette vicino, le prese le mani tra le sue. Dalla sera della luna piena aveva evitato ogni contatto fisico e Sara, pur attraverso la sofferenza, riconobbe la stessa vampata di calore.

– Resta se vuoi, ma solo se vuoi. E non parlare se non ne senti il bisogno, se non ne hai voglia.

Sara non avrebbe saputo dire quanto tempo era restata così. La luminosità dietro i vetri si era attutita, ci si avvicinava ormai al tramonto. Una si era alzata e si muoveva, apriva sportelli, cercava nei cassetti, sembrava affaccendata in preparativi. Forse la cena, pensò Sara. Le ricomparve davanti con due zaini.

– Andiamo – disse.

– Dove?

– Fuori. Questa non è notte da starsene a casa.

Montarono sulla Jeep. Dalla casa di Una, ai margini di Moab, presero subito una strada isolata che Sara non conosceva. La Jeep sobbalzava sul terreno dissestato, sollevando nuvole di polvere.

– Eccoci.

Parcheggiarono e scesero a terra. Una prese i due zaini dalla jeep, ne diede uno a Sara e tenne il più grande per sé, si avviò per un sentiero in discesa. Una non si voltava, ma da come procedeva Sara capiva che sapeva perfettamente quale distanza le separasse, e sincronizzava il suo passo. Arrivarono sulla riva del Colorado River. Una si avvicinò a un piccolo molo che si proiettava nel fiume, slegò una canoa da un palo, ci balzò dentro e tese la mano per aiutare Sara.

– Sai nuotare, sì? – le chiese.

– Sì, certo.

– Comunque, non dovrebbe essercene bisogno, almeno speriamo.

Ora la canoa fendeva l'acqua densa del Colorado River, tracciava una linea sicura. Una si teneva vicina alla riva, remava guardando ora il fiume ora Sara accovacciata sulla coperta sul fondo della canoa. Le pareti di roccia cominciarono ad alzarsi intorno a loro, nascondendo presto la vista del sole al tramonto che però si faceva sentire attraverso le vibrazioni dell'aria, le striature rosa delle nuvole sfilacciate, l'ocra delle pareti del canyon. Un grande airone blu planò sul fiume, il suo tuffo nell'acqua risuonò misterioso nel silenzio dell'ora sospesa. Sara resisteva alla tentazione di chiedere dove stessero andando, si lasciava portare senza resistere in quel fiume che con pazienza infinita, per milioni di anni, aveva scavato i labirinti intricati che si estendevano adesso per centinaia di miglia, quel fiume che a volte si perdeva esausto nel deserto, smarrita la strada che doveva portarlo al mare, eppure incessante scavava, ignaro creava meraviglie.

Una lasciò che la canoa si arenasse su una minuscola spiaggetta, saltò agilmente sulla riva evitando di bagnarsi, si fece passare gli zaini da Sara. E adesso?

– Adesso – disse Una – guarda questo sentiero accanto al fiume. Si riconosce appena, ma anche se lo perdi di vista ti basterà costeggiare il fiume e troverai la strada. Non ti sente nessuno, non ti vede nessuno. Corri, grida, fai quello che vuoi. Ti aspetto qui.

Sara esitò, ma si rese conto che Una non aveva intenzione di dirle altro. Aveva smesso di guardarla e aveva preso invece a raccogliere rami secchi. Sara si mosse esitante sul sentiero, si voltò, continuò a camminare, un cespuglio la nascose alla vista. La sua andatura le sembrò in disarmonia col fiume e con la sera che scendeva, allungò il passo. Presto si trovò a correre inseguendo se stessa tra le immagini mutevoli rimandate dal fiume e dalla corrente, affidando al battito del suo cuore ansioso un senso di realtà che andava smarrendo. Corse fin quando non ebbe più fiato e dalla gola secca le salì un rumore sconosciuto. Si fermò quando a una svolta la sua spossatezza coincise con la prospettiva giusta. Il sole appena scomparso delineava il contorno luminoso della parete rocciosa davanti a lei. Pensò alla sua vita come alla mappa di un oceano vasto e non percorso, da riempire di rotte e porti man mano che avanzava. Quel posto, decise, era il Capo Nonna Lice. Si guardò intorno con la gioia della scoperta, cercando un modo qualunque per segnare il territorio. Sì, Capo Nonna Lice, che sarebbe stato sempre per lei un riferimento, un luogo sacro che ispira pellegrinaggi. Sorrise amaramente. Scusami, pensò. Perdonami la distrazione, l'indifferenza, la superficialità. Gorghi insidiosi mi tiravano al fondo, viscide alghe hanno attanagliato il timone, austro e maestrale attorcigliato le vele. Assolvimi e curami, e accetta questo piccolo tributo, questo segno della tua prominenza nella geografia desolata della mia anima.

I contorni disegnati dal sole sulla parete rocciosa si erano fatti più sfocati quando dallo stesso profilo si staccò, assurdamente, la luna. Un coyote elevò il suo saluto.

Sistemati con pochi gesti esperti l'accampamento, Una si era seduta vicino al fuoco, e il dubbio era planato su di lei. Che stesse sbagliando tutto? Persino la canoa si era rivelata più pesante del previsto, gli avambracci indolenziti si lamentavano ora dello sforzo. Quello per lei era un luogo sacro, a ogni ferita inferta dalla vita salivano dal fiume infinite ombre a consolarla. Ritrovava quel percorso, quella spiaggia segreta, ogni qualvolta un nuovo lutto faceva vacillare il suo equilibrio. Ma perché somministrare quelle stesse cure a quella ragazza dolorante e confusa che tutto, dall'accento al vestire, denunciava come un prodotto, o meglio un relitto, della costa est, del suo arrivismo sfrenato, dei suoi ritmi snaturati? E perché rischiare di farsi scambiare, da quella ragazza, per l'astro mancante della sua costellazione, perché giocare il ruolo della madre finalmente protagonista o addirittura di quella nonna che, dimenticata fino al giorno prima, assurgeva ora al ruolo di mitica matriarca? Si sentiva vacillare sotto il peso di quelle aspettative mute, tanto più intricate del desiderio semplice e doloroso che aveva sentito sorgerle dentro da quando aveva visto il corpo di Sara allungarsi con inconsapevole bellezza nella luna piena di Delicate Arch. Forse stava solo offrendosi inutilmente, profanando in quell'inseguimento dissennato i luoghi che le erano più cari, che conservavano come in uno scrigno prezioso le sue lacrime ma anche la sua prima, timida, scoperta di sé.

La luna spuntò da dietro la falesia, da lontano ululò un coyote, e poi un altro più vicino. Una si avvicinò al fuoco, ne verificò soddisfatta le fiamme robuste e protettive. Le sembrò di avvertire una nota dissonante nel concerto dei coyote. Fece qualche passo per il sentiero, fermandosi in attesa con le braccia conserte. Non aveva mai paura delle forze della natura, mai. La spaventavano invece gli umani imprevedibili, l'uccidere per gioco, la sopraffazione tra i sessi, la retorica insidiosa di chi non scopre mai le proprie carte, l'ipocrisia mascherata da buone maniere. Di nuovo, però, le sue predilezioni forse non erano valide per Sara, per quanto le sarebbe piaciuto che fosse così, per quanto avrebbe voluto che i loro pensieri combaciassero. Sorrise in uno sforzo di sincerità, si corresse. Avrebbe voluto che i loro corpi combaciassero, questa era la verità, e i pensieri certo seguissero pure, ma i pensieri non riusciva ad afferrarli, mentre da mesi le facevano compagnia l'idea del corpo di Sara, quello sì, del corpo di Sara contro il suo sotto le stelle, in un sacco a pelo, nel fiume, la vedeva rovesciare la testa, ne coltivava e inseguiva il piacere come lei le aveva suggerito di fare con la luna. Si sottrasse a fatica da quelle visioni. Non c'erano, nel passato di Sara, indicazioni che quello potesse essere un sogno condivisibile. Al contrario. Una cheer leader, pronta a fare salti mortali per intrattenere il capitano della squadra di football. Se l'immaginò nel suo ambiente di ricche ragazzine viziate che aspettano il venerdì sera per fare follie. Mamma avvocato, come il futuro patrigno, come la stessa Sara tra qualche anno. Una, Una, torna in te, ti sta dando di volta il cervello.

Che poi, per quanto ispirata da buone intenzioni, non era neanche detto che quella spedizione nella natura sortisse l'effetto sperato. Forse Sara, che non distingueva la Via Lattea da una nuvola, era adesso in preda ai suoi fantasmi. Forse quelle stesse ombre che salivano dal fiume a consolare Una potevano invece trascinare lei giù tra i gorghi limacciosi. La strana nota si faceva più vicina, sostenuta dal coro dei coyote. Dall'ultimo scoglio che nascondeva il sentiero sbucò Sara in una corsa urlante, diretta verso di lei. Una non ebbe il tempo di dire una parola. Sentì l'impatto di quel corpo madido e ansante contro il suo e solo più tardi, mentre le sfiorava i fianchi con le dita, capì che, istintivamente, aveva aperto le braccia per accoglierlo.

DOPO

Morire in fondo non era stato difficile. Aveva provato sollievo come dopo una visita dal dentista temuta prima e risultata invece indolore. Un po' indolenzita magari, nelle gambe abbandonate e poi risalendo, pian piano, in tutto il corpo, una sensazione nuova e diversa, più generale... l'anima? Quando Eric si era chinato per baciarla lei aveva visto, come tanti anni prima, il volto di lui che le faceva ombra, e il colore dei suoi occhi corrispondeva così perfettamente all'azzurro dello sfondo da farle sospettare, in uno sforzo supremo di lucidità, che non fossero occhi ma fessure, e lui un fantasmatico schermo senza spessore. Ma quando lui lentissimamente aveva continuato ad avvicinarsi, e quando le loro labbra finalmente si erano incontrate, Alice aveva sentito un rumore secco, come di un ramo che si spezzi. Aveva mollato la presa, si era lasciata andare. Riflettendoci dopo, capiva che doveva essere morta allora, in quel preciso momento.

Riflettendoci... *dopo*?

La prima conseguenza della morte era stata un curioso cambiamento di prospettiva. Invece di guardare il cielo e Eric che si chinava su di lei, si trovava ora a guardare il proprio corpo dall'alto, non molto lontana ma insomma dall'alto, come doveva averla vista Eric poco prima. Che vecchia che era... La nuova prospettiva le si confaceva talmente che all'inizio non provò nessuna sorpresa, piuttosto una certa soddisfazione. Era quello allora! Ah, come sarebbe stato bello poterlo dire a tutti quelli che continuavano ad arrabbattarsi con le disquisizioni più astruse, a Jane che rimbalzava da una congregazione all'altra, da una setta a un gruppo esoterico. Di tutte le teorie, proprio quella, in fondo piuttosto grossolana, si rivelava esatta. Niente luce alla fine del tunnel, arcangeli con le trombe, Minossi con la coda. Piuttosto quella sospensione attonita.

Però che vecchia che era... Provò pietà per quell'involucro

abbandonato sull'erba come un vecchio cappotto su una poltrona. Avrebbe voluto ricomporlo, perché la gioia dell'incontro con Eric aveva vinto il pudore senile e le gambe erano rimaste allargate come nell'attesa dell'amore. E qui dovette fare i conti con la seconda conseguenza della morte, vale a dire il non poter interferire minimamente con quello che succedeva sulla terra, neanche sulle cose che la riguardavano da vicino. La scoperta la contrariò, ma forse solo perché come morta in fondo era una neonata, e aveva ancora tante cose da imparare, tante cose a cui abituarsi. Una formica attraversò la fronte del corpo riverso sull'erba. Speriamo che lo trovino presto, pensò Alice. Quello che le era sempre piaciuto di quella zona, il fatto che fosse ancora foresta pur essendo così vicina alla città, le si rivelò ora un'insopportabile minaccia. Non potevano tardare ad arrivare, scoiattoli, procioni, cervi, e poi i corvi, i falchi dagli occhi vigili, forse addirittura qualche coyote. D'accordo, era solo un vecchio corpo il suo. Non era diverso, adesso lo vedeva bene, dalla terra su cui riposava, dalla pioggia che lo avrebbe bagnato, dalle radici che ne avrebbero tratto nutrimento. Però un po' di rispetto, che diamine. Alice lo aveva accudito, lavato, reso presentabile per ottant'anni, aveva spiato con gioia e apprensione il suo fiorire e il suo declino. Ma anche il contrario era vero, e cioè che quel mucchio di carne e ossa aveva servito fedelmente i sogni di Alice, accompagnato i suoi viaggi, abbracciato i suoi amori. E se a volte le era potuto sembrare un impedimento, adesso vedeva bene che era invece il veicolo per radicare la sua ineffabile essenza a qualcosa di reale, al mondo, alla vita. Tant'è vero che adesso, senza quel corpo (questo Alice lo capì subito, e le dispiacque), non avrebbe sognato più.

Senza un corpo da nutrire e da pulire, anche la sua cognizione del tempo si faceva approssimativa. Non avrebbe saputo dire quante ore erano passate da quando aveva cambiato prospettiva. Il procedere del sole era diventato una nozione astratta, priva di significato. Adesso dalla foresta si era staccato un giovane cervo, con passi esitanti si avvicinava alla figura riversa, sfregava col suo naso umido e scuro quello freddo del corpo abbandonato, si fermava esitante. Dalla scarpata comparve un uomo con una macchina fotografica, si avvicinò, mise a fuoco. Il cervo lo guardò per un attimo prima di dileguarsi leggero tra gli alberi. L'uomo proseguì fino a pochi metri dal corpo, lo inquadrò con la macchinetta, scattò una foto, poi cominciò a indietreggiare guardandosi intorno e infine, quando si sentì abbastanza al sicuro, voltò le spalle e cominciò a correre a perdifiato. Che diamine, non mordo mica, pensò Alice.

E fu così che Alice, senza particolare stupore, si trovò di lì a poco a fare i conti con una nuova scoperta, e cioè che era ancora legata a quel corpo. Quando gli infermieri lo sistemarono sulla barella, quando lo caricarono nell'ambulanza, lei lo accompagnò, con la stessa naturalezza con cui era costretta a seguirlo quando era vivo.

La morte era stata dunque un'operazione abbastanza indolore e non priva di novità interessanti. La cremazione invece era stata francamente sgradevole. Anzitutto, evidentemente il corpo era restato esposto agli elementi abbastanza a lungo, perché già nell'ambulanza gli infermieri si erano lamentati. Una volta stabilite identità e cause del decesso, bisognò procedere in gran fretta, ma siccome l'agenzia funebre di Bethesda non aveva una camera crematoria, il corpo messo alla meno peggio in un contenitore di cartone (tanto brucia, aveva detto Jeff con invidiabile pragmatismo) aveva dovuto viaggiare fino a giungere in un brutto sobborgo dove la procedura era stata portata a termine con la stessa indifferente efficienza con cui gli addetti di un fast food preparano un hamburger. Solo che la temperatura doveva essere stata infernale e la cottura lentissima, a giudicare dai commenti degli addetti ai lavori. Ma il peggio fu che il procedimento non risultò, come Alice piamente aveva creduto, in un dignitoso mucchietto di ceneri, ma in una poltiglia biancastra che fu necessario far raffreddare e ispezionare manualmente (si, manualmente!) da una persona evidentemente preposta a questo compito. Alice si sentì contenta di aver attraversato la vita facendo la bibliotecaria, ci sono tanti mestieri peggiori a questo mondo. Comunque il poveruomo non trovò un granché tra quelle ossa, a parte un dente in titanio ("praticamente eterno!", si era vantato il dentista; Alice si rimproverò di non avergli creduto) e la fede matrimoniale. Jane aveva balbettato qualcosa sulla collana che avrebbe voluto che Alice indossasse nel suo "ultimo viaggio" ma era andata perduta (strano, pensò Alice, perché se l'era messa lei la mattina prima di uscire, se lo ricordava bene). Tale preoccupazione rivelava però scarsa dimestichezza con le procedure crematorie anche da parte di Jane. Infatti l'unico risultato di farle indossare quella collana per la cremazione sarebbe stato quello di farla fondere oppure di farla recuperare dall'addetto che, Alice sospettò malignamente, poteva approfittare della confusione dei parenti per sbarcare il lunario con qualche gioiellino. E definire "ultimo viaggio" quella infornata era decisamente grossolano ma tant'è, Jane era sempre stata approssimativa nella scelta delle metafore.

Ma la procedura non era ancora finita. Bisognò sottoporre i resti anche a una macinazione che finalmente li riducesse alla decenza cinerina che tutti si aspettavano, e fu così che quello che era stato il corpo di Alice, opportunamente cotto, raffreddato, ispezionato, triturato e finanche leggermente improfumato fu inscatolato in un apposito contenitore che era impossibile chiamare urna. Jane trasalì quando lo vide ma Jeff le spiegò che, visto che non avevano ancora deciso cosa fare delle ceneri, sarebbe stato sciocco investire in un'urna preziosa. Il modello in questione, raccomandato dall'agenzia funebre, era igienico, sanzionato dalla Food and Drugs Administration, assolutamente ermetico e al tempo stesso, volendo, facile da aprire. In caso si fosse deciso di inumare le ceneri in Italia, i famigliari avrebbero sicuramente apprezzato la sua leggerezza e compattezza. Approvato dal Ministero dell'Aeronautica, il contenitore era trasparente ai raggi X e poteva essere trasportato come bagaglio a mano. Alice non poté fare a meno di ammirare la facilità con cui Jeff immagazzinava nuove nozioni e si entusiasmava quando un oggetto corrispondeva perfettamente alla propria funzione. A sentirlo parlare, uno l'avrebbe scambiato per un rappresentante di contenitori mortuari o come diavolo si chiamavano quelle scatole.

Alice sarebbe stata ben contenta di toglierselo dai piedi, quel Jeff, ma l'espressione le si rivelò subito poco corrispondente alla nuova realtà dei loro rapporti. Anzitutto, lei piedi non ne aveva più, e avrebbe fatto bene a sottrarsi a quei grossolani conati di antropomorfizzazione. Inoltre ben presto fu lei a trovarsi, letteralmente, tra i piedi di Jeff.

Era successo che il direttore dell'agenzia funebre, espressione adeguata alla circostanza, aveva affidato a Jane il contenitore con le ceneri, e lei era scoppiata in un pianto dirotto. La sua abilità di far fronte alla morte sembrava essersi esaurita con quei mesi di malattia. Aveva accolto la cassettina con imbarazzo, come qualcosa di sconveniente, quasi di illegale. Malgrado le dimensioni ridotte, Alice si era sentita subito molto ingombrante. In macchina Jane non sapeva dove metterla, assillata dalla preoccupazione irrazionale che si rovesciasse. Invano Jeff continuava a decantarle la bontà della chiusura ermetica del contenitore.

– Non mi rimarrebbe niente, niente – Jane continuava a ripetere, mentre la spostava dal bagagliaio al sedile posteriore, e da lì per terra.

Jeff avrebbe voluto ribattere che quando i suoi genitori erano esplosi sul minuscolo aereo che li riportava alla base al termine di una missione, a lui non erano rimaste neanche le ceneri. Ma da qualche tempo doveva stare attento a come parlava. Jane aveva acceso la macchina nervosa, aveva dato un'occhiata al pavimento. Senza dire una parola si era allungata a prendere la cassetta ma non ce l'aveva fatta (stava davvero ingrassando), era dovuta scendere senza rispondere alle domande di Jeff per prendere la cassetta e mettergliela prima in braccio e poi, esasperata, proprio tra i piedi.

Così Alice si era ritrovata tra le scarpe nere e lucidissime di Jeff, il che non doveva essere stato un piacere neanche per lui perché Jane esigeva che al tempo stesso impedisse i movimenti della cassetta ma stesse attento a non rovinarla. E, tra parentesi, come gli era venuto in mente di scegliere un contenitore così misero. Dove l'aveva comprato, a una svendita? Era in offerta speciale, due al prezzo di uno? Jeff la guardò stupito e offeso, chiedendosi fin dove poteva spingere la comprensione senza rimetterci in dignità. Jane gli aveva affidato il controllo delle dissestate finanze famigliari, era grazie a lui che quella banda di scioperati si era salvata dalla bancarotta. Non era generoso da parte di Jane ridurre ora tutto quello sforzo a una questione di avarizia, e approfittare di quell'occasione in cui lui non poteva difendersi per rovesciargli addosso il suo risentimento. E poi gliel'aveva già fatta vedere al computer quella cassettina, gliene aveva già illustrato le proprietà e i vantaggi. Certo, a voler essere sinceri, anche lui l'aveva immaginata un po' meno plasticosa, un po' più dignitosa, ma c'è sempre quel rischio quando si ordina qualcosa online, no?

– Perché dobbiamo stare attenti a tutto, giusto? Stare attenti a tutto, calcolare fino all'ultimo centesimo... – continuò Jane.

Jeff la guardò sorpreso.

– ... perché l'assicurazione ha pagato la prima operazione, ma non la seconda, e il primo ciclo di chemioterapia, ma non il secondo. E in ospedale non potevano tenerla perché non era in attesa di terapie, ma la badante non potevano pagarla perché quella è assistenza a lungo termine e la nostra polizza non la contemplava.

Prima di passare all'immobiliare, Jeff aveva lavorato per una compagnia di assicurazioni mediche, e Jane gliene aveva sempre voluto.

– E perciò avevamo trovato quella Liliana che a mamma non è mai piaciuta, che da donna delle pulizie si è improvvisata infermiera, e quanto era responsabile s'è visto il giorno che mamma è scappata. E noi lì a lavorare, lavorare, i fine settimana, le feste comandate, noi lì a ignorare mia madre in punto di morte per sfrattare quei due poveri Cristi...

– Non ricominciamo coi due poveri Cristi! – sbottò Jeff che aveva aumentato la sua dose di tranquillanti per tenere a bada il ricordo degli occhi assatanati dell'energumeno in mimetica. – Per favore... Non ricominciamo coi poveri Cristi che non riescono a leggere le clausole dei contratti, che dichiarano di guadagnare il doppio di quello che effettivamente guadagnano, che vogliono sempre speculare e tenersi tutto per sé, ma sono pronti a chiedere aiuto al governo se le cose vanno male...

– Proprio come le banche, no? – ribatté Jane sempre più inasprita. – Hai fatto proprio la descrizione del modo di operare delle banche! Però per le banche, come ha fatto presto il governo a intervenire, così che i loro dirigenti potessero continuare a ricevere milioni di dollari come premio per le loro straordinarie prestazioni!

– Che vuoi da me? Mica l'ho votato io Obama! – sbottò Jeff, ma si pentì subito. Le idee politiche di Jane erano sempre state confuse, meglio evitare di farsi trascinare su quel terreno. Si ributtò sul privato.

– Non lo dicevi anche tu che dovevamo lavorare sodo, per permettere a tua madre le cure migliori?

Guardò la cassetta tra i piedi che sembrava smentirlo, la strinse un pochino per evitare che scivolasse. Jane aveva imboccato la tangenziale in maniera irruenta, come faceva quando era di malumore. Jeff, oltre a stringere la cassettina tra i piedi, aveva anche dovuto aggrapparsi allo sportello.

– E così mia madre è morta senza di me. Non potevo aspettare, dovevamo correre a salvare il sistema immobiliare, perché sennò le banche non possono pagare i loro dirigenti milioni di dollari! – continuò a inveire Jane.

– Il sistema medico, le banche... parli come quell'idealista del tuo ex-marito!

– Non ti permettere di parlare così di Xavier, che non lo conosci!

– Ma me l'hai detto tu che era un idealista, scusa...

Veramente l'espressione usata da Jane era "idealista di merda", che alternava a "fallito", ma Jeff stimò prudente tenersi sul generico.

– Un conto se lo dico io un conto se lo dici tu, va bene? Pensa alla tua, di famiglia!

Questa era pesante perché dopo lo sbuffo di vapore la famiglia di Jeff si era ridotta alla zia testimone di Geova da cui lui era fuggito non appena raggiunta la maggiore età.

– Potevi risparmiartela, questa.

Jane non riuscì a chiedere scusa ma si sentì un po' in colpa e smise di parlare, guidando concentrata, con le labbra strette, fino a casa.

Alice aveva trovato la conversazione estremamente istruttiva. Certo che era stata parecchio distratta negli ultimi tempi. L'unica cosa che ricordava delle spese per la sua malattia era il primo conto che era arrivato. Le singole voci erano minuziosamente elencate, per cui, tra la parcella dell'anestesista, quella del chirurgo e di due infermiere specializzate, una settimana in rianimazione, i sedativi, gli antibiotici, la flebo, i cerotti, la colazione al risveglio e altre bazzecole si arrivava a un totale astronomico: 126.434 dollari e novantasette centesimi. Il capolavoro qui era la raffinatezza perversa dei novantasette centesimi. Ci aveva riso su, con Jane. Aveva persino preso in considerazione l'idea di spedire subito un dollaro con una letterina di spiegazioni: i rimanenti 126.434 sarebbero arrivati a tempo debito, e nel frattempo i tre centesimi di resto se li potevano tenere. Così, tanto per farsi due risate.

Il giorno che era arrivato il conto erano appena tornate da un giro in bici sul Capital Crescent Trail. Si erano fermate alla Boat House e avevano parlato, ma solo parlato, di noleggiare una canoa. Alice sapeva per esperienza che la leggera pendenza, che aveva reso così gradevole l'andata, si sarebbe fatta sentire nel fiato e nelle gambe al ritorno. Meglio non esagerare. E infatti pedalavano lentamente verso casa quando videro un cerbiatto ai bordi della pista, che mangiava germogli con tale concentrazione da non accorgersi di loro fin quando non furono vicinissime. Sollevata la testa, le guardò con occhi che ad Alice sembrarono leggermente ironici sotto le lunghe ciglia. Jane si era fermata (che errore! aveva pensato Alice, ma era davvero sorprendente che Jane avesse accettato di fare un giro in bicicletta, meglio non esagerare con i consigli), aveva tirato fuori la macchinetta fotografica, e quello lemme lemme si era girato mostrando il ciuffo bianco del sedere e aveva fatto due balzi lungo la discesa. Jane si era incaponita, l'aveva inseguito mentre Alice rideva, incerta se unirsi al safari fotografico o rimanere a tenere d'occhio le biciclette, più per evitare che dessero fastidio agli altri che per paura che le rubasse qualcuno. Un signore di mezz'età, con uno splendido golden retriever al guinzaglio, si era fermato per vedere se avesse bisogno di aiuto. Quando Jane era risbucata graffiata e insoddisfatta, mostrando una foto digitale con una macchia bruna sfocata contro uno sfondo verde, anch'esso sfocato, l'uomo aveva riso.

– Arte moderna... da esporre allo Hirshhorn!

Jane, che amava l'arte moderna, l'aveva preso come un complimento.

– Madre e figlia? – aveva poi chiesto lo sconosciuto, incerto per via della loro scarsa somiglianza.

– Madre e figlia, sì.

– Una foto?

– Perché no?

Questa, di foto, era venuta davvero bene e aveva un po' rabbonito Jane della scarsa cooperazione del cerbiatto. Erano passate a casa di Alice per il caffè. C'erano dei muffin ai mirtilli che Alice aveva fatto la mattina stessa ma Jane, preoccupata della dieta, aveva insistito per una tartina. Alice aveva trovato del pane in cassetta di qualche giorno prima e lo aveva fatto calare nel tostapane per renderlo commestibile. Durante l'attesa avevano dato un'occhiata alla posta, ed era lì che avevano aperto la lettera dell'ospedale e riso sul cerotto emostatico e i novantasette centesimi. La pensione mensile di Alice non arrivava ai duemila dollari. Jane si era messa la lettera in tasca, ci pensava lei.

– Certo un avvocato fa più impressione di una bibliotecaria. Denunciali per i danni morali e materiali causati dalla lettera! – la incitò Alice.

– Morali va bene, ma perché materiali?

– Il toast, si è bruciato il toast! – Alice si alzò di corsa, tolse dal tostapane la fetta fumante e carbonizzata.

– Ma quando te ne compri uno nuovo, di quei cosi! – Jane aveva protestato, poi si era messa a ridere.

– Va bene, per i danni materiali pensiamo al pane bruciato e ai chili in più che mi procurano i tuoi muffin. Passamene uno, dai – aveva concluso.

Stretta tra le scarpe di Jeff che si accanì a definire maleodoranti (malignità gratuita, perché lei non avendo naso non poteva percepire odori, e a Jeff si poteva rimproverare tutto fuorché di essere maleodorante), Alice veniva ora a scoprire diverse cose degne di nota. Primo: un avvocato non suscita necessariamente più timore di una bibliotecaria; secondo: i novantasette centesimi potevano anche far ridere, ma i 126.434 dollari avrebbero meritato considerazioni più ponderate; terzo: sua figlia reputava il suo ex-marito Xavier un idealista o meglio un fallito, e doveva averne parlato in termini alquanto crudi con le scarpe numero 44; quarto: Jane, la serva del sistema, sotto sotto era comunista. Quest'ultima era una battuta che solo Alice poteva capire, e che l'avrebbe fatta ridere se avesse ancora avuto guance, fiato, labbra, insomma l'equipaggiamento necessario. Così ci fu solo un piccolo sussulto che si poteva facilmente presumere causato da una buca nell'asfalto. Le ci volle un po' per elaborare l'altra informazione. Quinto, aggiunse soddisfatta dell'elenco che si allungava coerentemente: sua figlia si era sacrificata per lei, si era accollata quel primo conto e chissà quanti altri (il secondo parere medico? Il terzo? La terapia sperimentale?) senza dirle neanche una parola per non turbarla. Bambina mia! La commozione le impedì di riflettere su quella che era la scoperta più sconcertante, che avrebbe a lungo animato i suoi pomeriggi sulla mensola del caminetto che di lì a breve avrebbe abitato. Se poteva ascoltare quella conversazione, allora per quanto incenerita, palpeggiata, triturata, improfumata e inscatolata, lei non riusciva a staccarsi dalla cassettina di plastica nera. Forse si era un po' indebolita, ma era pur inspiegabilmente là. Si chiese con sconforto se sarebbe mai riuscita a abbandonare quella farsa macabra.

Ormai erano arrivati. Alice si accorse che, invece di tornare a casa sua, erano arrivati da Jane, cosa del resto logica. Era una bella casa a Kenwood, il quartiere più elegante di Bethesda, il simbolo del successo che quella figlia unica di una ragazza madre immigrata era riuscita a raggiungere malgrado tutto, un monumento al sogno americano. Jane spense la macchina, azionò la porta elettronica del garage e disinnescò l'allarme. Entrò al buio e Jeff che la seguiva rischiò di inciampare. Lei si girò solo per togliergli la cassetta dalle mani. Erano nella stanza seminterrata che in molte case americane viene chiamata stanza della famiglia o stanza dei giochi, il che presuppone una famiglia e voglia di giocare. Da Jane era una specie di cimitero delle buone intenzioni che accoglieva uno Stairmaster, il cavalletto con pennelli incrostati di vernice secca, la cuccia del cane se mai avessero avuto un altro cane. Ma c'erano anche gli scaffali che Alice, con incrollabile ottimismo, aveva riempito di libri che la figlia avrebbe dovuto assolutamente leggere. Jane si guardò intorno, si diresse verso il camino, fece un po' di spazio tra i soprammobili sulla mensola e mise la cassetta al centro. Per una frazione di secondo Alice non poté impedirsi di considerarlo un segno di rispetto, tanto più che Jane le fece una breve carezza.

– Non ero neanche con mia madre quando è morta – ripeté.

Questa però venne un po' teatrale, e tanto Jeff quanto Alice pensarono che se voleva proprio litigare poteva anche cercarsi un altro argomento.

– Ma come si faceva a sapere, scusa! Non abbiamo mica la sfera di cristallo!

– Invece lo sentivo, sì, lo sentivo. Tutte quelle storie, le regole di grammatica, la porta socchiusa, quali altri segnali volevo, cosa cercavo?

– Ma i medici avevano detto che poteva trascorrere un altro anno in quelle condizioni, erano solo preoccupati di dosare bene gli antidolorifici. Ma quali segnali, era un mese che arrivavano segnali, è stato un mese di false partenze!

– Cosa?!

– Insomma era un mese che si lavorava poco, non si andava al cinema, non si usciva a cena...

La vera cosa che gli dispiaceva non si fosse fatta durante quel mese trascorso ad accudire la vecchia, la cosa taciuta, risuonò più forte che se l'avesse detta.

– Perché invece adesso potremo ricominciare a buttare gente fuori di casa a tempo pieno e mangiare scaloppine alla Casanova all'ultimo ristorante raccomandato dal *Washington Post* – ribatté Jane, omettendo anche lei quell'altra cosa.

– Perché no, scusa?

– Contento, adesso? Non dovrai più preoccuparti, la partenza c'è stata, buona, tutta una corsa fino al traguardo, avvincente!

– Senti, mi sono espresso male, ma ammetterai...

– Non ammetto niente, Jeff, e adesso è meglio che te ne vai.

Ma appena lo disse se ne pentì, l'idea di restare sola con la cassetta di sua madre sul caminetto non le andava proprio. Fortunatamente Jeff non se ne diede per inteso, si avviò verso gli scaffali e spostò due volumi di Kadare, creando un varco che gli permise di estrarre una bottiglia. Versò due dita di Jack Daniels, lo porse a Jane che prese il bicchiere e si accasciò sul divano. Alice si trovò combattuta tra lo sdegno per il modo in cui Jane utilizzava la sua collezione di libri e la soddisfazione di aver sempre pensato che gli Alcolisti Anonimi fossero una scempiaggine. Da come la figlia tracannò il whisky, poi, si sarebbe detto che non avesse mai perso l'abitudine, altro che inventario morale, risveglio spirituale e dodici passi. Però rimaneva il fatto che fosse offensivo usare la biblioteca come mobile bar, e non le piaceva la disinvoltura con cui Jeff aveva maneggiato Kadare. Ma questo era niente rispetto a quello che stava per succedere. Perché Jeff rimase in piedi solo per un minuto o giù di lì, il tempo di tracannare anche lui una buona dose. Poi si sedette vicino a Jane e cominciò ad accarezzarle i capelli. E quella non solo lo lasciò fare, ma gli appoggiò la testa sulla spalla. E quell'altro non pago le sollevò il mento con due dita e cominciò a baciarla. I loro movimenti, pur nella penombra, si fecero inequivocabili, e Alice rimpianse di non avere palpebre per fare buio, quella scena primaria al contrario le era insopportabile e per quel giorno di rivelazioni ne aveva avute fin troppe. Di una cosa però era certa: non aveva nostalgie, o rimpianti. Un po' incomprensibili, i vivi, li aveva trovati sempre, e non vedeva l'ora di morire davvero.

I primi tempi fu assai presa dall'analisi della sua nuova condizione e del relativo ambiente. Con l'istinto di chi si stabilisce in un quartiere sconosciuto, dedicò grande attenzione ai nuovi vicini, e cioè: una piccola toga in ceramica con sotto scritto, in italiano, "avvocato"; un portacenere in vetro di Murano da cui Jane aveva provveduto a rimuovere l'etichetta "made in China"; una clessidra in legno di quercia con l'erudito memento "carpe diem"; una foto di lei, Jane e Sara in una cornice decorata a cuoricini e la didascalia "girl power". Dover coabitare con quelle cianfrusaglie la irritava, sentiva di non essere completamente assimilabile a loro, di avere un qualcosa in più, di difficile definizione, che la metteva in una categoria a parte. Sospettava che i vicini, e in particolare la clessidra, avvertissero quel suo sentimento e la considerassero una snob, ma certo preferiva rimanere nel dubbio piuttosto che cercare di instaurare rapporti da cui presentiva non potesse scaturire niente di buono. Trovarsi nella cassetta di plastica, assimilata a quella paccottiglia, non poteva comunque essere considerato gratificante, e Alice non poteva impedirsi di volergliene un po', alla figlia.

La sua nuova condizione non era tuttavia priva di elementi gradevoli. Anzitutto lei, che era stata sempre così insofferente, scopriva di non annoiarsi mai. Rimaneva sospesa in una sorta di dormiveglia senza sogni che le sembrava diventasse sempre più profondo. La sensazione in verità non le risultava completamente nuova, aveva provato qualcosa di simile durante la malattia che, rifletteva adesso, era stata in fondo una specie di allenamento. Si chiedeva se quel barlume di coscienza che le rimaneva non si andasse sempre più affievolendo, in preparazione a uno spegnimento definitivo. La prospettiva non la spaventava affatto. I suoi legami con il mondo erano così tenui da lasciarla indifferente alla prospettiva di una loro ulteriore rarefazione. Sentirli intensificare, tornare davvero a identificarsi coi suoi dati anagrafici, quello sarebbe stato davvero fuori luogo. Fortunatamente, l'eventualità sembrava remota.

Un giorno sentì una litania di "qué lástima" e "pobrecita" e capì che Jane aveva deciso di perdonare a Liliana la dabbenaggine mostrata in occasione di quell'ultima gita sul Capital Crescent Trail. Jane portò Liliana nella family room e le offrì addirittura un caffè, mentre quella si effondeva in ricordi affettuosi: la padrona che ripassava la storia d'Italia sugli album dei francobolli ("Il Gronchi rosa! Come avrebbe voluto un Gronchi rosa!"), la padrona che leggeva Mario Vargas Llosa ("peruviano come me!"), la padrona che insisteva per ascoltare Janis Joplin e canticchiava ninne nanne in spagnolo sotto l'effetto dei sedativi. Quest'ultimo ricordo era chiaramente apocrifo perché dello spagnolo Alice aveva sempre avuto una conoscenza piuttosto approssimativa e passiva. L'unica ipotesi era che Liliana avesse scambiato per spagnolo qualche filastrocca in dialetto che sì, poteva benissimo esserle sfuggita durante quegli strani torpori che si abbattevano su di lei per via dei sedativi. Jane non sembrava interessata a esplorare l'incongruenza. Forse sopravvalutava le capacità linguistiche della madre o forse era soltanto guardinga, come sempre quando doveva trattare di affari e sospettava che gli altri tirassero in ballo il sentimento per imbrogliarla. Gli affari erano in questo caso modeste questioni di economia domestica, ma pur sempre affari erano. Si preparava una grande riunione famigliare e bisognava pulire, mettere in ordine, preparare insomma. Liliana accettò prontamente ma rimase di stucco quando Jane le spiegò che bisognava fare attenzione con la cassettina sopra al camino. Perché cremata, perché non al cimitero, e perché sul camino? Malgrado le spiegazioni di Jane, Liliana continuò a considerare Alice una presenza inquietante. L'idea di restare sola con la cassetta le procurava una certa apprensione, e ad Alice dispiacque di non poter fare neanche un "buuuuuuuuu" da fantasma buontempone per spaventarla.

Non si poteva negare però che Liliana sapeva il fatto suo. La stanza si organizzò magicamente seguendo simmetrie primitive ma efficaci. Adesso che Alice non poteva più obiettare, i libri furono allineati secondo altezza e colore, criteri che corrispondevano perfettamente alla loro funzione principale che era quella di decorare gli scaffali e nascondere le bottiglie. La nuova collocazione mise la Achmatova accanto a D'Annunzio, oltraggio da cui la poetessa non si sarebbe mai più ripresa. Ma Alice ebbe la sua piccola vittoria quando la clessidra e il portacenere cinese di Murano furono declassati e trasferiti, e lei rimase indisturbata regina della mensola. Una volta abituatasi all'idea di avere la morte in casa, Liliana aveva preso a considerare quell'angolo una specie d'altarino. L'intervento di Jane l'aveva costretta a riportarsi a casa il quadretto con la vergine di Fatima, ma non aveva potuto impedirle di far scivolare sotto la cassetta un santino col Cristo in croce e una preghiera per i defunti.

Così ordinata, spolverata, aspirata, disinfettata e profumata, la stanza trasmetteva un senso di attesa, e Alice si sorprese di sentire una piccola fitta di curiosità riguardo la riunione di famiglia cui Jane aveva accennato. Dei piccoli segni (l'acquisto di una pianta sempreverde, l'elenco dei risultati ottenuti che Liliana sciorinò a una Jane insolitamente attenta) le indicarono che era arrivata la vigilia, e tutto era pronto.

KENWOOD, 25 NOVEMBRE 2010

1. Come in un sogno

La prima neve di novembre aveva scelto un brutto giorno per arrivare, un giorno di spostamenti e di viaggi. Dal suo letto Jane l'aveva vista scendere giù sul patio e sul prato all'inglese, sul telo plastificato a protezione della piscina, sul trampolino e sulla capannina degli attrezzi. L'aveva vista nella luce grigiastra dell'alba autunnale, che filtrata dalla neve confondeva gli alberi e gli oggetti nella stessa atmosfera sciatta e uniforme, così che non avrebbe saputo dire esattamente se e quando avesse chiuso gli occhi, se e in qual misura la luminosità sotto le palpebre fosse diversa da quella esterna. Solo un cambiamento di colore, il comodino improvvisamente visibile, le segnalò che si era fatto giorno e che aveva smesso di nevicare. Mentre indugiava sotto le coperte, Jane si rese conto di essere ancora sotto l'effetto di un sogno, e cercò di ricostruirlo prima che si dileguasse. Nel sogno si trovava a casa di sua madre, a prenderle una ciotola d'acqua come aveva fatto quella mattina, quando lei poi era scappata via per andare a morire sola sul Capital Crescent Trail. Solo che l'acqua che sgorgava dal rubinetto attraversava magicamente il fondo della ciotola e si perdeva nel lavandino. Disperata sentiva il tempo scivolare via mentre lei non riusciva a portare a termine un compito tanto semplice. Sua madre sarebbe morta di sete, si diceva, e tormentata da questo pensiero sentiva la sua stessa gola accendersi dall'arsura. Poi, finalmente, capiva che doveva provare con una ciotola più solida e più grande, si ritrovava a prendere l'insalatiera di ceramica, e questa raccoglieva sì l'acqua ma diventava pesantissima, doveva reggerla con entrambe le mani, ed era con estrema fatica che si voltava dal lavandino e cominciava lentissimamente il cammino che doveva portarla attraverso le scale nella stanza di sua madre. E quando aveva fatto sì e no due passi chi vedeva scendere a balzi rumorosi se non sua madre, tornata bambina, con i libri legati da una cinghia, i sandaletti e una mela che già aveva addentato. Alice le era passata davanti di corsa ma doveva averla vista perché le aveva inviato un saluto festoso cui Jane avrebbe tanto voluto rispondere ma non poteva perché altrimenti la ciotola le sarebbe caduta di mano. Allora aveva aperto la bocca per dirle di aspettare ma ne era uscito un rumore preoccupante per la sete che era andata crescendo nell'attesa di un bicchiere d'acqua, una specie di rantolo di cui si vergognò. E forse era stato quel suono a svegliarla, ed era per questo che adesso si versava da bere dalla bottiglia sul comodino mentre guardava incredula la stanza consueta.

Si alzò senza far rumore, a piedi nudi attraversò il corridoio, entrò in cucina, passò in rassegna gli ingredienti per il pranzo. Il tacchino messo a scongelare la sera prima le rimandò una morbidezza acquosa, le patate erano tante e tanto grandi da farle venire il solito dubbio che come ogni anno mise da parte (infatti ne cuoceva sempre troppe e restavano per giorni, prima in forno, poi in frigorifero, restavano anche quando gli altri avanzi erano già stati consumati da un pezzo, restavano fin quando non diventavano pallide e sudate, e si doveva gettarle), la torta di zucca aveva riempito la cucina col suo gelatinoso profumo di cannella e noce moscata.

Era presa nelle sue considerazioni gastronomiche quando si ricordò degli esercizi. Si allontanò dalla tavola, si sedette in un angolo della grande cucina, cominciò a immaginare. Immaginò il tacchino nella notte, appena visibile grazie alla neve che rifletteva le rare gocce di luce strappate all'oscurità, lo vide che perdeva la sua fissità congelata, l'etichetta sulla plastica cominciava ad ammorbidirsi. Dopo un po', i colori cominciavano a sciogliersi e a confondersi in una macchia. Amberly, la vecchia gatta, entrava silenziosa sui suoi polpastrelli di velluto, si guardava intorno (i suoi occhi, per un attimo, due specchi verdi nel buio), saltava sul tavolo, leccava la plastica, allargava le narici, spostava la testa indietro prima di saggiare la preda con gli artigli.

Seguendo il filo dei suoi pensieri, Jane si alzò e andò a controllare l'involucro. C'era in effetti il segno di una zampata, ma niente di più. Non male come autocontrollo per un gatto. All'assoluzione corrispose il calore alle gambe, una striscia di coda accattivante e maliarda, accompagnata da un miagolio da primo mattino, tutto gola e petto. Amberly, stupida, la tentazione è proprio impossibile levartela, devi arrivare a un baffo dal peccato prima di fare marcia indietro, e devi fare anche in modo che tutti capiscano il tuo sacrificio, stupida stupida stupida. Prese il gatto in braccio e affondò la faccia contro la pelliccia rossa e morbida, ne aspirò l'odore acre, ne saggiò costole e muscoli, fino a ricevere un'incerta leccata. Allora la posò, aprì la tenda, guardò fuori, tutto era al suo posto, la veranda e la casetta con il mangime per gli uccelli. Socchiuse ancora gli occhi ma ormai l'incantesimo era rotto. Era inutile. Per quanti sforzi facesse, non riusciva a immaginare come fosse per sua madre non vivere più, come potesse lei stessa prepararsi alla prova, cosa volesse dire fare a meno del mondo con le sue costole i suoi artigli e il suo odore di dopobarba.

Dopobarba?

Si voltò verso Jeff fresco di doccia. Che strane tutte quelle abitudini che avevano già preso, quella cautela, quel muoversi in silenzio come se ci fossero bambini piccoli in casa. Gli si fece istintivamente incontro.

– Ripassiamo le parentele? – fece Jeff. – Ti confesso che sono un po' nervoso.

– Ma va là! Non è mica una famiglia numerosa. E poi Sara la conosci già.

Sara la conosceva già, e avrebbe preferito non conoscerla. Non aveva l'impressione di esserle molto simpatico.

– Poi c'è mio figlio Roger, lo scienziato, e la sua compagna Valerie, che lavora per una compagnia, qualcosa a che vedere col latino, l'istruzione... guarda che dovrei essere io a essere nervosa!

– E poi Kate... – ricordò Jeff concentrato, contando sulle dita.

– La mia seconda figlia, sì, Kate, con suo marito Mark, un

bonaccione, grande lavoratore. Kate, incinta di sei mesi, devono fare otto ore di strada per venire dall'Ohio. Capito perché non potevo pretendere che tutti venissero qui per i funerali di mia madre? Meglio vedersi con più calma, per Thanksgiving, fare il punto della situazione, pensare al futuro.

Jeff non sapeva se essere d'accordo o no, il suo rapporto con la vita e la morte era stato sempre un po' astratto, per via di quello sbuffo di fumo che aveva portato via i suoi genitori. Avrebbe voluto solo sentire maggiore determinazione in Jane, per poter appoggiare qualsiasi sua decisione. Guardò l'orologio.

– Ho controllato le condizioni delle strade. "Traffico intenso ma regolare". Ha smesso di nevicare, la temperatura è in aumento, si sta sciogliendo tutto.

– Benissimo, grazie. Meglio che mi dia da fare con questo tacchino.

Jeff armeggiò con la caffettiera, mise due fette nel tostapane, aprì gli sportelli per cercare le tazze.

– Hai deciso che glielo dirai oggi? – chiese con le spalle ancora voltate, tutto d'un fiato, prima di borbottare qualcosa sulla sua tazza preferita che non riusciva a trovare.

– Forse è meglio, no? Approfittiamo del fatto di essere tutti insieme.

– Conti di parlare di tutt'e due le cose? Di noi e... di te?

– Perché no? In un certo senso le due cose vanno insieme.

– Un periodo di grandi cambiamenti...

– Sì.

Jane aprì la lavastoviglie, prese una tazza e cominciò a lavarla a mano. Era una vecchia tazza, con un'incrinatura che attraversava il sole, la ragazza in bikini e l'ombrellone, risparmiando solo la scritta: Springbreak 1984. La porse a Jeff che ringraziò.

– Senti, Jeff – Jane si schiarì la voce – Se pensi che stiamo correndo troppo, se non ti senti sicuro, se vivere insieme ti sta facendo venire dei dubbi...

– Ma che dici! – protestò Jeff con precipitazione sospetta.

– ...se stai scoprendo cose di me che non ti entusiasmano – continuò Jane come se non lo avesse sentito – possiamo prendercela con comodo. Dirlo a tutti è il minimo, quello che è veramente importante è se vogliamo farlo, questo passo. Forse stiamo precipitando tutto. E poi ci sono i risultati delle analisi così preoccupanti... Non devi volertene se non te la senti di legarti a una che forse avrà bisogno di cure, di assistenza... In fondo siamo appena usciti dalla malattia di mia madre, devi sentirti prigioniero di una rete di legami famigliari non facili... Guarda, ti capisco.

Jeff aprì la bocca per ribattere, ma la radio prese a trasmettere un aggiornamento sulle condizioni di viabilità della tangenziale, e alzarono il volume per ascoltarlo. Quando il collegamento finì, avevano dimenticato quello che volevano dirsi.

2. *Boys Will Be Boys*

Il tacchino stava finendo di cuocersi molto lentamente, Jane sperava solo che non si stesse seccando troppo. Dalla family room le arrivavano di tanto in tanto le esclamazioni degli uomini che guardavano la partita di football. Jeff, Mark, e anche Roger. Kate, malgrado si muovesse ormai a fatica per via della gravidanza avanzata, stava facendo del suo meglio per aiutare. Andava avanti e indietro dalla cucina al salone, apparecchiando, mettendo a posto i fiori, portando ancora una birra agli uomini di fronte alla televisione. Sulla mensola, Alice celebrava un silenzioso trionfo. Aveva finalmente capito che era Thanksgiving, il Giorno del Ringraziamento, e si beava della sua nuova situazione che le permetteva di sfuggire al tacchino, coriaceo volatile, e alla stucchevole salsetta di bacche che Jane avrebbe propinato a tutti. Jane, così preoccupata di essere come tutti gli altri, aveva fatto del tacchino la sua bandiera. Doveva aver sofferto parecchio a mangiare lasagne e a fingere poi con le compagne di aver consumato il menu tradizionale. Un anno aveva insistito talmente che Alice si era decisa a cucinarlo, il monumentale uccello, invitando anche i parenti di Eric, tanto per far finta di avere una famiglia. A metà cottura Jane era arrivata in punta di piedi con le sue compagne di scuola, aveva aperto il forno, aveva fatto vedere a tutte che sì, anche loro celebravano il Thanksgiving come tutti gli altri.

Alice era rimasta talmente colpita dalla scena che da allora aveva preparato il tacchino sempre, anche se non le veniva mai un granché bene, al punto che Jane appena possibile l'aveva sollevata dall'incarico e si era assunta lei la responsabilità dell'operazione. In verità, non veniva bene neanche a Jane, e Alice sospettava che non fosse colpa loro ma proprio dell'indigesto gallinaceo. L'anno prima, Alice si era fatta scudo della malattia per risparmiarsi il tacchino e la relativa riunione famigliare, limitandosi a una visita veloce che le era bastata per sondare la tensione intorno al tavolo. Ma al tacchino Jane non avrebbe mai rinunciato, era il suo passaporto per la normalità. Veramente a suo tempo Alice lo chiamava conformismo, ma con la morte si era fatta meno rigida, per quanto paradossale potesse sembrare la cosa.

Il football però no. Il football rimaneva insopportabile. E quegli scemi di Jeff e Mark che strabiliavano ogni qualvolta due parastinchi entravano in contatto! E Roger, irriconoscibile, che stava agli scherzi, rideva, beveva, giocava a fare l'uomo vero! Proprio Roger, che la prima volta che aveva visto una partita di football da bambino era corso da lei piangendo perché quegli energumeni facevano tutte le cose che la maestra gli aveva detto di non fare, come strapparsi la palla e picchiare. Roger, che quando aveva provato a giocare a football a scuola era stato preso di mira dai compagni che gli passavano apposta la palla in zone del campo dove sarebbe stato facile preda degli avversari. Oppure non gliela passavano affatto per tutta la partita, la palla. Roger non avrebbe saputo dire quale delle due strategie gli facesse più male. Dopo poco, fortunatamente, c'era stata quella rissa al liceo, e la sua carriera di halfback si era interrotta.

Anche Jane aveva notato il comportamento di Roger, che le aveva suscitato tutt'altre considerazioni. Aveva temuto quell'incontro ravvicinato tra Jeff e il suo primogenito, e al vederli lì, complici, a dividere birra e commentare la partita, si era sentita, oltre che rassicurata, fiera del suo ragazzo. Avrebbe voluto che Xavier ma anche Alice lo vedessero adesso, così a suo agio, così se stesso. Ma già, loro di Roger amavano la sensibilità, la diversità. Non capivano che era proprio quella diversità che gli impediva di vivere. Non capivano che quando gli altri ragazzi lo avevano sentito cantare *La vie en rose* avevano cominciato a chiamarlo Piaf, e certo non per fargli un complimento. Cioè, lo sapevano pure, Xavier e Alice, che certi comportamenti creavano problemi, ma non coglievano la portata delle conseguenze. Non andavano mica loro a parlare coi professori, con lo psicologo; non erano mica loro a evitare gli sguardi delle altre mamme.

Un secchione, incapace di stare al mondo, arrogante, snob. Questo dicevano di lui i compagni. Ne aveva prese di botte dai ragazzi del quartiere, ne aveva subite di umiliazioni dai bulli del liceo, che gli imponevano dove sedersi sull'autobus, cosa portare per pranzo, persino cosa indossare. Jane una volta aveva fatto il giro delle case del quartiere, aveva parlato con i genitori, li aveva pregati di spiegare ai loro figli di lasciarlo stare, di permettergli di crescere, al suo fiore, al suo mistero, al suo passaporto per l'eternità. Ne aveva ricevuto sguardi di commiserazione e generiche rassicurazioni, punteggiate dall'intercalare "boys will be boys". I ragazzi sono così, non c'è da farne drammi, è la loro natura. Un po' maneschi, un po' bulli. Non vorremo mica farne dei disadattati, o peggio.

Roger si era talmente vergognato dell'intervento materno che non era uscito per una settimana, neanche per andare a scuola. Aveva lavorato ai pesi e ripassato sul manuale i colpi. Quando era tornato, alla prima provocazione era scattato come una molla, aveva scaraventato il malcapitato per terra, gli aveva cercato il punto vitale tra l'orecchio e la mandibola, lo aveva premuto finché quello non gli si era afflosciato tra le dita pallido come un cencio, mentre i compagni si allacciavano alle braccia, al dorso, ai capelli di Roger, cercando di tirarlo via.

Secchione, incapace di stare al gioco, arrogante; e poi attaccabrighe, esperto di tecniche marziali potenzialmente letali, rovinato dalla madre che lo ha cresciuto nella bambagia. Quelli così, zitti zitti, sono i peggiori. Sono loro che finiscono sui giornali per i colpi di testa, le sparatorie. Quando Jane ne ebbe abbastanza di sentire le tirate degli altri genitori si alzò, chiese scusa come se stesse uscendo solo per un attimo. Invece attraversò il parcheggio, mise in moto e lasciò per sempre alle sue spalle la Lincoln High School. A Roger disse che era d'accordo con la sua scelta di studiare da solo, a casa, e preparare gli esami da privatista. Xavier non era stato d'accordo, al principio, pensava che un po' di socializzazione avrebbe fatto bene al figlio. Poi i risultati erano venuti da soli, uno dietro l'altro, ed eccolo lì, il suo ragazzo, a neanche trent'anni assistente di laboratorio di un'importante industria farmaceutica, insegnante di genetica a Austin, Texas, assillato da richieste di seminari, interviste, consulenze e dibattiti su tutto il territorio degli Stati Uniti. Qualche mese prima, all'università, aveva incontrato anche una donna, un'altra casella nel puzzle della sua normalità. Eccolo lì, il suo ragazzo. Era divertente sentire come si fossero evoluti i giudizi di un tempo: adesso, tutte quelle stranezze che lo facevano considerare un mediocre erano diventate altrettanti indizi della sua genialità.

– Serve aiuto?

Roger era arrivato alle sue spalle senza far rumore, la fece sobbalzare.

– Roger! Sei silenzioso come un gatto. Ma no, ho avuto più tempo del previsto, a quest'ora dovremmo essere già a tavola... Come vanno l'umore e l'appetito di Jeff?

Roger la guardò.

– Volevo chiedertelo io. È sempre così gioviale?

– No, cioè sì, beh, oggi è molto gentile.

– Davvero? – fece Roger un po' imbarazzato. Sua madre lo aveva sempre preso a confidente, fin da quando era bambino. Facendo forza alla sua riservatezza e alla sua paura della risposta, quando già gli sembrava che un tempo ridicolmente lungo fosse trascorso tra l'osservazione della madre e la sua replica, si schiarì la voce e chiese d'un fiato:

– Perché gentile "oggi"? In genere non è gentile?

– Scusami... il cellulare! – gridò quasi Jane prima di sparire nel corridoio.

Per Roger fu un sollievo. Era sempre cosi, sua madre, lo costringeva a fare domande, così poi lui finiva col sapere solo quello che lei voleva fargli sapere. Ogni nuova informazione contribuiva a sviluppare un altro strato intorno al nocciolo duro del rancore contro tutti quelli che lo costingevano a mentire a se stesso. Quando era lontano da lei, da quel quartiere, da quella casa, riusciva a nascondersi meglio. Appena tornava riveniva tutto a galla, malgrado Jane, su consiglio dello psicologo, avesse fatto scomparire i ricordi della sua adolescenza. Via i rollerblades, la sciarpa dei Washington Wizards, il poster dell'Europa con le battaglie della prima guerra mondiale. Magari un altro avrebbe trovato quella paccottiglia rassicurante, ma lui correva sempre il rischio di essere riassorbito dai mostri che abitavano il fondo del laghetto, gli stessi che usava per far paura a Sara quando era piccola. Meglio eliminare tutto, fare come Enea che brucia le navi una volta raggiunta la terra promessa. Gliel'aveva detta Valerie in una delle loro prime cene insieme questa storia di Enea, e lui gliene era stato grato. La sua terra promessa era la maturità. E Valerie. Valerie. Chissà come sarebbe stato vederla lì a Kenwood.

3. Operazione Snellifianchi

Per evitare la partita, Kate si era andata a rifugiare nella stanza preferita del gatto, la più calda della casa. Sua madre la chiamava piccola biblioteca per distinguerla dagli scaffali della family room, ma i libri non venivano aperti che di rado, erano per lo più enciclopedie, o libri di scuola. Poi era difficile leggere lì perché c'era un'altra televisione, spesso accesa. Per Kate era una tentazione irresistibile. Quando non aveva niente da fare, Kate si metteva davanti alla televisione e saltava da un canale all'altro finché non le veniva sonno. A casa, mentre aspettava che Mark tornasse dal lavoro, spesso tardi la sera, era capace di restare davanti alla tele quattro o cinque ore di seguito. Non era abituata a tutto quel tempo lontana da lui, ma era una fortuna che avesse trovato lavoro, di quei tempi e con un bambino in arrivo.

Kate e Mark bisticciavano spesso, ma solo per il piacere di fare pace. L'unico vero motivo di discordia era lo sport. Mark era inamovibile durante le partite di football, non le lasciava neanche fare un giro attraverso i canali alla pubblicità, e siccome non avevano abbastanza soldi per comprare una seconda televisione Kate finiva sempre col dargliela vinta per poi rinfacciarglielo. Era proprio grande quella casa, pensava Kate mentre ricominciava il giro dei canali, adesso poteva apprezzarne appieno tutte le comodità cui non faceva caso quando ci viveva. C'erano due televisori, e nessuno poteva fare il prepotente. Aveva cominciato a guardare un talk show con una vera donna con una vera barba. La donna spiegava come si fosse sottoposta a cerette e depilazioni elettriche prima di accettarsi così com'era.

– Mark, vieni a vedere! – chiamò.

Tra la partita e i commenti, il volume era alto nella stanza vicina, e prima che Kate potesse gridare più forte ci fu un intermezzo pubblicitario. Si affrettò a cambiare canale, fino a trovare il signor Manlone che si lamentava del silenzio delle autorità sulla sua esperienza. Per quattro volte, quando aveva 7, 14, 21 e 28 anni, gli alieni lo avevano rapito e tenuto prigioniero per ore in una stanza dalle pareti di porfido, dove avevano abusato di lui con certe sonde elettromagnetiche. Mancavano solo cinque giorni al suo trentacinquesimo compleanno e lui cominciava, comprensibilmente, a sentirsi inquieto. La presentatrice lo interruppe per puntualizzare. Non tutti ignoravano il signor Manlone nella comunità scientifica, anzi il dottor King dell'università di Santa Barbara era in collegamento speciale in diretta. Dopo il messaggio pubblicitario, Kate girovagò ancora tra i canali finché non capitò su uno dei suoi programmi di televendita preferiti. Abbassò il volume perché sapeva che Mark non approvava le sue spese, e questo solo perché non la vedeva usare i prodotti che comprava. Come se uno dovesse precipitarsi a consumare subito ogni cosa che entra in casa. Sullo schermo, una bionda scivolava da una parte all'altra di quello che sembrava un tappetino di metallo. Era perfettamente truccata e si muoveva senza sforzo. Il body aderiva come un guanto al suo corpo perfetto che, malgrado ore di attività, non dava segni di traspirazione. Sullo sfondo, altre donne ripetevano i suoi gesti e sorridevano, tutto merito del tappetino e delle calzature speciali. Allo scoccare delle ore quindici si entrava in una nuova fase e le prime cento chiamate avrebbero ricevuto non solo il tappetino, le scarpette e il libro per gli esercizi, ma anche un video illustrativo di trenta minuti e accesso gratuito a vita al sito internet. E c'era sempre la possibilità di essere sorteggiate per un premio speciale. Kate allungò automaticamente la mano verso la borsa, cercò nel borsellino la carta di credito.

– Questo è il momento! Le prime cento chiamate a partire da questo momento!

Kate esitò un attimo. Era vero che era ingrassata, specialmente ai fianchi, dopo il matrimonio, e poi il tappetino era veramente originale come esercizio, e non avrebbe preso molto spazio, avrebbe anche potuto metterlo sotto al letto. Avrebbe potuto cominciare a rimettersi in forma subito dopo la nascita del bambino. Era meglio farle adesso quelle spese, quando aveva un po' di tempo. Ed era un numero gratuito, e se avesse chiamato dal telefono della madre sarebbe stata anche al sicuro dal servizio dopovendita.

– Pronto, Snellifianchi.

In quel momento suonarono alla porta. Kate diede velocemente nome, indirizzo, numero di carta di credito.

– Chiama la famiglia, ti mandiamo in diretta – la incoraggiò la voce dall'altra parte del filo.

– No! – esclamò precipitosamente. – Grazie, ma è una sorpresa, preferisco che non lo sappiano.

– Peccato! D'accordo, come vuoi. Comunque, partecipi lo stesso al sorteggio di "Grazie per essere quello che sei". Cento dollari di prodotti per tutta la famiglia recapitati oggi stesso. Basta che ci dai l'indirizzo dove ti trovi adesso.

– Come? Ah, sì, certo, magari!

Le voci dei nuovi arrivati si fecero più vicine. Kate si affrettò a dare l'indirizzo di Jane. Se per un acquisto di cinquanta dollari avessero ricevuto prodotti che valevano il doppio, Mark non avrebbe avuto nessun motivo per brontolare.

– Benissimo. Grazie di aver chiamato Snellifianchi e buona giornata.

– Anche a lei.

Kate si avvicinò alla porta d'ingresso. Gli abbracci e le risate si sprecavano, anche se gli uomini sembravano impazienti di tornare alla partita. C'era anche Valerie, la misteriosa fidanzata di Roger (un miracolo che qualcuno sopportasse suo fratello Roger, per quanto più disinvolto rispetto a quando era piccolo) e Sara con un'amica dalla carnagione scura, probabilmente messicana.

– Meno male, il tacchino si stava proprio seccando! – andava dicendo Jeff, cercando di mascherare con la loquacità l'imbarazzo di trovarsi con delle sconosciute. Si era andato a mettere proprio faccia a faccia con Valerie, per fare gli onori di casa, ma non sapeva cosa dirle.

– Lei si occupa di greco e latino, mi pare.

– Sì, soprattutto latino, veramente.

– Ma bene, benissimo! Insegna?

– Un corso ogni tanto all'università del Texas, è così che ho conosciuto Roger. Però soprattutto preparo materiali educativi, unità didattiche, organizzo viaggi studio, cose così... Per una compagnia, Toga, Inc..

– Ma bene, benissimo! – ripeté Jeff. Non gli venne in mente niente da aggiungere, si scusò e andò in cucina.

Il tacchino fu tolto dal forno, Roger lo tagliò, poi bisognò recuperare Mark e Jeff, scomparsi di nuovo davanti alla televisione. Kate si offrì di andarli a cercare, voleva controllare che quelli di Snellifianchi avessero rispettato la promessa delle prime cento chiamate, certe volte dicevano così e poi invece continuavano a oltranza, era solo un trucco per attirare la gente. Le sarebbe dispiaciuto, tra l'altro la carta di credito era in rosso da mesi ormai. Però ci fu un intermezzo pubblicitario, e poi un lunghissimo primo piano sulla presentatrice, che parlava del più e del meno e cercava forse di riprendere fiato dopo la mattinata sul tappetino. Andò a finire che quando Valerie scese a cercarla, Kate non aveva ancora ben capito se era stata presa in giro o no, ma dovette salire lo stesso per non dare sospetti.

Si ritrovarono intorno al tavolo. Bisognava ringraziare, ma di cosa nessuno avrebbe saputo dirlo.

– Sono grata di trovarmi oggi con voi... – Jane annunciò per porre fine al disagio – ...e grata a mia madre per aver diviso con me tanto della sua vita, e aver fatto tanto per tutti noi.

– A proposito... – cominciò Sara.

– Non adesso, va bene? C'è tempo. Adesso mangiamo – la interruppe Roger.

Sara lo guardò con occhi di fuoco.

– Non adesso – gli fece eco Jane. – Mangiamo.

Accompagnò le parole con un sorriso. Sara abbassò la testa.

– Allora, cosa c'era di tanto interessante alla televisione? – chiese Jane quando tutti si furono serviti. – Bisogna sempre venirvi a cercare!

– È meglio da noi, Kate – disse Mark conciliante. – Almeno l'appartamento è così piccolo che possiamo guardare la televisione dovunque siamo.

– Secondo me ci vorrebbe un televisore piccolo anche qui in cucina – intervenne Jeff.

– Sì, così poi tutti zitti a guardare stronzate – si intromise Sara.

– Sara! – la rimproverò Jane.

Jeff era rimasto interdetto.

– Non vedo l'ora che cominci l'università. Le tue facoltà espressive non stanno migliorando all'ovest – si intromise Jane.

– Invece sto imparando un sacco di cose all'ovest, fa' conto che io sia già a Princeton. Sto imparando a guardare le cose in maniera diversa.

– Diversa non significa sgarbata e meno ragionevole – riprese Jane. – Guarda Kate, non ha mica cominciato a dire parolacce da quando ha lasciato casa. Ma visto che c'è una specialista di lingue straniere possiamo rivolgerci a lei.

Tutti si girarono verso Valerie.

– Io... non è che io sia proprio una linguista... – cercò una frase famosa che non la soccorse. – Però sono d'accordo che l'istruzione, e anche le esperienze, servano a guardare le cose in maniera diversa.

– Su questo siamo d'accordo tutti, che c'entra – intervenne Roger, che si sarebbe aspettato qualcosa di meglio dalla donna la cui intelligenza aveva per mesi vantato a sua madre. – Ma cosa significa "diversa"?

Valerie non apprezzò quel tentativo di tirarla in ballo.

– Diversa significa senza i pregiudizi che ci trasmettono col latte. Diversa significa tua e non di un altro – rispose guardandolo fissa.

– Un po' poco se pensi a quello che costa andare all'università! – si intromise Mark. – Più ci penso più mi sembra di aver fatto un affare a smettere di studiare dopo il liceo. E poi, al dunque, io lavoro e Kate con la sua laurea no!

– Ma se sei tu che non vuoi che io lavori! – si lamentò Kate.

– E poi non devi ragionare in questi termini, Mark – spiegò Jeff sentendosi improvvisamente investito di sana autorità patriarcale. – L'istruzione serve sempre. Per le ragazze si tratta pur sempre di un arricchimento personale, da trasmettere ai propri figli.

– Se è per questo mamma può anche risparmiarsi la retta per Princeton – fece Sara secca – perché io non penso né di sposarmi né di fare figli.

– Ne parleremo quando incontrerai il signor Giusto, ragazzina – ribatté Jeff con un largo sorriso tirato.

– Neanche per il signor Giustissimo starei a casa a fare la calzetta e trasmettere ai bambini le preziose conoscenze che ho imparato all'università.

– Ma che dici, Sara? – fece Kate scandalizzata. – Per la famiglia certi sacrifici si fanno. L'amore cambia tante cose: anch'io parlavo come te prima di conoscere Mark.

– Davvero?! – Mark finse stupore. – Meno male che ti ho conosciuto dopo!

La sua risata fragorosa fu superata soltanto da quella di Jeff.

Durante la discussione non avevano smesso di mangiare. Roger col busto eretto tagliava piccoli pezzi di carne, posava il coltello, passava la forchetta dalla sinistra alla destra per portare il cibo alla bocca. Valerie faceva lunghe soste tra un boccone e l'altro mentre, con entrambe le mani sulla tavola (abitudine europea che non riusciva a togliersi), scrutava gli altri con una curiosità che a Roger sembrava indiscreta (da entomologo ancor più che etnologo, le avrebbe rimproverato più tardi). Una aveva mangiato di buon appetito, Sara invece pochissimo, sparpagliando nervosamente il purè di patate intorno al tacchino. Mark e Jeff si erano già serviti una seconda porzione di tutto. Jane non smetteva di guardarli, con il piatto quasi intatto davanti a sé, cercando il momento giusto per introdurre gli argomenti penosi che le stavano a cuore. Il ritardo aveva irrimediabilmente prosciugato il tacchino.

– C'è il Giorno del Ringraziamento in Francia? – riprese Mark in un tentativo di rilanciare la conversazione.

Valerie rimase sorpresa della domanda, ma rispose con un "no" educato. La grande festa nazionale, spiegò, era il 14 luglio, la presa della Bastiglia.

– Come fanno ad avere il Giorno del Ringraziamento se non sono Americani? – chiese Kate guardando Mark con disapprovazione ma contenta di far vedere che la sua istruzione era servita a qualcosa.

– E già – disse Jeff, – immagino che Valerie lo sappia: oggi noi Americani ringraziamo Dio di averci fatto passare il primo inverno nel nuovo continente, e gli Indiani di averci insegnato ad approfittare dei doni di questa terra...

– Così da permetterci di sterminarli senza eccessivi disagi – concluse Sara. Una le invidiò la prontezza della risposta.

– Questo è un buon esempio di ciò di cui parlavamo prima: una maniera diversa di guardare le cose – disse Jeff ridendo.

– Direi l'unica maniera possibile, in questo caso – scappò detto a Valerie.

– Ehi ehi, silenzio un attimo – si inalberò Mark. – Se non li avessimo ammazzati, sarebbero stati loro ad ammazzare noi.

– Tu cosa avresti fatto contro una turba di invasori senza scrupoli che ti vogliono far fuori a tutti i costi, vendendoti alcol e uccidendo gli animali da cui dipende la tua vita?

Una non ce l'aveva fatta più a trattenersi.

Parlare parlare, pensava intanto Jane. E mentre parlano come se potessero ripopolare di Indiani il continente, si cibano e crescono, le cellule si moltiplicano.

– Be', nessuno li ha obbligati a berlo, l'alcol – intervenne Jeff, contento di poter anche ricordare tra le righe il motivo dell'esilio di Sara. – Da che mondo è mondo, le cose sono andate così. I Romani, non sono stati i primi imperialisti? Tu che ne dici, Valerie?

Valerie si trovò nella scomoda posizione di difendere o almeno descrivere, in trenta secondi, l'impero romano, perché stando ai ritmi degli scambi dubitava che gliene sarebbero spettati di più. Fece uno sforzo per restare nei binari di quella conversazione scombinata.

– Non proprio i primi.

Poi trovò un'obiezione migliore.

– E poi io sono francese, mica romana. Discendo da Vercingetorige casomai.

– Da chi? – chiese Mark.

– Da Vercing... Insomma, i Romani hanno invaso la Gallia, cioè la Francia, quindi io discendo dagli invasi, non dagli invasori.

– Ma è quello che dico io! Dopo secoli di distanza, vai a riconoscere chi sono gli invasi e chi gli invasori... Anch'io pare che ho un po' di sangue indiano nelle vene, ma mica ne faccio una questione di principio.

Mark era contento di trovare un punto in comune, non ci sperava più.

Certe cellule muoiono, altre vivono più di quanto dovrebbero.

– Sarei anche potuto andare all'università con una buona borsa di studio, solo perché ho un quarto di sangue indiano, ma ho detto no grazie, sono americano io.

– Fossi in te, io prenderei i soldi da chi me li dà – fece Jeff paterno. – Una buona istruzione può sempre servire, nella vita.

Finché zac, una piccola distrazione, una fotocopia venuta male, un errore impercettibile, e cominci a covare in segreto il tuo tesoro, il piccolo cancro che ti ucciderà.

– Sentite...

Jane si mosse a disagio sulla sedia. Si sentiva sudata. Lo sguardo di Roger le fu subito addosso.

– Ho qualcosa da dirvi.

– Anch'io – fece eco Sara, smettendo di giocherellare con il cibo nel piatto.

Madre e figlia si guardarono. Jane fece un gesto di incoraggiamento, come a dire di parlare lei per prima.

– Ho scoperto molte cose a Moab – cominciò Sara lentamente. – Lì c'è spazio per riflettere, per sentirsi pensare.

Roger la guardò scettico.

– ...Ma la cosa più importante l'ho scoperta su me stessa.

– Ah sì? E cosa sarebbe? – chiese Jeff impaziente di venire al dunque ma sforzandosi di mantenere un tono paterno e incoraggiante.

– Sono omosessuale.

Aveva rialzato la testa, e aveva negli occhi un'espressione di sfida. Una sobbalzò: ebbe paura di guardare gli altri, paura che faccessero l'ovvia associazione. Da quando avevano messo piede in quella casa non riconosceva più Sara. Il suo atteggiamento riflessivo e timido era andato in frantumi sotto l'urto di una carica di risentimento che mai Una avrebbe sospettato. Sì, va bene, ma lei che c'entrava con quella riunione di famiglia? E perché tirare in ballo la loro storia così, senza prevenirla, e quasi per ripicca? E non avere neanche una macchina per poter tagliare la corda!

Nel silenzio, la voce pacata di Roger.

– Come fai a saperlo?

– Nel più semplice dei modi, direi. Amo una donna.

Gli sguardi si spostarono su Una.

– È colpa sua, dunque! – scappò detto a Kate.

– Merito suo, casomai – ribatté Sara.

Jeff guardò prima l'una, poi l'altra, aprì la bocca come per dire qualcosa, poi si alzò precipitosamente e uscì dalla cucina.

– Hai visto? – disse Kate con due occhi piccoli e cattivi che Sara non le vedeva dall'infanzia.

– Non preoccupatevi, lo conosco, tornerà per il dolce – tentò di sorridere Jane.

Mark non vedeva l'ora di restare solo con Kate per commentare la notizia: strana era sempre stata, Sara, ma da un po' di tempo sembrava addirittura folle. Lui non aveva bisogno di una laurea in psicologia per vedere che qualcosa non andava. Non poteva non vedere, Kate, che tutte quelle complicazioni portavano allo sfacelo, che lì da loro in Ohio la vita era più semplice, e che forse non era male che la sua famiglia fosse così lontana.

– Be', se non avete altro da dire io esco a fare una passeggiata – disse Sara.

Una si alzò automaticamente per seguirla. Tutto, tranne restare da sola con quelli lì. Anche a Jane sembrò senza senso restare, e temeva i commenti di Mark, annunciati da quel suo sguardo furbo. Era arrivata sulla porta quanto fu arrestata dalla voce di Roger, ancora a tavola.

– Mamma, non avevi anche tu qualcosa da dirci?

Si girò a guardarlo, le era sempre sembrato che quegli occhi potessero decifrare segreti, colmare pause, riempire silenzi. Si sentì stranamente leggera, quasi euforica.

– Oh, non era niente di importante. Non era una questione di vita o di morte.

La neve del giorno prima si era trasformata in pozzanghere grigiastre, dal freddo intenso si era passati all'umidità. Mark fece solo qualche passo, si appoggiò alla sua macchina nel vialetto per accendersi una sigaretta. Cose da pazzi. Respirò a pieni polmoni, guardò un camioncino che percorreva il viottolo che portava alla casa. Il conducente gli si fermò davanti, controllò l'indirizzo sui suoi appunti.

– Abita qui Kate Baldwin? – chiese a Mark.

– No, non proprio, ma è la casa di sua madre. Perché, che c'è?

– Ha vinto il premio Snellifianchi "Grazie per essere quello che sei".

– Guardi che deve esserci un errore. Noi non abitiamo qui, e mia moglie non ha partecipato a nessun concorso – provò a dire Mark.

Il conducente aveva già aperto il retro del camion, controllato un'altra volta la lista, scosso il capo. Già doveva lavorare a Thanksgiving, ci mancava solo dover ascoltare chiacchiere inutili.

– Allora lei è il marito? L'indirizzo è giusto, il nome è giusto, e poi mi pagano secondo i pacchi che consegno, mentre le conversazioni le faccio gratis. Glielo porta lei questo a sua moglie o devo farlo io di persona?

Mark aveva istintivamente aperto le braccia per ricevere il cubo incartato dalle mani del conducente. Davanti agli occhi si trovò una scritta che non riusciva ad abbracciare con lo sguardo. Spostò la testa all'indietro per metterla a fuoco. «Divertimento garantito!».

– Cosa c'è dentro? – gridò da dietro il pacco.

– Vedrà, vedrà... Ce n'è per tutti i gusti!

Ed era la verità. Il contenuto del pacco, rovesciato sul tavolo della cucina, risultò consistere in: un'aringa di plastica che sfregata sprigionava odore di pesce (per i gatti); un «termometro della pulizia» che afferrato da mani sporche rivelava magicamente la scritta «lavaci» (per i bambini); un blocchetto per la lista della spesa, con su disegnate varie verdure accompagnate dalla dicitura «non vegetiamo!» (per la mamma); una copertina a quadrettoni che poteva fungere da scacchiera (per il nonno paralitico); una cravatta a forma di sassofono (per il papà, sassofonista mancato); infine, un sacchetto di popcorn di dieci colori diversi (per la famiglia al gran completo davanti alla TV). Accompagnava il tutto un catalogo illustrativo di tali e simili meraviglie, lo Snellifianchi e una ricevuta dell'acquisto. L'attenzione di Mark, uomo di scarsa immaginazione, fu attratta soprattutto da quest'ultimo elemento.

– Ancora una di queste stronzate...!? Cinquanta dollari per un'altra di queste stronzate!?

– Dai Mark, hai anche vinto tutte queste cose... Roger aveva seguito la scena e aveva adocchiato per sé la coperta a scacchiera.

Mark lo guardò a bocca aperta, poi si precipitò al piano di sotto alla ricerca di Kate che, ignara di essere stata baciata dalla fortuna, continuava a passare da un canale all'altro.

4. Parole liquefatte

Quand'ero piccola e mi facevo male e avevo paura, mi dicevo sempre: se domani mattina sarò viva, vorrà dire che non è niente di grave. Vorrei poter fare lo stesso oggi, preferirei morire stanotte, piuttosto che sapere che domani aprirò gli occhi ma sarà grave lo stesso. Non è la morte. È la paura della morte, l'attesa della morte che mi riesce insopportabile. Jane riflette nella sua camera. Ha appena fallito un altro esercizio, aveva creduto che con quello che era successo durante la giornata sarebbe stato più facile, persino rassicurante pensare al mondo senza di lei. Invece ha fallito ancora, quando pensava di avercela quasi fatta: ha notato qualcosa per terra, la curiosità l'ha vinta, si è piegata a raccogliere un pezzo di plastica a forma di lisca di pesce, dall'odore insopportabile. L'ha rigirato tra le dita con disgusto, senza capire, poi le pupille incandescenti di Amberley l'hanno salutata.

Avrebbe voluto fare un bel discorso, fermo, serio. Dire di godersela, la vita, di non lasciarsi fregare dai problemi quotidiani, di amarsi fino a non poterne più, fino ad averne i muscoli stanchi, il cuore a pezzi. Le era bastato vedere entrare Sara, Una, Valerie, per capire che non sarebbe riuscita a dire niente.

Prese a ripercorrere mentalmente il resto della giornata. La torta di zucca era stata ottima, forse la migliore che avesse mai fatto, e aveva riappacificato un po' tutti dopo le sparate di Sara e l'arrivo dello Snellifianchi. Si erano ritrovati intorno al tavolo. Kate aveva preso la parola, aveva detto che non capiva, che sperava che fosse una fase, ma che insomma bene gliene volevano sempre, a Sara, tutti. Se Una si era risentita al sentirsi ignorata in tutto quel discorso, o al sentirsi definire una fase, non lo aveva dato a vedere. Degno di nota anche il fatto che Sara, con un'espressione stanca e rassegnata sulla faccia, avesse deciso di lasciar perdere. La conversazione era scivolata verso la politica che però si era rivelata un terreno minato, perché Mark era un conservatore di ferro, Kate lo appoggiava più del solito per farsi perdonare le ultime spesucce, e Valerie era rimasta allibita dalla loro ignoranza compiaciuta della politica internazionale, combinata a una conoscenza assai approssimativa di quella nazionale. Spalleggiata da Roger, Jane aveva faticato un po' per mantenere la conversazione a livello civile. Amatevi, si fa presto a dire... sono discorsi che solo chi sta sulla porta può fare, e ancora... Anche una lisca di plastica metteva tutto in pericolo, anche un rumore dalle altre stanze. Forse qualcuno stava guardando la televisione, a quell'ora di notte? Aprì la porta, restò un attimo in ascolto, attraversò il corridoio buio con la leggerezza dell'abitudine.

La persona seduta sul divano le dava le spalle, ma dalla porta Jane poteva vedere lo schermo. Si avvicinò senza far rumore. Era un film su un gruppo di uomini, un po' malconci, con uniformi lacere, ma di buonumore, che scherzavano tra loro davanti a un sipario abbassato. Dall'altra parte del sipario c'era una donna che si preparava per l'entrata in scena, finiva di aggiustarsi il vestito e la corona da regina sulla testa. I musicisti si concentravano sugli strumenti, a un cenno il sipario si alzava, la cantante entrava a braccia levate, la musica partiva allegra, poi qualcosa succedeva, la cantante non cominciava, i musicisti si guardavano smarriti, al cenno del suonatore di chitarra improvvisatosi direttore ripetevano l'introduzione.

La donna guardava verso il basso, e la telecamera che seguiva il suo sguardo si posava sui giovani soldati, sulle loro ferite, le barbe lunghe, le bende. La cantante sembrava inebetita, poi si stracciava di dosso il vestito, gettava la corona, rimaneva con una sottoveste nera, lucida, che le arrivava al ginocchio. Diceva qualcosa al ragazzo con la chitarra, che si metteva d'accordo con gli altri. Una nuova musica cominciava, molto diversa dall'introduzione baldanzosa di prima. La donna cominciava a cantare, abbassando la voce e parlando quasi, a tratti, con dei toni rotti, sempre sul punto di incrinarsi, di abbandonare, ma risorgendo alla fine, vittoriosa sulla tentazione di lasciarsi andare. Jane non capiva tutte le parole, ma credeva di comprendere quello che significavano per i soldati attenti all'ascolto: qualcosa di caro, di caldo, delicato e forte, come la vita che si allontanava un po' di più a ogni singhiozzo. C'era un ritornello che sembravano conoscere, e dopo ogni ritornello Jane pensava che la cantante non ce l'avrebbe fatta, e invece ricominciava, sussurrando e piangendo le parole una dopo l'altra. Finché si arrese, e finì l'ultimo ritornello in un singulto, si coprì la faccia tra le mani, le spalle scosse, come tremanti dal freddo. I soldati si riscossero, gli applausi scoppiarono fragorosi, il sorriso del ragazzo con la chitarra si aprì largo e trionfante.

Per vedere meglio Jane si era avvicinata allo schermo, e aveva finito per trovarsi di fianco al divano, e poi un po' più avanti ancora. Si girò solo alla fine della scena. Vide Valerie colle spalle tremanti come quelle della cantante, con gli occhi lucidi e brucianti.

Valerie non l'aveva sentita arrivare, e solo tardi aveva percepito la presenza silenziosa al suo fianco. Non le andava di muoversi, né di parlare, ma si sentì in dovere di dare una spiegazione, o una scusa, nella speranza che il buio la proteggesse.

– Mi dispiace di averti svegliata.

Jane scosse la testa.

– Ero ancora sveglia – spiegò.

Jane ebbe paura della conversazione che si annunciava così lontana dalla loro angoscia. Possibile che neanche sulla porta sapesse sbarazzarsi di tutti quei convenevoli? Si sedette sul divano per smettere di guardare dall'alto in basso.

– Era molto bella quella scena.

– Ho preso alla lettera il tuo invito a fare come se fossimo a casa nostra... Ho visto questo vecchio film italiano sullo scaffale, non ho resistito alla tentazione.

– Hai fatto bene... Era uno dei film preferiti di mia madre.

Il silenzio calò tra loro. Valerie aveva interrotto il film e lo schermo impazziva in nero e bianco. Sarebbe bastato un nulla, un cambio di canale, una ricetta di torta. Jane trattenne il respiro.

– Dunque hai fatto studi classici – disse alla fine.

– Sì.

– Peccato che tu non abbia conosciuto mia madre, sono sicura che sareste andate d'accordo. Mia madre non ha avuto modo di studiare molto, era solo una bibliotecaria, ma una grandissima lettrice, e poi era nata e cresciuta in Italia e mi sa che la letteratura la prendono sul serio là, o almeno la prendevano sul serio quando era giovane lei.

Valerie si mosse sul divano, a disagio.

– Non so cosa ti ha spiegato Roger... Sì, ho fatto studi classici, ma qui negli Stati Uniti non è facile vivere con queste cose. Forse non è facile da nessuna parte, ma insomma... Lavoro per una società, la Toga, Inc. Prepariamo delle unità didattiche, cerchiamo di diffondere l'amore per i classici, organizziamo viaggi...

– Dove?

– Be', in Italia e in Grecia, quando va bene. Quando va male al Partenone di Nashville... Non è una battuta.

– Non sembri un granché contenta del tuo lavoro... – osservò Jane.

– È sempre una lotta per non cadere nel ridicolo più completo. Certe scuole sarebbero ben contente con i Toga Parties, qualsiasi cosa possa attrarre gli studenti va bene. Manca poco che ci presentiamo vestiti da gladiatori...

Valerie esitò un attimo prima di porre a sua volta una domanda. Aveva già intuito la riservatezza di Jane, la stessa che aveva imparato a conoscere in Roger. Ma la notte sembrava propizia alla comunicazione, Hermes scatenato.

– Perché è venuta negli Stati Uniti tua madre? – chiese.

– Motivi da romanzo. Ha dato un passaggio a mio padre che girava l'Europa in autostop. È salito e non è più sceso, diceva poi mia madre ridendo quando raccontava la storia. Io ho l'impressione che fosse piuttosto lui a pensare che quel passaggio gli era costato caro. Mia madre da giovane deve aver avuto la tendenza a prendere tutto sul serio, non sono sicura che lui avesse dato a quell'incontro la stessa importanza. Aggiungi che lei non parlava bene l'inglese, lui non parlava l'italiano, più che probabile che non si fossero capiti bene. Ma insomma, quando lei è andata a raggiungerlo in America era già incinta. Sospetto che lui non ricordasse neanche più bene quale passaggio era stato, ma fece il suo dovere, o forse non riuscì a trovare un modo di tirarsi indietro, i suoi genitori premevano per la riparazione, pensavano che avrebbe messo la testa a posto. Ma non ne ha avuto il tempo. È morto prima ancora che io nascessi, in un incidente di macchina, forse ubriaco. È sua la foto in bianco e nero in cucina, gliel'ha fatta mia madre il giorno del loro incontro.

– E tua madre, rimasta sola, non ha pensato di tornare in Italia?

– Gliel'ho chiesto anch'io, ma non amava parlarne... Non sarebbe stato facile tornare con la coda tra le gambe, con il figlio della colpa, anzi la figlia della colpa, con me insomma, in un paese tradizionalista e cattolico. Da un certo punto in poi deve essersi detta che le cose non succedono per caso. Volgare pensare che per caso avesse dato un passaggio a quell'autostoppista, per caso lo avesse seguito in America, e non fosse tornata più.

– Il caso è un soprannome comune del destino – fece Valerie pensierosa.

– E questo chi l'ha detto? – chiese Jane.

Valerie rise.

– Ma come chi l'ha detto! Mica parlo solo per frasi fatte. L'ho detto io, l'ho detto. Il caso è un soprannome comune del destino. Ma puoi citarmi quando vuoi!

Jane rise anche lei, poi si fece seria.

– Vale anche per te. Non credere che sia un caso se sei qui questa notte a tenere questa conversazione insensata davanti alle ceneri di mia madre.

Perché insensata, quella conversazione? Alice pensò invece che così bene la sua vita non gliel'aveva mai descritta nessuno. Così nitida e coerente, sembrava quella di un altro. Viva, oscillava tra il dolore e la noia. Morta, si era trasformata in romanzo, e neanche brutto.

Jane diede a Valerie il tempo di una replica che non venne, prima di continuare.

– E poi, fondamentalmente mia madre era un tipo solitario, non ha mai avuto bisogno dei convenevoli, delle feste, dei mille riti con cui la gente illude la propria solitudine, anzi, le davano fastidio. In questo, come in molte altre cose, non ho preso affatto da lei. Lei era un tipo solitario, ed è più facile essere solitari in America.

Solitari e soli. Valerie pensò alla sua vita americana, con o senza Roger.

– Insomma – concluse Jane, – non si è mai sentita a casa qui, ma lì ormai era straniera. L'unica cosa che abitava, ossessivamente, era la lingua italiana. I congiuntivi erano i pilastri della sua identità. La grammatica ha scandito i tempi della sua vita.

Jane ripensò all'ultima serata trascorsa con la madre. Ne scopriva il significato solo adesso, e quasi per caso. Sentì gli occhi di Valerie su di sé.

– Eccola qui, in due parole... una vita.

– Mi manca molto – riprese Jane mordendosi le labbra. – Non ha senso essere al mondo se non c'è chi ti ha visto da piccola.

Valerie la guardò sorpresa.

– Anche le madri si sentono così? Voglio dire, il fatto di avere figli non protegge, almeno un po', dal vuoto, dalla mancanza di significato? – chiese.

– Non direi, almeno nel mio caso no. Forse non sono stata una buona madre –. Sorrise amaramente. – Avere figli mi ha solo reso più vulnerabile. E poi noi donne siamo sempre prese in quest'altalena, siamo madri e figlie al tempo stesso, e non sono due identità che coesistono facilmente. In questo periodo mi sento terribilmente figlia. Conosci quella canzone, quella che fa *Sometimes I feel like a motherless child*? Ecco, ho più di cinquant'anni ma mi sento così, *a motherless child*.

Jane non avrebbe saputo dire da quanto tempo non ragionava così. Forse aveva ragione sua madre a prendersela con la riservatezza anglosassone che dettava le modalità del suo comportamento. A forza di adottare delle generiche buone maniere con tutti, a forza di chiamare discrezione quella che è soltanto indifferenza, si impara a mentire anche a se stessi. Godette nel sentirsi libera da tutte le convenienze, libera di non pesare ogni parola.

– E tu non devi sentirti così in esilio perché sei lontana dalla Francia – riprese. – Se tornerai, ti accorgerai che sei in esilio lo stesso. Siamo tutti in esilio.

– Questa è un'idea quasi religiosa – osservò Valerie.

– No, è un'idea uterina. L'esilio comincia quando ci strappano dalle madri. Non torneremo più.

Sono qui, sono qui! Quando due sono state insieme come me e te, come vuoi che possano davvero separarsi!? Alice chiamava invano dalla mensola. Era tanta la foga del suo sentimento che si sentì lacerare, come se Jane nascesse una seconda volta. Le tornò in mente la storia di quelli che gridavano da una sponda all'altra di un fiume gelato, in un inverno talmente freddo che le loro stesse parole si congelavano prima di raggiungere l'altra riva. Pensarono allora di fare un fuoco al centro del fiume, ed ecco che le parole cominciarono a liquefarsi e vennero giù mormorando, come a maggio la neve dai monti, perfettamente intellegibili.

E al pensiero che nessun fuoco e nessuna primavera avrebbe scongelato mai le sue parole, che un invalicabile fiume la separava da Jane, al pensiero di tutto quello che non poteva dirle e di tutto quello che non le aveva detto prima che le sorprendesse l'inverno, Alice per la prima volta provò sconforto dell'essere morta. Come rispondendo a un richiamo, Jane le si fece più vicina, e l'ostinazione del suo sguardo suscitò in Alice il sospetto e la speranza che la figlia avesse scoperto il suo segreto, il suo precario e illogico persistere. Ma fu un attimo. Jane aspettò di poter controllare gli occhi inumiditi, strinse le labbra in quell'espressione di autocontrollo che Alice le conosceva così bene, sospirò profondamente e si voltò.

– Meglio andare a dormire, domani sarà un'altra giornata di discussioni e rivelazioni.

KENWOOD, 26 NOVEMBRE 2010

L'indomani Alice se li vide comparire tutti davanti. Jane aveva nascosto il telecomando per evitare che ricominciassero con la televisione, mentre Mark aveva dormito con le chiavi della macchina in tasca per impedire che Kate si precipitasse alle svendite del venerdì dopo Thanksgiving, il famigerato Venerdì Nero, il migliore giorno dell'anno per i saldi. Il centro commerciale più vicino apriva alle tre di notte, e fino alle quattro c'era uno sconto del 50% sugli schermi al plasma. L'anno prima l'impiegato che aveva aperto le porte era rimasto ucciso, travolto dalla folla alla ricerca scatenata dell'affare del secolo. Davvero non un posto per donne incinte. Jeff era silenzioso, Roger l'unico sbarbato tra gli uomini, Valerie stranamente disinvolta, e Sara e Una era come se si tenessero per mano, anche se non osavano farlo. Jane diede le spalle alla mensola con l'urna per guardarli tutti e Alice si sentì pronta a darle manforte, qualunque cosa stesse per accadere.

Tutti sembravano incuriositi dalla convocazione. Jane aspettò solo che Kate, buon'ultima, scendesse e si accomodasse sul divano, per cominciare.

– Riceverete una lettera ufficiale dall'avvocato, ma ho pensato che fosse meglio parlare di alcuni dettagli mentre eravamo tutti insieme.

Quali dettagli?

Jane sventolò una busta giallina, ne trasse fuori un foglio, cominciò a leggere.

– Io, Alice Arienti, nel pieno delle mie facoltà mentali, stabilisco che alla mia morte tutti i miei averi siano gestiti da mia figlia Jane perché li divida come ritiene opportuno tra lei e i suoi figli. Prima di effettuare qualsiasi divisione, però, da tali averi verrà detratta la cifra di cinquemila dollari da donare alla biblioteca comunale di Bethesda per l'acquisto di libri in grande formato.

Pedante ed egoista, si rimproverò Alice. Perché "in grande

formato”? Doveva aver scritto quel testamento quando la vista era cominciata a peggiorare, altrimenti la precisazione le risultava inspiegabile. Non sarebbe stato meglio investire quei quattro soldi in iniziative che incoraggiassero i giovani alla lettura? Che vecchio quel testamento! Non si ricordava neanche più di averlo scritto. Strano che con tutto il tempo che le aveva lasciato la malattia non avesse pensato a farne un altro. Del resto, non è che avesse chissà quali ricchezze da distribuire, e poi le sembrava scontato che pensasse a tutto Jane, in fondo era il suo mestiere.

– Ora dovete sapere – continuò Jane, – che io voglio dividere tutto tra voi tre, senza tenere niente per me.

Brava. Generosa.

– Dovete anche sapere, però, che l’eredità è minore di quanto forse pensate. Le spese mediche hanno mangiato tutto, sulla casa c’è un’ipoteca.

– Ma l’assicurazione... – protestò Kate.

– Vostra nonna ha pensato bene di cambiarla dopo la diagnosi perché non era contenta del fatto che non le avessero permesso di consultare un secondo specialista. Avrà avuto anche ragione, ma non ha letto la clausola, del resto stampata in un formato pressoché illeggibile, sulle condizioni pre-esistenti. Quando si è ammalata di nuovo, l’assicurazione ha avuto buon gioco nel far valere quel cavillo.

Jane si rese conto di aver assunto un tono molto professionale, ma non riuscì a cambiarlo. Cercò però di venire al dunque.

– Insomma, buona parte delle spese relative alla malattia (due operazioni, chemio, assistenza a domicilio) sono state a carico di nonna, cioè mio perché non volevo che lei lo sapesse. Ma anch’io ho avuto le mie spese, tra le rette delle vostre università, il divorzio da vostro padre, qualche investimento poco oculato... Avremmo dovuto ipotecare la casa di nonna, ma non potevo farlo senza parlarle francamente dei guai economici in cui si era cacciata. Non volevo che si preoccupasse. Testarda com’era, c’era anche il rischio che rifiutasse le cure. Insomma, sono stata costretta a ipotecare questa, di casa. Adesso però dobbiamo rettificare la situazione, vendere la casa di nonna, estinguere l’ipoteca su questa, vedere quello che rimane... Meno male che Jeff continuerà ad aiutarci...

Lo guardò con gratitudine.

Alice fu ben contenta di essere morta per evitare il risentimento che sentiva indirizzato verso la sua misera cassetta. Veramente, figlia mia, non ne valeva la pena. Tutte quelle spese per finire inscatolata così? Hanno ragione i ragazzi a sentirsi presi in giro. Guarda Kate che non può comprarsi l'ultimo I-phone, solo perché sua nonna doveva fare la chemio.

– Tutto qui? – chiese Sara.

– No, ci sono dei piccoli... regali, immagino, per ognuno di voi. Questi non è chiaro da quali fondi devono venire, ma non fa niente, me ne farò carico io.

– Regali? – chiese Kate.

– Sì – riprese Jane – ma non crediate che sia chissà cosa...

– Avanti, dai! – la esortò Sara.

Jane piegò la testa, riprese la lettura.

– ...lascio al mio primo nipotino, Roger, un'iscrizione annuale al corso di danza classica dell'Accademia di Austin.

– Ma a Roger non piace la danza! – si inserì Kate.

Roger aveva accolto l'annuncio senza battere ciglio. Rigido sulla sedia sembrava emanare gelo.

Alice si pentì, o quasi. Certo che quegli scherzetti dall'oltretomba avrebbe potuto risparmiarseli, ma insomma, sarebbe stata felice se Roger avesse detto addio a quella parodia di mascolinità. Libera la Piaf che è in te, avrebbe voluto esortarlo mille volte quando lo vedeva affannarsi a imitare quello che pensava dovessero fare gli uomini veri. Adesso capiva perché non aveva mai avuto il coraggio di dirgli una cosa del genere da viva. Anche da morta, le possibili reazioni la spaventavano.

– Per Kate, un abbonamento a vita alla rivista *The Nation* – continuò Jane.

– Quale rivista...? – chiese Mark.

– Lasciamo perdere... – rispose Kate contrariata. Il vizio di cercare di influenzare le sue idee politiche non lo aveva perso neanche da morta, sua nonna. Si ripromise di cestinare la rivista senza leggerla e soprattutto prima che la vedesse Mark, ci mancava solo quello.

– Non te la prendere, Kate... – la consolò Jane. – Non so davvero cosa pensare di queste ultime volontà. Sai cosa ha lasciato a me? Una ricetta... eccola. Tacchino in umido (ricetta per Thanksgiving).

Occhiate di complicità e sollievo unirono per un attimo i presenti. Sara abbozzò un sorriso che non piacque a Jane.

– Naturalmente – aggiuse indispettita, – sono pronta a cedere la ricetta a chiunque si incaricherà di organizzare la tradizionale riunione famigliare l'anno prossimo.

– Dai, mamma, su – la incoraggiò Roger, – continua, per favore, finiamo questa lettura.

Ultime volontà del cavolo. Ultimi dispetti, piuttosto.

– Infine – riprese Jane accelerando la lettura, – lascio alla piccola Sara la mia collana con il rosone di Collemaggio.

Finalmente, pensò Alice. Certo che era stata impertinente, meno male che almeno per Sara aveva pensato a un regalo vero, senza sottintesi.

– Purtroppo la collana è andata perduta –, intervenne precipitosamente Jeff.

– Non siamo riusciti a trovarla –, si corresse.

Jane lo guardò esitante.

– Grazie, Jeff – disse, – ma la verità è che l'ho data via io. Per una strana coincidenza, proprio mentre mia madre moriva, ho sentito l'impulso di regalare la sua collana a una coppia di poveracci che stavamo per cacciare fuori di casa...

– Una coppia di psicopatici! – sbottò Jeff, contrariato del fatto che Jane, invece di assecondare la sua versione dei fatti, si fosse andata a cacciare in quella spiegazione. Ancora non capiva che bisognava semplificare le cose in quella famiglia, invece di complicare sempre tutto con la ricerca di arcane corrispondenze e segni del destino.

– Comunque sia – riprese Jane – la collana non c'è più. Mi dispiace, "piccola Sara"... Ovviamente potrai scegliere un altro gioiello tra i pochi che ha lasciato tua nonna.

– Non è proprio la stessa cosa, mi sembra… – ribatté Sara secca.

– Se vuoi posso girarti le lezioni di danza – si inserì Roger.

Vero è che avrebbero fatto bene anche a Sara, pensò Alice, stava proprio diventando un po' grezza di modi, tra Indiani e Mormoni.

Sara decise di ignorare il commento del fratello.

– Allora tutto qui? Possiamo andare? – chiese.

– Be', veramente ci sono altri particolari, ma sono solo alcuni desideri, non è niente di vincolante – disse Jane.

– Visto che queste sono le ultime volontà di nonna, almeno leggile tutte, no? – insistette Sara.

Brava, nipotina, che diamine.

Jane si rimise gli occhiali, riabbassò la testa, riprese la lettura.

– Per quanto riguarda me, vorrei essere cremata, e che le mie ceneri venissero disperse dalla cima del Corno Grande, sul Gran Sasso. Però, qualora questo si rivelasse troppo difficile, vorrei almeno che venissero liberate nel centro storico dell'Aquila.

– Che?!

Alice era stupita quasi quanto loro. Sì, è vero, a un certo punto della sua vita aveva coltivato quel sentimento. Voleva tornare a L'Aquila, almeno dopo. Adesso però l'idea non le sembrava brillante. Era sempre stata pigra sotto sotto, facile all'inerzia, e con la morte non era certo migliorata. Trovava che sulla mensola non si stesse niente male, soprattutto adesso che era riuscita a far fuori la clessidra. Del resto, a guardare il gruppetto lì riunito, non si vedeva chi avrebbe potuto esaudire le ultime volontà.

– Laguìla? E dov'è? – chiese Mark.

– La-chi-là! – corresse Valerie. – Il nome mi dice qualcosa…

– Lasciami indovinare… deve essere una località dove l'esercito romano ha vinto una battaglia – fece Roger ironico.

– La-chi-là, La-chi-là… – riprese Valerie, – adesso mi ricordo. C'è stato un terremoto, qualche tempo fa, è stata su tutti i giornali per qualche giorno. Aspetta! Ci hanno girato anche un film…

– L'A-qui-la – scandì Jane. – E sì, hai ragione, Valerie, c'è stato un terremoto, mia madre ne ha parlato ossessivamente per un po', poi ha smesso. Ma il governo italiano è intervenuto in maniera rapida e efficiente, e adesso tutti hanno di nuovo un tetto sulla testa.

– Il governo italiano... Chi, Berlusconi? Non ci credo neanche se lo vedo con i miei occhi. Se Berlusconi ha detto così è falso – affermò indignata Valerie.

– Non ricominciamo con la politica, per carità! – fece Roger.

– Sì, per favore, non ricominciate a litigare su Sarkoni, Beruscazzi e Puttan! – diede manforte Kate, memore della conversazione del giorno prima.

Valerie la guardò gelida.

– Hai ragione. Proprio non ne vale la pena di perdere tempo con capi di stato stranieri dai nomi impronunciabili, soprattutto oggi, con tutte le svendite che ci sono ai centri commerciali.

– Ecco, appunto! – fece Kate, sorpresa ma contenta dell'inedita alleanza.

– Smettila, Valerie – disse Roger, e si stupì dell'astio che sentì montare dentro di sé. Più tardi, avrebbe cercato un modo di ferirla. – Poi vi stupite se il resto del mondo considera voi Francesi una massa di snob –, le avrebbe detto. E lei, da un anno luce di distanza: – Poi vi stupite se il resto del mondo sa per certo che voi Americani siete una mandria di imbecilli. – Parole grevi. Non è raro, per quanto deplorevole, che la fine di un amore faccia appello a differenze culturali o addirittura etniche.

– ...Anche perché, se permetti, di nomi impronunciabili di capi di stato stranieri ne abbiamo una certa esperienza. Barack Hussein Obama, non so se mi spiego! – fece Mark, con una gran risata cui fece eco solo quella della moglie, più per solidarietà coniugale che per altro.

– Ne ho già parlato col notaio – riprese Jane, poco contenta della piega che stava prendendo la discussione. – Queste ultime volontà, come vi accennavo, non sono in nessun modo vincolanti. Credo che mia madre, per come la conosco... la conoscevo, sarebbe la prima a non voler creare problemi con quello che magari era il capriccio di un momento.

– Sì, in effetti... Jane ha cercato un altro parere per scrupolo, ma potevamo dirvelo benissimo anche noi. Un conto sono le direttive sul lascito, un conto i desideri – intervenne Jeff.

– Anche perché non deve essere un viaggio né semplice, né economico... – aggiunse Mark pensieroso.

– Ce la porto io.

Tutti si girarono verso Sara.

– Ma l'italiano lo parli? – chiese Valerie.

– L'italiano è la mia prima lingua – ribatté Sara risentita, anche se le conversazioni con i turisti italiani a Moab le avevano fatto venire qualche dubbio.

– E poi ormai tutti nel mondo parlano inglese – aggiunse Jeff.

– Con quali soldi pensi di farlo questo viaggio, scusa? – non poté impedirsi di intervenire Roger.

– Con la mia parte di eredità, ovviamente.

– E poi non sarebbe sbagliato se gli altri, se non vogliono partecipare a questa spedizione, contribuissero almeno economicamente – disse Valerie.

Il suo accento francese risultò particolarmente pronunciato e fuori luogo. Se ne accorse anche lei. Si difese attaccando e complicando ancor di più la sua posizione.

– Se vuoi ti accompagno – propose a Sara. – Non mi dispiacerebbe andare da quelle parti. Sai, ci sono nati Sallustio, Ovidio...

Roger non riuscì a trattenere un moto di insofferenza.

– No, grazie, Valerie – rispose Sara senza esitazioni. – Apprezzo davvero la tua offerta e il tuo sostegno, ma devo andare da sola. Anzi... Se non hai più niente da dire, mamma, io andrei a cercare un biglietto su internet.

Senza aspettare risposta, si alzò e uscì dalla stanza.

MOAB-WASHINGTON, 5-6 GENNAIO 2011

1. Luna nuova

Tutto era stato diverso da come si era immaginato, tutto. Anzitutto, a parte la sparata di Thanksgiving, non pensava davvero di doverlo fare da sola, quel viaggio, lei che da sola, prima di Moab, non era andata da nessuna parte. Quasi quasi si pentiva di non aver accettato l'offerta di Valerie, l'unica che davvero avrebbe potuto accompagnarla. Ma era stufa di avere estranei in mezzo ai piedi, e sentiva estranei tutti. Jeff non aveva mai avuto un passaporto né vedeva perché bisognasse averlo e Jane, dopo la morte di Nonna Lice, era terrorizzata di perdere anche Jeff. Kate era sempre più incinta e Roger… lasciamo perdere. Beninteso, nessuno le aveva detto che non sarebbe andato, ma tutti "adesso vediamo", "dopo", "forse". Sua nonna era l'unica che diceva sì o no, in quella casa, era una delle cose che le legava. Certo che, dopo quella scena a Thanksgiving, non poteva tirarsi indietro. Gli altri sembravano pensare che lei avesse due anni e che bastasse distrarla con un cioccolatino perché smettesse di pensare a qualcosa. La chiarezza, il mettere le carte sul tavolo: forse era quello che l'aveva attratta in Una, ed era un po' fuori luogo che adesso gliene volesse per aver detto subito, forte e chiaro, che lei in quell'avventura non ci si andava a cacciare. Se sentiva davvero il bisogno di rispettare quelle volontà, senza prendere in considerazione che forse si era trattato del capriccio di un momento, che difficoltà oggettive ce n'erano, e che i morti non dovrebbero dettare condizioni, doveva farlo da sola. Sara non l'aveva presa bene. Sospettava che Una temesse di ritrovarsi in una bella riunione famigliare come quella da cui erano appena tornate, e non poteva darle torto. Non doveva averle perdonato la dichiarazione di Thanksgiving, l'averla tirata in ballo così, in mezzo a quegli estranei. Neanche Sara avrebbe saputo dire cosa le prendeva in certi momenti, quando si ritrovava con i suoi. Aveva l'impressione che tutti recitassero una parte ed esigessero lo stesso da lei, e questo le riusciva insostenibile. Era un'impressione che le veniva da lontano. In passato era arrivata a pensare che gli altri si fossero messi d'accordo prima della sua nascita, che ci fossero dei segreti condivisi da cui lei era esclusa. Era una delle fissazioni che avevano indotto Jane a ricorrere per la prima volta allo psicologo, quando Sara era ancora alle Elementari. L'unico risultato era stato che Sara aveva imparato a non condividere le proprie scoperte con la madre. Pur riconoscendo l'assurdità del sospetto che aveva attraversato la sua infanzia, Sara non riusciva a scrollarsi completamente di dosso l'impressione che gli altri fossero legati da una sorta di patto che permetteva di tollerare, o addirittura gradire, quelle riunioni in cui non si diceva mai una parola significativa o sincera. Erano situazioni in cui lei si sentiva sempre sul punto di esplodere e a volte, come in quell'ultimo Thanksgiving, esplodeva davvero. Non aveva resistito alla tentazione di squarciare il velo, rivelarsi. Non c'era stata premeditazione, però. Era stato un gesto impulsivo, e Una sbagliava ad avercela con lei per non averla avvisata prima.

O forse c'era dell'altro. Forse doveva abituarsi all'idea di fare a meno anche di Una, dopo quell'ultima bislacca serata in cui Sara avrebbe voluto immagazzinare un po' di calore da portare con sé in quell'impresa curiosa che stava per intraprendere. Una invece, a sorpresa, era tornata a parlare del loro primo incontro, alla cooperativa. Le aveva rivelato, tutto d'un fiato, che l'incidente dei carrelli non era stato il segno di un destino benevolo, ma una trappola collaudata. Non era stata la prima, Sara, a credere nel significato misterioso delle consonanze alimentari.

– Mi pesa terribilmente dirtelo – aveva aggiunto, – ma non posso continuare a lasciarti credere in quella favola, per bella che sia.

Sara c'era rimasta malissimo. Le aveva rimproverato di tutto, di essere un predatore in agguato, di aver vissuto nella menzogna tutto quel tempo ma, anche, di aver deciso di dire la verità proprio alla vigilia della partenza per liberarsi di lei, perché evidentemente di lei non gliene importava niente, non gliene era mai importato niente, e dal giorno dopo avrebbe ricominciato a frequentare la cooperativa riempiendosi il carrello di specchietti per le allodole. Parlò con foga inusitata. Era crudele da parte di Una rendersi irraggiungibile in un momento simile.

– Non c'è mai stato un momento buono – si scusava Una come cercando di convincere anche se stessa di aver fatto la cosa giusta. – Avrei voluto dirtelo prima di Thanksgiving. A pensarci bene, forse avrei fatto meglio. Ma si trovano sempre scuse per non fare quello che è giusto. Non potevo rimandare ancora, lasciarti andar via così.

Era scesa la notte mentre parlavano, una notte invernale e spietata. Sara insistette per ritornare a piedi, da sola, nell'aria gelida. Julia dormiva, il gatto dormiva, e l'unico segno di vita era il ronzare del frigorifero al pianterreno. Diede un ultimo sguardo alla valigia, pensò a quello scalo inevitabile a Washington che l'attendeva. Aveva chiesto a Jane di incontrarla all'aeroporto solo per portarle Nonna Lice o quel che ne rimaneva, ma le complicazioni dell'itinerario le avevano imposto un trasferimento dall'aeroporto nazionale a quello internazionale, e un faccia a faccia prolungato con la madre che si sarebbe volentieri risparmiato. Tutte le scelte sembravano obbligate e al tempo stesso richiederle una fatica infinita. Si tirò le coperte fin sopra la testa, si rannicchiò e si immerse in un sonno senza sogni.

Quando si svegliò e scese per la colazione, Una era già lì, parlava con Julia che si dileguò nella cucina mormorando qualcosa a proposito del cranberry orange bread e della temperatura del forno. Qualche raro cliente faceva colazione. La stagione turistica era finita da un pezzo, ora erano soprattutto locali.

– Ciao... non mi aspettavo di vederti – salutò Sara sorpresa. – Non lavori oggi?

– Arriverò in ritardo, non importa. Dovevo vederti. Ho qualcosa da dirti.

Il qualcosa da dirle Una se l'era preparato durante la notte insonne. Lo recitò tutto d'un fiato, scandendo le parole. Non le era facile correggere l'immagine che Sara aveva di lei, quella di una donna coerente, nobile, in sintonia con se stessa e col mondo. Quello era un ideale, lontano da una realtà fatta di cadute, approssimazioni, ricordi dolorosi. Mentre Una parlava, Sara si rendeva conto di quanto poco, in fondo, sapesse di lei, di quanto poco le avesse chiesto, assorta nei propri problemi. Eppure, continuò Una, proprio Sara l'aveva portata a riflettere sull'assurdità del suo tentativo di prendere la luna a tradimento, nel suo momento di massimo splendore. Se lo ricordava? Aveva detto proprio così, "a tradimento". Ora diventava fondamentale che Sara cancellasse dalla sua mente l'idea di Una quale incarnazione di un ideale di armonia, e credesse invece nella sua volontà di camminare in quella direzione, insieme a lei.

– Torna – aveva concluso, e c'era una nota di trepidazione nella sua voce. – Torna da me, e saprò meritarti... meritarci.

Sara non ricordava di aver mai sentito parlare Una così a lungo. Il discorso era confuso e tradiva la preparazione che era costato. A riscattarlo e renderlo comprensibile, più per intuito che per logica, era l'immagine che evocava la loro prima spedizione notturna, la prima rivelazione.

– Come le fasi della luna? – chiese Sara con un sorriso. – Seguiamo le fasi della luna?

Una annuì.

– Come le fasi della luna.

Sara aprì le braccia, e questa volta fu Una a rifugiarsi in lei, per uno di quegli abbracci furtivi che si danno in pubblico le donne che si amano.

2. National Airport

In discesa sul National Airport la città sembrava vicinissima, Sara poteva distinguere il Washington Monument, il Lincoln Memorial, il Capitol. National Airport. Nonna Lice si rifiutava di chiamarlo col suo vero nome, Ronald Reagan Airport, dopo che proprio Reagan, precettando i controllori di volo in sciopero, aveva dato il segnale di quella che sarebbe stata la sua presidenza, e la deriva verso la quale si stava avviando il paese. Intitolare a Reagan proprio l'aeroporto della capitale significava aggiungere al danno le beffe. Gli altri lo chiamassero come volevano, per Nonna Lice rimaneva il National Airport. Era sempre stata un po' rivoluzionaria, Nonna Lice, sempre dalla parte dei lavoratori contro il capitale. Sara sorrise ripensando a quel linguaggio colorito, novecentesco.

– Sovversiva... sempre – confermò Jane mentre inseriva nella macchinetta la scheda magnetica per uscire dal parcheggio.

– Ti ricordi che negli ultimi tempi aveva persino messo poster di Che Guevara e Janis Joplin in camera sua... Te l'immagini, a ottant'anni suonati, con Che Guevara e Janis Joplin? Scatenata!

– *Summertime, Child, your living's easy. Fish are, fish are jumping out and the cotton, Lord, cotton's high, Lord so high* – canticchiò Sara.

– La sua preferita, me la cantava spesso... Sottovoce, quasi una ninna nanna come la cantava lei. *Hush, baby, baby, baby, baby now, no, no, no, no, no, no, no, don't you cry, don't you cry...* D'accordo, ho stonato, ma non è mica facile come pezzo, e poi stonava anche lei, no?

E come se stonava! Jane rise, e Sara pensò che era bello poter ridere di nuovo delle stranezze di Nonna Lice. Per un po', era sembrato che la morte avesse avuto il sopravvento, e che non si potesse pensare a lei senza essere tristi, mentre certo che era proprio buffa quando ci si metteva.

– Ti ricordi quando Obama ha vinto le elezioni e a mezzanotte ci ha costrette ad andare davanti alla Casa Bianca? Inutile dire di no, che il giorno dopo dovevamo andare a scuola, al lavoro... non ha voluto sentire ragioni! E poi non sapeva che portare, e alla fine ha scelto la sua ridicola sveglia italiana, quella vecchia, rumorosissima, la caricava, la faceva suonare e gridava "è ora che ve ne andate!". Certo che era un personaggio...

– O quando le abbiamo intimato di andarsi a comprare un paio di scarpe eleganti per il matrimonio di Kate e non ha trovato niente che le piacesse, ed è tornata con l'ennesimo paio di scarpe da ginnastica...

– ... rosse, però! Rosse, da cerimonia!

Quanto ci s'era arrabbiata Jane! Adesso provava imbarazzo per quella collera fuori luogo, tanto più che se la rivedeva davanti, sua madre, piccola nel suo ricordo, che si difendeva, – fossero questi i problemi...

– ... e quella volta che è venuta a prenderci al ritorno da Disneyland e non aveva la più pallida idea di dove avesse parcheggiato? Abbiamo dovuto prendere una macchina a noleggio e farci tutti i parcheggi dell'aeroporto prima di trovarla... Quanto poteva essere distratta! A proposito... dov'è?

Si riferiva alla cassetta, e Jane lo capì subito.

– Dietro... nel bagagliaio.

Bastò quell'indicazione perché la morte affermasse di nuovo il suo potere. Sara cercò le parole giuste.

– Forse ha senso questo mio viaggio, no? Forse una volta che la liberiamo, là dove voleva lei, ci libereremo anche noi, sarà di nuovo una presenza leggera.

– Speriamo, Sara, speriamo... È generoso da parte tua prenderla così. Io invece non posso impedirmi di volergliene un po' a mia madre per quel testamento, per metà enigma e per metà presa per i fondelli... *The Nation* per Kate, le lezioni di danza per Roger, la ricetta per il tacchino...

Sara sorrise prima di prendere le difese della nonna. Che scena che era stata, come era riuscita a fare incavolare tutti, anche da morta!

– E perché? Uno avrà pure il diritto di dire quello che vuole, almeno in un testamento... Mi sa che tu tua madre non l'hai mai capita un granché.

Deve essere un difetto di famiglia, pensò Jane, e si morse la lingua per non dirlo. Che cos'era che le aveva consigliato la psicoterapeuta? Meglio riflettere, pensare se una frase contribuiva alla comunicazione o al contrario l'ostacolava. Evitare le battute, il gusto di cogliere l'altra in fallo. Peccato che Sara si fosse sempre rifiutata di fare terapia famigliare e quindi quelle norme non le conoscesse. Jane sentiva tutto il peso di quell'ingiustizia, come se solo uno dei pugili sul ring fosse tenuto al rispetto delle regole, e l'altro potesse accanirsi sotto la cintura senza neanche il sospetto di fare qualcosa di male. Com'era difficile non essere più figlia. Jane frenò il suo risentimento e fu subito ricompensata, perché Sara si fece pensierosa e continuò.

– Comunque per certi versi ti capisco, è difficile per i vivi avere a che fare con i morti. Com'era quella frase? *Non dee guerra co' morti aver chi vive...*

– Sì, lei diceva così – annuì Jane approfittando di quello spiraglio. – Chissà dove l'aveva presa. Comunque sì, è difficile. Certo che è una cosa schifosa la morte, eh? Voglio dire, proprio... il processo biologico della morte è qualcosa che i vivi non possono contemplare senza disgusto, senza paura... Per noi, poi, che siamo senza i conforti della religione... Ma c'è dell'altro. Li rimproveriamo di averci lasciati, e siccome è un rimprovero troppo irrazionale per essere formulato gli attribuiamo altre colpe, ai morti... vere o presunte.

Questo l'aveva capito in terapia, forse non era il caso di spiattellarlo così. Sara guardò la madre stupita.

– Di quali colpe accusi Nonna Lice tu? – chiese.

– Ah, un po' di tutto. Delle ultime volontà ti ho già detto. Ma la lista è lunga. Le rimprovero di non essermi mai sentita a casa qui in America, ma di non aver mai avuto un altro posto dove andare, di non avermi mai cucinato il tacchino per Thanksgiving quando ero piccola, di non averci mai portato in chiesa...

– In compenso tu ci hai portato dappertutto... Metodisti, universalisti, testimoni di Geova... – non poté impedirsi di obiettare Sara.

– Sì, va bene, magari ho esagerato – concesse Jane, – ma ammetterai che avrebbe potuto darci un senso di appartenenza, di comunità... Veramente non capisco neanch'io perché non abbia funzionato... – concluse perplessa.

– Perché fondamentalmente siamo atei, ricordi? Come Nonna Lice... atei e materialisti.

– Atei, atei... Che parole grosse! Vattelappesca cosa siamo...

Qualche piccolo compromesso si può pure tollerare, no? Ecco, rimprovero a mia madre di non avermi trasmesso la predisposizione ai compromessi.

Questa poi! Sara pensò che la vita di Jane era tutta un compromesso.

– ... che poi va bene, ne avrò pure fatti di compromessi –, riprese Jane che era in uno dei suoi momenti di grazia, quando sembrava poter leggere nel pensiero della figlia, – ma senza convinzione, senza mai poterci credere fino in fondo... Insomma li facevo, ma rimanevo consapevole che pur sempre di compromessi si trattava.

Seguire le acrobazie del pensiero materno richiedeva una grande concentrazione, da cui Sara si distolse solo quando si accorse che stavano parcheggiando davanti a un ristorante.

– Ma il mio volo... – protestò.

– Il tuo volo è tra cinque ore... Non vorrai passare tutto questo tempo all'aeroporto, no? E poi ti conviene mangiare, altrimenti ti intossicherai col servizio a bordo.

Era un ristorante libanese, un locale curato senza essere pretenzioso. Jane doveva averlo scelto con una certa attenzione.

– Ci vieni spesso? – le chiese Sara.

– No, non ci sono mai stata, ma ho letto un articolo, ho visto foto e menu su internet... Insomma, ho fatto i compiti. Pensavo che ti sarebbe piaciuto.

Gli antipasti misti erano effettivamente eccellenti, vari e freschissimi. Dal taboulé alle foglie di vite ripiene, Sara mangiava tutto con la soddisfazione e la voracità dei suoi diciotto anni. Jane ne provò quello strano orgoglio che porta le mamme a considerare un miracolo gli elementari processi biologici dei neonati. Aveva fame, la sua bambina. Certo non ci si poteva aspettare che Julia si fosse per miracolo trasformata in una cuoca provetta. Il cranberry orange bread era il massimo della sua creatività.

– Come sta Una? – chiese mentre aspettavano il kebab.

– Bene. – Sara si mise immediatamente sulla difensiva.

– Sono contenta. E come vanno le cose tra voi?

– Bene… Mamma, che c'è, hai deciso di giocare la parte della donna moderna?

Jane la guardò stupita, poi scoppiò a ridere.

– Ma guarda che sei incredibile! Ci hai detto di voi due, e ce l'hai detto in quel modo, nella speranza che reagissimo male, in modo da poterci poi rinfacciare la nostra chiusura e incomprensione! E se uno invece non si scandalizza, sei tu che ci rimani male… Se ci tieni a saperlo, io non ci trovo niente di strano in questa vostra relazione.

– E Roger, Jeff, Kate…??

– Chiamali pure quando vuoi per sapere cosa ne pensano, non sarò certo io a fare da mediatrice. Per quello che mi riguarda, però, io sono contenta per te…

– Perché pensi che sia una fase! – la accusò Sara.

– Tutto è una fase, la nostra vita è una fase.

– Mamma, non scantonare per favore!

– Non lo so se è una fase e non lo sai nemmeno tu, se è per questo. E poi, non per rievocare episodi sgradevoli, ma la tua fase etero mi ha dato un bel po' da fare. Sia quel che sia, sono contenta per te, per voi, mi dispiaceva saperti da sola lì a Moab. E poi, istintivamente, quella ragazza mi piace. Certo, non la si può definire una gran comunicatrice…

– Che vuoi dire? – chiese Sara, di nuovo guardinga.

– Come che voglio dire?! Esattamente quello che ho detto. Con tua nonna ti sei allenata a guardare ogni cosa da tutti i lati, no? Come diceva lei? La vita non esaminata non è degna di essere vissuta.

– Guarda che lo diceva Socrate, mica lei.

– Adesso non essere pedante… Comunque, prima metti tutti in croce analizzando l'esplicito e l'implicito, l'inteso e il sottinteso, poi ti metti con una che dice una parola all'ora, e se osservo che non si tratta di una grande comunicatrice ti sorprendi…

– Invece non mi sono mai capita così bene con qualcuno. Comunica moltissimo. Certo, non a parole…

Jane ritenne opportuno non indagare le modalità di quella comunicazione non verbale. Mamma moderna va bene, ma non esageriamo.

Il pensiero di Una aveva riportato Sara alla ferita recente.

– Chissà che non abbia ragione tu... Forse dopotutto è una fase – disse mestamente, – e forse è già finita.

Di getto raccontò a Jane la rivelazione della sera prima. Solo la sera prima! Le sembrava di aver lasciato Moab da molto tempo.

Jane non sembrava capire la gravità della cosa. Lo stratagemma sembrava quasi ispirarle tenerezza.

– È come stare alla fermata di un autobus e chiedere a tutti che ora è, no? È una richiesta d'amore. Mi sembra una cosa abbastanza innocente. Quello che conta è quello che è successo dopo, come state adesso.

Sara si sentì di nuovo la bambina che piangeva sconsolata per la morte del ragno nella sua favola preferita ("ma è una storia... e poi è un ragno!" la prendeva in giro Roger). Decise di issare una barricata.

– Forse è normale per voi eterosessuali... – tentò.

– Questa poi! Siamo già al "voi eterosessuali"! – cominciò Jane. Cercò di trattenersi, questa volta con scarso successo.

– Adesso hai una nuova categoria – osservò con amarezza. – Non bastavano quelle che avevi già: figli contro genitori, sorelle contro fratelli, femmine contro maschi... ci mancava pure omo contro etero...

Sara non poté impedirsi di sorridere.

– Senti... – riprese Jane incoraggiata dal silenzio della figlia, – Capisco che questi quattro anni di differenza tra te e Una debbano sembrarti molti, e capisco anche che, nel suo ambiente, lei debba sembrarti una guida sicura, una roccia...

Sara annuì quasi suo malgrado.

– ... ma fattelo dire da una che si sente tutti i suoi capelli bianchi sotto la tintura. Vi ho osservate, sai, a Thanksgiving... Siete due ragazzine in cerca di un modo di stare al mondo. E ha fatto bene lei ad abdicare a questo ruolo che tu le imponevi, sarebbe stato grottesco.

Sara aveva continuato a giocherellare con un pezzo di pane pita. Il cameriere arrivò per proporre i dolci.

– Per me una baklava – disse Jane.

– Ma mamma...! – protestò Sara. Poi ordinò anche lei un budino di riso, tanto per farle compagnia. Aspettò che il cameriere si allontanasse per esprimere tutto il suo stupore.

– Ma mamma, sono duemila calorie... che ti succede?

– Be', che mi succede, non capita mica tutti i giorni di passare un po' di tempo con mia figlia! E poi da quando ho preso quello spavento ho deciso di essere un po' più indulgente verso me stessa.

– Quale spavento? – chiese Sara.

– Ah già, non te l'ho detto... È successo che un paio di mesi fa mi hanno trovato un valore molto alterato del sangue che sembrava indicare un cancro alle ovaie. Già la morte di nonna mi aveva gettato in uno stato di assoluta confusione, sentire che arrivava la chiamata anche per me mi aveva un po' sconvolto il cervello.

– Ci credo! E poi...?

– ... Pensa che ero talmente convinta che la fine si stesse avvicinando che tenevo le conversazioni più strambe con la cassettina di Nonna Lice. Avevo persino cominciato a fare degli esercizi, cercavo di immaginare il mondo senza la mia presenza... strano, no?

– ... E poi? – ripeté Sara.

– Ci hai mai provato? Scommetto che i Buddisti fanno qualcosa del genere. Forse dovevo provare il buddismo, forse è tutta questa manfrina di Dio padre che è poco credibile... Insomma volevo arrivare a sviluppare una completa indifferenza e lasciare che il mondo scorresse senza di me... Un fallimento completo. Squillava il telefono, mi saltava addosso il gatto, la lavatrice finiva il ciclo...

– Mamma! Per favore, veniamo al dunque! –, sbottò Sara esasperata. – I valori alterati, il cancro alle ovaie... Insomma, come stai?

– Ah... bene, grazie. Hanno fatto una biopsia, una cosa un po' scocciante, l'anestesia generale mi ha provocato una brutta reazione, ho trascorso una notte in ospedale, insomma una cosa abbastanza seria. Ma il risultato è che non ho niente! Non puoi capire, mi sono sentita rinascere!

– Ma perché non ci hai detto niente?!

– Volevo, sai, avevo in mente un bel discorsetto al tavolo di Thanskgiving, sull'importanza dell'amore, della comprensione... un predicozzo insomma. Ma il tacchino si era seccato un po' troppo, poi abbiamo cominciato a parlar d'altro... Per farla breve, diciamo che non ne ho avuto l'occasione.

Malgrado il tono leggero di Jane, Sara si sentì in colpa. Era vero che riusciva a essere un po' attaccabrighe in certe circostanze.

– Mi dispiace... – mormorò.

– Cosa ti dispiace? Sto bene, t'ho detto!

– Mi dispiace di non esserci stata, di non averti dato modo di parlare...

Si fermò, colpita da un sospetto.

– Magari a Roger sei riuscita a dirglielo...

Jane scoppiò a ridere.

– Avanti, aggiungiamo anche questa alla lista di recriminazioni! Roger che ha sempre la bicicletta nuova, la pagella migliore, Roger che corre più veloce, Roger che raccoglie le confidenze della madre in punto di morte... Veramente mi fai pensare che noi figli unici abbiamo una gran fortuna!

Sara tacque imbarazzata per un attimo. Subito, però, sentì risalirle su per la gola l'angoscia senza fine delle figlie poco amate.

– Allora gliel'hai detto – disse.

Jane si fece seria.

– Non vale la pena di rispondere a una domanda, anzi a un'accusa così. Resta pure nella curiosità. Ma non dare a me la colpa del tuo incolmabile bisogno d'amore. Non è stata la mia indifferenza, o quella che tu ritieni tale, a inculcartelo. E non sovraccaricare gli altri del compito di estinguerlo, il tuo bisogno d'amore. Forse Una sta cercando di dirti proprio questo. Fatti carico anche tu del dolore degli altri, delle loro debolezze.

Sara restò in silenzio.

– Mi manca molto Nonna Lice – disse poi. Non era un modo per cambiare discorso. Confusamente avvertiva che tutto, invece, si legava.

Jane trovava di essersi comportata stoicamente. Accompagnando la figlia all'aeroporto senza cercare più di tanto di far breccia nei suoi silenzi si era detta che si trattava in fondo del rituale viaggio in Europa, per quanto in circostanze un po' particolari. Magari le avrebbe aperto nuovi orizzonti, dato una scossa. Cominciava ad abbandonare i grandi progetti che aveva in serbo per la sua piccola. Un avvocato come la mamma? Un chirurgo? Purché solo trovi se stessa, si trovò quasi a pregare mentre sbirciava il profilo determinato di Sara sulla Dulles Access Road. Se stessa e l'universo. Sorrise ricordando la sua ultima conversazione con Valerie a Thanksgiving. Speriamo che resti con Roger, quella donna. Sarebbe un pensiero in meno, concluse, contenta di sentir riaffiorare in sé il pragmatismo che il lutto e l'ansia avevano incrinato.

Però continuava a essere agitata, e Sara si sentì in dovere di rassicurarla.

– Non ti preoccupare, mamma, in fondo vado in un paese che conosciamo. E quella vecchia conoscente di nonna ha promesso di darmi una mano. E poi dopo tutto quel tempo in Utah sono una montanara, sono sicura che mi troverò bene in Abruzzo!

– Parcheggio così ti accompagno all'imbarco.

– No, non serve – ribatté Sara precipitosamente.

Quelle ore con sua madre erano state stranamente ricche, ma adesso aveva voglia di ritrovarsi sola e controllare se Una, contravvenendo alla sua richiesta, le avesse mandato un messaggio.

– Come no? Ti aiuto con le valigie!

– No, davvero, grazie mamma, non preoccuparti.

Così Sara era restata sola ad assaporare l'aeroporto, la gente frettolosa, i duty free, gli odori dolciastri di pretzels e yogurt magro. Si sentiva investitata di una responsabilità nuova, con la cassetta preziosa che Jane le aveva consegnato con fare solenne, e che lei aveva subito fatto scivolare nello zainetto. La valigia era di Valerie, tra regalo e prestito, non si era capito bene. Rossa con cerchi bianchi, impossibile da confondere con le altre al ritiro bagagli, al contrario delle migliaia di valigie nere che finivano sempre tra le mani sbagliate. Sì, spediva quella, lo zainetto lo portava a bordo. Si sentiva vagamente cospiratrice e sospetta, col suo carico importante. Sentiva però anche il peso della sua scarsa esperienza di viaggi internazionali. I fine settimana a Montreal con Nonna Lice e quello stesso periodo di indipendenza a Moab le sembravano gitarelle fuori porta, ora che si trattava di varcare l'oceano.

L'AQUILA, 7 GENNAIO 2011

1. Verso casa

Aveva studiato il percorso su internet, e aveva fatto bene. Da Fiumicino un trenino l'aveva portata attraverso una periferia triste e lattiginosa, che rigava di condensa il finestrino, fino alla stazione Tiburtina. Si era orientata con difficoltà, ma finalmente aveva trovato la stazione degli autobus, una stazione triste, maleodorante, che risuonava di echi di lingue straniere indecifrabili e somigliava al set di uno di quei film sull'ex-Unione Sovietica o l'Europa dell'est, e infatti gli autobus partivano per destinazioni lontanissime, in Polonia e in Romania. Si vergognò dell'apprensione con cui si era fatta scivolare lo zainetto sul petto in modo da tenerlo sempre sott'occhio, della diffidenza istintiva che era sorta in lei al sentirsi, inequivocabilmente, in terra straniera. Il jet lag contribuiva al suo senso di irrealtà. Non aveva chiuso occhio nei quaranta centimetri a sua disposizione sull'aereo. La mancanza di movimento e la pessima colazione la facevano sentire straniera persino a se stessa. Dovette aspettare più di un'ora prima di poter salire sull'autobus per L'Aquila, e con sorpresa vide che si trattava di un autobus a due piani, come non credeva ne esistessero in Italia. La lunga attesa fu ricompensata da un posto al piano superiore, davanti a un'ampia vetrata. Per lasciare Roma fu necessario attraversare un'altra cupa periferia che le fece sospettare di essere entrata in un vortice postmoderno di tabelloni pubblicitari e palazzoni in serie. Si impose di non trarre conclusioni affrettate, di concentrarsi sul suo compito. Chiuse gli occhi adagiandosi sul sedile.

Quando li riaprì il paesaggio era cambiato radicalmente. L'autobus si era districato dal traffico metropolitano e percorreva sicuro un nastro di asfalto che si inerpicava tra colline a sostegno di paesini inespugnabili. Parlavano di attaccamento alla vita, successione di stagioni, resistenza. L'orizzonte si era dilatato e lo sguardo poteva spaziare a centottanta gradi, abbracciando campi coltivati, fattorie, campanili svettanti. Sentì il suo respiro farsi più regolare, i muscoli rilassarsi. Il pensiero dei bagagli la strappò al dormiveglia. La valigia era nel bagagliaio, d'accordo. E lo zainetto? Si alzò per controllare che fosse al sicuro nel portapacchi sopra la sua testa. Visto che nessuno aveva occupato il posto accanto al suo se lo mise vicino, abbracciandolo quasi. Tranquilla Nonna Lice, ti riporto a casa.

Sara non era la sola ad aver percepito i mutamenti del paesaggio. Impercettibili segnali (diminuzione dell'umidità? Aumento della luce?) avevano avvertito anche Alice della nuova direzione. Ad Aquilam! Ad Aquilam! Improvvisamente il desiderio insensato del suo testamento sembrava caricarsi di significato. Riconosceva quei paesini arroccati, sentinelle della sua anima durante i vagabondaggi giovanili. Erano isolati e distinti l'uno dall'altro, ognuno meta di un diverso viaggio, nella sua memoria. Riproposti e allineati così dall'autostrada le venivano incontro baldanzosi a srotolare una narrazione, come fotogrammi di un film. Ed ecco, con la sua rocca inconfondibile, Castel Madama a ricordo di una donna eccezionale, Carsoli massacrata a segnare il confine e poi, salendo ancora, Pietrasecca con le sue case spalancate sull'abisso e le sue grotte misteriose. Frequenti gallerie interrompevano la vista. La prima sorprese Alice, facendole dubitare che il barlume di coscienza sopravvissuto fino ad allora non fosse lì lì per abbandonarla, proprio adesso che il suo interesse si rianimava. Poi si abituò a quelle interruzioni, e cercava di approfittarne per ricostruire la geografia, calcolare l'itinerario. Ed ecco, all'uscita di una galleria che sembrava interminabile, il profilo familiare di una montagna. Il pandoro! Quando Fulvio aveva scartato quel dolce mai visto, portato con cura infinita sulle ginocchia da Verona, e quando l'avevano ricoperto, con decadente sperpero da boom economico, con lo zucchero a velo, la somiglianza era balzata agli occhi, inconfutabile. Il pandoro era come la montagna di Tornimparte, che scura e spolverata di neve finissima sembrava farla evaporare dolcemente. Ma se quello era il pandoro, allora non potevano essere lontani, e infatti già all'orizzonte si delineava imperioso il Gran Sasso, l'anelito all'ascesa. E allora, allora... Sara non dormire, non senti che l'aria sta cambiando, non riesci a cogliere i segni. La cornice semicircolare dell'ultima galleria inquadrò per un attimo la città coronata da montagne, poi sbucarono nel sole tra mucchi gloriosi di neve fresca.

Sono tornato nella mia città, che conosco fino alle lacrime, alle piccole vene, alle ghiandole gonfie dell'infanzia.

2. Progetto C.A.S.E.

– Guardi che siamo arrivati.

Una voce brusca risvegliò Sara. Sull'autobus fermo era rimasta solo lei. Sobbalzò, istintivamente cercò lo zainetto. C'era. E il resto? Scese precipitosamente. Qualcuno aveva già tolto la sua incongrua valigia a pois dal ventre dell'autobus che aveva fretta di ripartire. Si allontanò in fretta senza sapere bene in quale direzione, senza riuscire a decidere se avesse solo sognato il panorama dietro i vetri, cercando di scacciare quella sensazione di non essere sola, quell'impressione di una presenza nel sedile accanto. Ricordò il piano d'azione. Un taxi. In effetti c'era, uno di numero, ci si cacciò dentro prima che glielo soffiassero, porse all'autista un pezzo di carta con l'indirizzo. L'uomo lo guardò senza espressione.

– E dove rimane? – chiese.

– Come? – fece Sara. Per un attimo temette di aver sbagliato città, in fondo era solo passata da un parcheggio a un altro.

– Che è, una delle C.A.S.E.?

– Sì, è una casa – confermò Sara.

– No, chiedevo se facesse parte del progetto C.A.S.E..

L'uomo scrutò l'espressione stupita di Sara, le fece cenno di aspettare, fece un paio di telefonate prima di mettere in moto.

– È lontano? – chiese Sara, memore di tutte le storie sugli

Italiani galanti e disonesti e determinata a non farsi subito imbrogliare.

– Una decina di chilometri.

Sara non sopportava i taxi. La paura di trovarsi in balia di uno sconosciuto, trascinata in periferie incomprensibili dove era impossibile orientarsi, le ispirò un'obiezione.

– Io... pensavo fosse a L'Aquila.

Il tassista la guardò sorpreso e un po' stizzito.

– Da dove arrivi?

– Io... da Roma.

L'uomo la guardò scettico.

– ... dagli Stati Uniti – confessò.

– Ah, ho capito... Nessuno abita più al centro dell'Aquila, non li leggete i giornali? C'è stato un terremoto.

– Il terremoto ormai c'è stato più di due anni fa – ribatté Sara, decisa a non farsi intimidire. – Ho letto che tutto è stato ricostruito.

– Ha letto male, oppure ha letto bene una cosa scritta male. La verità è che niente è stato ricostruito, tutto è stato costruito. Niente case restaurate, ma C.A.S.E. nuove di zecca. Niente centro storico, ma grande centro commerciale. Dall'Aquila all'Aquilone... un miracolo, davvero.

– C.A.S.E.? – chiese Sara.

– Complessi Antisismici Sostenibili Ecocompatibili... Niente male come gioco di parole, eh? Così uno si sente a C.A.S.A., e magari anche in C.I.T.T.À.. Ah, questa sì che è V.I.T.A.!

E accese la radio per porre fine a quella conversazione inconcludente.

Il taxi scaricò Sara davanti a un palazzo che si reggeva su quelle che in un primo momento le sembrarono palafitte, ma che a un più attento esame si rivelarono essere delle colonne di sostegno tra le quali erano parcheggiate le macchine. Sopra le colonne erano stati costruiti tre piani di appartamenti, ma quello che rendeva l'insieme mastodontico era l'estensione in lunghezza. Sara fece qualche passo indietro per cercare di abbracciare l'intero stabile con lo sguardo ma poi rinunciò. Dunque erano quelle le C.A.S.E. di cui aveva parlato il tassista. Voltò le spalle all'immobile, guardò il panorama. Piccoli alberi cercavano di rianimare lo spazio tra i palazzi e la strada principale, ma le montagne innevate sullo sfondo riscattavano l'insieme dal senso di desolazione. Sara scartò una barretta energetica, la masticò lentamente guardandosi intorno, alternando i bocconi a sorsi d'acqua. Non si accorse di essere osservata fin quando non finì di mangiare e si girò per decidere il da farsi. Una piccola donna dai capelli grigi le sorrise.

– Devi essere Sara! Ben arrivata...

Seduta al tavolo della cucina di Concetta, una vecchia compagna di scuola di Alice che aveva accettato di ospitarla per qualche giorno, Sara aveva constatato subito che l'inglese non è davvero la lingua franca che sosteneva Jeff. Nell'ottica anti-imperialista che le aveva inculcato la nonna la cosa non poteva che farle piacere, ma certo aveva anche i suoi inconvenienti. Dopo due o tre *auariù*, Concetta le aveva offerto gli stessi biscotti danesi che si trovano in ogni supermercato americano e forse del mondo e le aveva mostrato con orgoglio la foto di un ragazzo in calzoncini e maglietta, sporco di fango fino all'inverosimile.

– Mio figlio Alessandro, gioca con l'Aquila Rugby, mediano di mischia! Ma è sempre stato bravo anche a scuola, adesso studia astrofisica... Il maggiore invece si chiama Aldo, è ingegnere, immagina com'è occupato dopo il terremoto! Dovrebbero passare tra poco tutti e due.

Sara si era dunque ritrovata a ricorrere al suo italiano, cosa di cui avrebbe fatto volentieri a meno perché si era accorta nei preparativi per il viaggio che la lingua che avevano ostinatamente parlato tra loro Nonna Lice, Jane e Sara presentava vari inconvenienti. Ricordava con particolare imbarazzo la telefonata con cui Jane aveva comunicato a Concetta i motivi di quella spedizione in Italia.

– Come si dice "ashes" in italiano? – aveva chiesto Jane in preda al panico, coprendo il ricevitore con la mano. Sara aveva frugato freneticamente nei ricordi delle letture con la nonna.

– Cenere – aveva detto con una certa soddisfazione.

– *La* cenere? – aveva chiesto Jane con scrupolo pedante.

– *Il* cenere – aveva precisato Sara. Poi, con sforzo supremo: – Il cenere muto –, aveva aggiunto.

Così Jane aveva spiegato a Concetta che Sara necessitava recarsi a L'Aquila per aspergere il cenere muto dell'avola, suscitando un silenzio attonito dall'altro capo del filo. Ripassando quegli scambi, Jane e Sara avevano convenuto che, per evitare di sembrare americane ignoranti, avevano ecceduto, o forse eccesso, nella direzione opposta.

– Va bene... ma è sempre meglio essere un po' più formali del necessario che passare per maleducate, no? – aveva concluso Jane, che trovava di essersela cavata tutto sommato egregiamente.

Ora Sara si trovava a navigare quelle acque pericolose, a vagliare ogni parola, a selezionare il termine appropriato dalle serie sinonimiche che le si presentavano alla mente. Si ripropose di tenere un diario linguistico in cui annotare le sue scoperte. "Mediano di mischia", per esempio, che curiosa espressione. E "dove rimane", aveva detto il tassista, invece di "dov'è".

Quella conversazione stentata non doveva pesare solo a lei.

– Se vuoi puoi usare il computer – suggerì Concetta.

– Davvero?! – fece Sara sollevata.

Le sembrava di essere via già da molto tempo. Aveva promesso a Jane solo degli SMS, e neanche frequenti. Aveva addotto la scusa dei costi e del fuso orario per ridurre i contatti al minimo, voleva staccare da tutti. Anche da Una, sì, anche da Una. Aveva chiesto un po' di distanza, le ci sarebbe voluto un po' per metabolizzare la rivelazione e l'ultima conversazione. Non aveva previsto però di sentirsi così sola.

La posta elettronica le rovesciò addosso pubblicità, solleciti dell'università per la retta non pagata, offerte speciali di Barnes and Noble e York Photo. Imprevisto, un messaggio di Valerie.

"Ho pensato all'ultimo desiderio di tua nonna, e alla tua decisione di esaudirlo con un viaggio così difficile e solitario. Mi ha fatto pensare ad Anteo, il gigante che prende forza dal contatto con sua madre, la terra. Ercole lo sconfigge tenendolo sollevato e asfissiandolo in un abbraccio mortale. Ecco, tua nonna deve essersi sentita come Anteo. Io ci vedo un senso in quell'ultimo desiderio, e nella tua decisione di esaudirlo. In bocca al lupo!" C'era anche un P.S.: "Al ritorno ad Austin io e tuo fratello ci siamo lasciati".

Sara tamburellò con le dita sulla scrivania, poco convinta, poi scrisse: – Ma a cosa le serve di riprendere forza, se è morta?

Aggiunse anche un P.S. di risposta a quello di Valerie: "Hai fatto bene". Aveva appena premuto su "invia" che si pentì. Povero Roger. Fu quasi tentata di mandargli un messaggio, a Roger rimasto di nuovo solo, a Roger che in fondo solo lo era sempre, ma non sapeva bene cosa scrivere, e non avrebbe voluto rendere il solco che li separava ancora più profondo. Non era un messaggio da mandare su due piedi, meglio pensarci.

– Vuoi qualcosa? Tè, caffè... – Concetta le chiese dalla cucina.

– No, grazie. Ho quasi finito, scusa...

– Eh, sì, la connessione è lenta. Fai pure con calma.

Nel frattempo l'appartamento si era riempito di gente, o perlomeno questa era l'impressione, date le sue piccole dimensioni e il volume della conversazione. Era arrivato Alessandro, alto e atletico, con un paio di amici che si affrettò a presentare alla madre.

– Mamma, ti ricordi Francesca e Giulio, gli operatori del centro sociale...

Concetta si precipitò a mettere sul tavolo una bottiglia di Montepulciano e dei bicchieri. I tre discutevano animatamente già prima di entrare, e una volta dentro l'appartamento continuarono a parlare di soldi e ricostruzione, ignari della presenza di Sara. Poi Alessandro vide la valigia a pois e lo zainetto rimasti in cucina.

– Ehi, ma hai ospiti? – chiese alla madre.

– Mia nipote... un po' alla lontana. Te ne avevo parlato, ricordi? La nipote di Alice, una mia cugina di terzo grado, che faceva la bibliotecaria in America.

– Faceva...?

– Sì, faceva. È morta qualche mese fa... e ha chiesto alla nipote di spargere le ceneri sul Corno Grande.

– *Oh temé...* – tutti la guardarono con occhi increduli.

– Sì, lo so che sembra strana l'idea. Gliel'ho spiegato che in questa stagione è praticamente impossibile. Ma ha un piano alternativo, che è spargerle al centro dell'Aquila.

– *Temé* – ripeterono in coro.

– Questa poi! – sbottò Giulio.

Francesca era indignata.

– Certo che le avremo sentite tutte! Quelli che volevano mandare in orbita un mattone della casa dello studente, le Ferrari in piazza, il G8... Tutti a fare turismo della disgrazia... Non bastavano le macerie al centro dell'Aquila, adesso arrivano anche quelli che vogliono spargerci le ceneri!

– Ma qualcuno gliel'ha spiegato che c'è stato un terremoto a L'Aquila? – chiese ironicamente Giulio.

– Questo dimostra quanto si sa in giro della nostra tragedia – si intromise Alessandro pensoso.

– In America poi, figuriamoci... – aggiuse Giulio.

– Magari si possono spargere al centro commerciale – azzardò Francesca.

– Comunque è assurdo che la prima venuta avanzi certe pretese... – concluse Giulio.

– Mia nonna non è la prima venuta... – Sara sulla porta sentiva di star arrossendo. Alla gente nella stanza, di colpo ammutolita, sembrò che i suoi occhi addirittura fiammeggiassero. Aveva fatto un po' di fatica a seguire quelle voci che si intrecciavano, ma alla fine era riuscita a coglierne il senso. Lascia perdere, cercò di avvisarla Alice dalla cassettina da cui aveva seguito con non minore interesse la conversazione. Lascia perdere, sono fatti così. Cattivi no, ma un po' permalosi di sicuro. *Oh temé temé temé.*

– Mia nonna non è la prima venuta. Certo non era pazza, e se ha chiesto di tornare qui un motivo doveva averlo...

Alzò gli occhi a incontrare espressioni tra lo scettico e l'imbarazzato, cercò un argomento convincente.

– Come Anteo che doveva adagiarsi sulla madre per riprendere le forze, mia nonna voleva tornare qui – disse, sperando che la traduzione non avesse trasformato il colto riferimento in una turpe allusione.

L'espressione perplessa di Francesca non la rassicurò.

– Insomma, chi era tua nonna?

– Si chiamava Alice... Alice Arienti.

– Arienti...? Non è un nome aquilano – diagnosticò Francesca.

– Sei sicura? – fece Alessandro. – Perché certo, non è comune come nome, ma giurerei invece di averlo già sentito... ma dove?

– Non c'era una certa Arienti che aveva sposato un Mancini?

– Mancini chi? Quelli che ci avevano il forno a via Cimino?

– No, quelli erano i Placidi. No, i Mancini mi sa che erano tre fratelli...

– Nooo! Quelli erano i Marconi.

Sara assistette stupita al delinearsi di un'insospettabile genealogia che risaliva da sua nonna al notaio Mancini che aveva acquistato un pezzo delle terre dei Torlonia che poi suo figlio si era giocato a Montecarlo con tutto il resto. Sbigottita rivisitò moti carbonari, rappresaglie naziste, lente ascese sociali, repentine cadute, subdole depravazioni, logge massoniche, predisposizioni genetiche. Il problema era che tutti i presenti erano più giovani di Alice e finivano col perderne le tracce. Dal canto suo, Sara non sapeva fornire dettagli su parentele, scuole frequentate e tare famigliari. Sentiva però che quel tentativo di costruire una rete aveva qualcosa di generoso, e non osava interrompere.

– Io e Alice abbiamo studiato insieme dalle suore – disse Concetta, – ma stiamo parlando di più di sessant'anni fa, poi ci siamo perse di vista... Per quanto mi ricordo, la famiglia Arienti aveva sofferto molto durante la guerra, e magari è per questo che Alice ha pensato di trapiantarsi in America.

– Trapiantarsi...? – chiese Sara.

– Sì – rispose Alessandro, che sembrava il più sensibile alle difficoltà che le costava seguire quella conversazione, – Come una pianta, quando la passano da un terreno a un altro. Oppure aspetta, ancora meglio... come un organo, capisci? Trapianto di cuore, di rene.

Sara aveva capito, ma l'espressione le sembrava troppo impegnativa, perché non solo Nonna Lice, ma neanche sua figlia e i suoi nipoti sembravano davvero essersi trapiantati in America.

Piuttosto che attecchire, rimbalzavano come biglie. Anzi, erano come i *tumbleweed*, i cespugli senza radici dell'ovest americano, in balia del vento. Sì, erano proprio così. Colpa del terreno troppo duro, forse, o delle loro radici così fragili ed esigenti.

– Insomma, siamo sempre allo stesso punto – concluse Francesca sconsolata.

– Almeno sai quando ha lasciato L'Aquila tua nonna, e se è partita da sola?

L'ennesima pista (quella del segretario comunale di Celano che durante la guerra aveva nascosto un americano che poi si era scoperto essere un Getty, ed era stata la fortuna sua) si era rivelata infruttuosa. Sara fu costretta a stringersi nelle spalle un'altra volta.

– Era il 12 febbraio 1958, volo Alitalia da Ciampino per New York e sì, era sola.

– Professore! – esclamò Concetta, salutando il nuovo arrivato.

Fulvio! Alice si sorprese della propria emozione. Muto sì ma sordo no, il cenere.

Presi nella foga della conversazione, non avevano sentito l'uomo entrare attraverso la porta socchiusa. Era piuttosto anziano, con capelli bianchi ancora folti e un modo particolare di muoversi e di parlare, nervoso, a scatti. Il suo prestigio agli occhi del gruppo lì riunito era evidente. Alessandro si alzò di scatto dalla sedia e gliela porse. Il Professore ci si sedette senza ringraziare e fece due strani gesti. Alzò il pollice destro verso il cielo e poi lo fece rotare verso il basso, quasi imitando il gesto con cui le folle dei Romani condannavano a morte i gladiatori. Completò con il pollice e l'indice paralleli e orizzontali, a una distanza di circa tre centimetri. Solo quando Concetta si precipitò a versargli due dita di Montepulciano, Sara capì che quei gesti servivano per chiedere da bere e precisare la quantità desiderata. Le parole beffarde di Nonna Lice le rivennero in mente: – Bel paese l'Italia per gli uomini! – Indeed.

Ma Alice, così critica da viva, non era nello spirito di fare delle osservazioni antropologiche nella sua cassettina. Che memoria, Fulvio... 12 febbraio 1958... vero, o almeno plausibile. Sicuramente all'inizio del '58, e poi faceva freddo... Sì, possibile che fosse febbraio... Fulvio, te ne ricordi ancora?

– Me lo ricordo benissimo. Il 1957 era stato una vera schifezza. Da una parte il partito comunista si arrampica sugli specchi per giustificare l'invasione dell'Ungheria; dall'altra Gaetano Azzariti, che aveva presieduto il Tribunale della Razza, viene nominato presidente della Corte Costituzionale al posto di De Nicola... C'era da mettersi le mani nei capelli! Ma proprio per questo bisognava restare, resistere, salvare il salvabile... Ma Alice aveva dato un passaggio a un autostoppista... voleva andare in America...

– Suo padre! – esclamò Francesca guardando Sara.

– Mio padre... no, casomai mio nonno! – fece Sara come se dovesse discolparsi di qualcosa.

– Sì, giusto, tuo nonno, che casino, scusa.

– Oddio, i segni di speranza pure c'erano, a volerli vedere – riprese il Professore senza darsi pensiero dell'interruzione. – Le cose maturano lentamente, ma Alice era giovane e impaziente. A ogni modo, visto che andavamo a Roma, io avevo insistito perché ci fermassimo a piazza Esedra a comprare una copia dell'antologia di Renato Poggioli, *Il fiore del verso russo*... Un lavoro magnifico, indispensabile, che ci apriva nuove frontiere, ci faceva conoscere i poeti vittime dello stalinismo, davvero il fiore, il fiore spezzato... E pensare che Alice si era in principio rifiutata di leggerlo, perché contro-rivoluzionario! Però poi restava lì con me incantata, ci facevamo cacciare fuori dalla Tommasiana perché era ora di chiudere e noi eravamo ancora lì a copiare versi... Un libro magnifico, magnifico. Pensare che nella corrispondenza tra Pavese e Poggioli...

Un colpo di tosse imbarazzato segnalò un tentativo in extremis di riportare il professore all'argomento della conversazione.

– E dopo aver cercato il libro, siete andati all'aeroporto? – chiese precipitosamente Francesca.

Il professore la guardò assente.

– Alice non voleva fermarsi, aveva paura che le facessi perdere l'aereo... Ma insomma sì, lo comprammo.

Sara pensò che se sua nonna avesse perso l'aereo lei non

sarebbe nata in America, o forse non sarebbe nata affatto, ma censurò l'osservazione come frivola e egocentrica.

– E poi...? – tutti guardarono Sara.

Sara si schiarì la voce.

– Be', l'avete capito ormai, io non so molto di questa storia... Arrivò, rimase incinta quasi subito...

– Ah! – esclamò Concetta.

Sara decise di essere sincera.

– Veramente – si corresse, – se uno fa attenzione alle date, forse era incinta... già incinta, voglio dire.

– Aahhhhhhhhhhhh! – amplificò Concetta.

– Sì, e a quei tempi, capite bene, la cosa creò un certo scandalo. Lui, mio nonno cioè, morì in un incidente prima ancora che mia madre nascesse.

"Probabilmente ubriaco", aggiungevano in famiglia a questo punto, ma per pietà filiale o ancestrale o quello che era Sara omise il dettaglio.

– E lei perché non è tornata allora?

– Tornare col figlio della colpa, con la coda tra le gambe... Non era da lei – si inserì il Professore. – Aveva troppo orgoglio, e poi obiettivamente non sarebbe stato facile.

– Sant'Agnese patrona delle malelingue! – esclamò Francesca guardando in alto.

Tutti risero. Sara li guardò confusa prima di riprendere. Alessandro con uno sguardo la incoraggiò a non dare peso all'interruzione.

– A parte i problemi di visto e la questione della lingua, in effetti credo che vivere negli Stati Uniti le sia risultato più facile nella situazione in cui si trovava. È un paese piuttosto...

Stava per dire "libero", ma si trattenne. Anche quella conservatrice di sua sorella Kate avrebbe capito che non era il caso.

– Certo che passa in fretta una vita, eh? – fece Concetta pensierosa.

Parole sante, pensò Alice. Attenti, mortali, passa in fretta una vita. Il tempo di aprire una finestra, starnutire.

– Comunque per legge le ceneri nei centri abitati non si possono spargere – concluse il figlio maggiore di Concetta, Aldo, arrivato nel frattempo.

– Oddio, definire abitato il centro dell'Aquila mi sembra un tantino anacronistico... – osservò Francesca.

– Be', qualche bar sta riaprendo. Sono questioni di salute pubblica – ribatté Aldo.

– Con tutto l'amianto a cielo aperto che abbiamo non saranno le ceneri di questa povera crista a compromettere la salute pubblica! – protestò Alessandro, improvvisamente indispettito.

– Non si può, vi dico! – insistette Aldo. – Ma quando volete andarci, scusa? Di giorno, fate finta di fumare e spargete un po' di cenere qua e un po' là? Oppure di notte, di nascosto? Guardate che se vi prendono finite in galera!

Tutti si guardarono indecisi.

– Ce la porto io.

Gli occhi si spostarono sul professore.

– La chiamo domani, va bene? E troveremo il posto giusto.

Il professore si alzò, tese la mano a Sara.

– Non ci siamo presentati... Fulvio Innocenzi.

– Sara... Sara Westbridge.

Come se le presentazioni avessero segnato la fine della serata, si alzarono tutti. Concetta li guardò preoccupata. Le sarebbe piaciuto che restasse qualcuno per salvarla dall'imbarazzo di quella serata a tu per tu con l'ospite anglofona, ma dopo aver passato mentalmente in rassegna il contenuto del frigorifero concluse che non poteva invitarli tutti. I saluti si prolungarono per un tempo che a Sara sembrò lunghissimo. Quando tutti se ne furono andati, Concetta cucinò in fretta una pasta al pomodoro, condì l'insalata, affettò una mozzarella. Sara trovò tutto ottimo, soprattutto la mozzarella, completamente diversa da quelle che aveva assaggiato fino ad allora.

– È una bufala? – chiese.

Concetta sorrise.

– Di bufala, vuoi dire. No, è di mucca. Buona però, eh?

– Fantastica.

La televisione accesa (Concetta non aveva tardato a riaccenderla non appena gli altri erano andati via) salvava Sara dall'imbarazzo. Tre ragazze su un divano bianco discutevano di problemi della vita in comune.

– Big Brother – spiegò Concetta.

– Che? – chiese Sara.

– Il grande fratello... Ce l'avete anche voi, no?

– Immagino di sì... – disse Sara. – Guardo poco la televisione – aggiunse quasi per scusarsi.

– Ah, li hanno eliminati!

– Chi?

– I bestemmiatori. Era su tutti i giornali. Alcuni dei partecipanti hanno bestemmiato. È successo il finimondo. È vero, hanno esagerato, però addirittura eliminarli... Così adesso ci sono sei partecipanti nuovi. Peccato, però, quel Matteo mi stava simpatico!

A Sara sembrava grottesco trascorrere la sua prima serata in Italia in quel modo. D'altra parte, non doversi sforzare di fare conversazione le procurava sollievo. Insistette per lavare i piatti per dar modo a Concetta di godersi il resto del Grande Fratello. Rovesciò quel poco che rimaneva nei piatti (un pezzo di pane, una foglia di insalata, bucce di mele) nel lavandino, spingendo tutto nel tubo di scarico. Fece scorrere l'acqua, accese l'interruttore vicino al lavandino. Una piccola lampada si accese sulla parete. Si guardò intorno mentre l'acqua aveva già riempito metà del lavandino.

– Concetta...

– Sì – fece Concetta distrattamente.

– Non trovo l'interruttore del coso... sì, insomma, del garbage disposal.

– Di che?

Sara guardò di nuovo le pareti, premette tutti gli interruttori che le riuscì di trovare. L'acqua nel lavandino stava per traboccare. Chiuse il rubinetto.

– Niente. Ne parliamo dopo.

Concetta la raggiunse in cucina alla fine della puntata, contrariata per l'eliminazione della sua concorrente preferita. Guardò il lavandino pieno fino all'orlo di acqua rossastra e unta.

– Oh Gesù...

– Ci vorrebbe Drain-O.

– Che?

Sara allargò le braccia sentendosi piuttosto scema e fuori luogo. Concetta la guardò perplessa.

– Ci vorrebbe uno sturalavandini, ecco quello che ci vorrebbe – le disse – ma quello non ce l'hanno dato. Il secchiello per lo champagne sì e lo sturalavandini no, si vede che faceva volgare. Domani chiedo in giro, sicuramente qualche vicino ce l'ha...

– Mi dispiace – mormorò Sara.

– Non ti preoccupare – la consolò Concetta notando la sua aria afflitta. – Andiamo a dormire, ci pensiamo domani.

A letto, Sara cercava di riordinare i pensieri, ripassare i nomi delle persone che aveva conosciuto, analizzare le sue sensazioni.

Il pensiero di Una le scivolò addosso all'improvviso e le diede un brivido. Immaginò di sentirsela addosso come nella loro prima notte sulla riva del Colorado River. Si portò una mano tra le gambe, incerta se seguire fino in fondo la scia del suo desiderio o lasciare che si dissolvesse nel sonno. Le sarebbe piaciuto sapere che anche Una la stava cercando adesso, voleva credere che una febbre simile avrebbe fatto incontrare i loro pensieri a metà delle seimila sterminate miglia che le separavano. No, non poteva riuscire a dormire senza consolarsi un po' di quella solitudine. Luna crescente. Ma la luce che filtrava dalle persiane accostate cadeva proprio sullo zainetto, e si sentì in colpa a lasciarsi andare davanti a sua nonna, per così dire. Si alzò in punta di piedi, aprì la porta che dava sul soggiorno, poggiò con cura lo zainetto sul divano, tornò a sdraiarsi sul letto. Rimase con gli occhi aperti nel buio, poco convinta della soluzione. Concetta avrebbe potuto svegliarsi, chiedersi il motivo di quello spostamento. O forse Sara stava esagerando, si stava facendo tutti quegli scrupoli solo perché era in mezzo a quel disastro, con una missione importante da compiere, e invece pensava a tutt'altro. A ogni modo, non se la sentiva di lasciare lo zainetto là fuori. Lo recuperò silenziosa e incerta, lo sistemò sotto il letto bisbigliando una parola di scusa.

Ma scusa di che? Alice si era stupita di tutte quelle manovre e di ritrovarsi confinata là sotto, ma poi un leggero ansimare sopra di lei le rivelò i motivi di quel trambusto. Che famiglia, c'era voluta la morte per fargliela conoscere, mai avrebbe sospettato che avessero una vita erotica tanto intensa... Per lei, che dopo i fuochi di artificio con Eric aveva chiuso quel capitolo, come le donne di paese che si mettono il lutto a vent'anni e non se lo tolgono più, tutto quel dimenarsi sarebbe risultato incomprensibile anche da viva, figuriamoci da morta. Invece le sue eredi non sembravano disdegnare... Certo che era proprio una ragazzina Sara, chissà a chi pensava.

L'AQUILA, 8 GENNAIO 2011

1. Il fiore del verso russo

Sara si svegliò per i rumori che venivano dalla cucina, si mise la tuta e andò a vedere. Un ometto coi baffi stava estraendo faticosamente dal tubo tutto quello che lei ci aveva cacciato la notte prima.

– Accidenti, questo non c'è mica finito per sbaglio qua dentro... e che è, il secchio dell'immondizia?

– Mi dispiace, non lo sapevo che non c'era il tritarifiuti – si scusò Sara, contenta di aver avuto il tempo di consultare il dizionario.

– Il che?

Questa non se l'aspettava.

– Il tri-ta-ri-fiu-ti – scandì. – Insomma un coso, una macchinetta che trita i rifiuti solidi, così possono essere scaricati con quelli liquidi – si vide costretta a spiegare.

– E a che serve? Che non ce l'avete il secchio dell'immondizia in America?

Sara allargò le braccia sconsolata. Colse lo sguardo critico di Concetta sui suoi piedi scalzi.

– Hai dimenticato le pantofole?

– Che? Ah sì, oggi devo andare a comprarle – mentì Sara, che non aveva mai indossato pantofole in vita sua. Paese che vai.

Per comprare le pantofole andarono al centro commerciale "L'Aquilone" in un traffico che a Sara ricordò quello della tangenziale di Washington, su rettilinei puntellati da frequenti rotatorie.

– Questo è L'Aquilone, il centro commerciale... Praticamente il nuovo centro dell'Aquila – disse Concetta con un tono non privo di una certa fierezza. – Alessandro lo critica tanto... Però certe volte deve venirci per forza pure lui... per essere comodo è comodo.

Una musichetta allegra le accolse non appena scesero dalla macchina. Nel supermercato Sara insistette per comprare le provviste: pane, salsiccia, mozzarelle, vino. Aggiunse un po' di frutta e si stava avviando verso le casse quando Concetta arrivò con delle pantofole cinesi in tessuto scozzese.

– Ti va bene il 37?

Le pantofole erano quanto di più incongruo Sara avesse mai pensato di indossare, ma non ebbe il coraggio di ribattere.

– Benissimo, grazie – mentì.

Era incerta sul da farsi. Il professore non aveva chiamato e Concetta non aveva il suo numero di telefono. La sua missione si annunciava più difficile del previsto. Del resto, tritarifiuti e pantofole a parte, Sara era affascinata da quel mondo, sentiva che le si presentava una sfida. Forse era quello il motivo di quel viaggio insensato. Capirci qualcosa.

Decise di accendere il telefonino. Concetta insistette per offrirle una pizza lì dentro, tanto più che Sara aveva pagato per tutto quel ben di Dio. Sara dovette ammettere che la pizza era ottima e poco cara, per quanto le sembrasse strano pranzare in un centro commerciale, cosa che cercava sempre di evitare negli Stati Uniti. Quel centro commerciale però era un mondo, come continuava a decantarle Concetta. Gli uffici e i negozi scacciati dal centro dell'Aquila avevano riaperto lì, e accanto alle casalinghe in cerca delle svendite del dopo-Epifania passavano avvocati, impiegati di assicurazioni e funzionari. Passavano anche, inconfondibili, gli adolescenti annoiati, i perdigiorno, i disperati. È solo questione di tempo prima che spuntino i primi coltelli, pensò Sara sorseggiando la Coca-Cola dell'offerta speciale.

Il telefonino squillò facendola sobbalzare, ma non era il professore, era Jane.

– Mamma, ma non eravamo rimaste d'accordo che non avresti chiamato? Costa un occhio della testa... No news, good news, va bene?

– Sara, meno male che ti trovo... Certo, no news good news, ma tra good news e bad news c'è un mondo di mezzo... Come stai?

– Bene.
– Hai fatto quello che dovevi fare?
– No… be', non è così semplice.
– Com'è L'Aquila? Ti piace?

Sara represse una risata. Avrebbe voluto dirle che L'Aquila era tale e quale al Montgomery Mall, il centro commerciale che Nonna Lice considerava un girone infernale, ma non voleva certo farsi intrappolare in una conversazione.

– Non posso restare al telefono, sono a pranzo – disse, e non poté impedirsi di pensare che l'espressione doveva evocare ben altre immagini che lo Speciale Pizza.

– Come ti trovi da Concetta? E hai conosciuto altri amici di nonna?

– No… Cioè forse uno, un professore appassionato di poeti russi… Ha promesso di aiutarmi.

– Ma perché hai bisogno di aiuto?

Certo che le cose sembrano semplici in America, pensò Sara.

– Ma, sai, pare che sia illegale spargere le ceneri…

– Illegale?! – l'espressione solleticò l'avvocato che sempre sonnecchiava in Jane.

– Ma troveremo una soluzione, non ti preoccupare.

Certo non torno a casa con la cassetta nella valigia, pensò Sara.

– Come si chiama? – chiese Jane dopo una breve pausa.

– Chi?

– Il professore appassionato di poeti russi.

– Non lo so, lo chiamano tutti professore e basta. No, aspetta, me l'ha detto… Fulvio si chiama, Fulvio Innocenti, Innocenzi… una cosa così.

Jane camminava nervosamente nella family room, percorrendo la distanza che separava il camino, dove la clessidra aveva rivendicato la sua posizione privilegiata, dalle scale che portavano ai piani superiori. Si fermò davanti agli scaffali dove aveva riordinato i volumi della madre.

– Te lo chiedo perché ho trovato un libro sul comodino di nonna… Dove sta? Eccolo… Uh, è un cimelio! Deve averlo letto molto, è malridotto.

– Che libro è? Non mettere il vivavoce che non sento niente!

– Va bene, aspetta allora… – Jane cercò di tenere in equilibrio il telefono tra la spalla e la testa piegata mentre apriva delicatamente il volume consunto.

– Eccolo… *Il fiore del verso russo.*

– È quello!

– Che vuoi dire?

– Niente, cioè… È un libro importante.

Capirci qualcosa.

– Grazie, mamma.

– Di niente – rispose Jane meccanicamente, rigirando il volume tra le mani come se cercasse altri indizi.

– Aspetta… c'è anche una dedica, ma è di una donna, una certa Osia… "Per sempre", dice.

– Davvero?! Una dedica compromettente… Non è che anche Nonna Lice, per caso…?

– Lo escludo – disse Jane secca.

A Sara non piacque quel tono categorico. Approfittò del fatto che Concetta non poteva seguire quella conversazione in inglese.

– "Non ci trovo niente di strano", mi dici se ti parlo di Una, e poi guarda come reagisci se uno fa una battuta che minaccia l'onore famigliare… e guarda che era solo una battuta!

Jane cercò di rimediare. Sempre sospettosa, Sara, bisognava stare attenti a ogni parola con lei.

– Ma no, che c'entra – disse conciliante, – non ti ho letto tutto, scusa… La frase completa è "A Nadia, per sempre, Osia".

– Nadia? E chi è?

– Non lo so, doveva essere una sua amica che le ha prestato il libro… mai sentita, però.

Sara esitò, poco convinta, prima di passare alle formule di commiato.

– Non preoccuparti, mamma, sto bene e non mi manca niente. Questa cosa forse prenderà più tempo del previsto ma non mi dispiace passare qui questi giorni invece di andare a Capri e a Venezia… Non preoccuparti – ripeté.

– Non voglio assillarti con le chiamate, ma manda un messaggio qualche volta. In fondo non siamo mai state così lontane.

– Ciao, mamma. Tranquilla, eh?

– Ciao.

Mise giù e si scusò con Concetta. Raffreddandosi, la pizza aveva già perso molto del suo aspetto invitante.

– Come faccio a vedere il professore?

– Non ha detto che si sarebbe fatto vivo?

– Sì, ma che faccio, lo aspetto e basta?

– Sì, certo. Se ha detto che si farà vivo, si farà vivo.

Uscirono nel freddo umido del primo pomeriggio. La neve si era fatta scura e fangosa nelle pozzanghere, sciolta da un sole che non riscaldava. La musichetta allegra continuava. *Vamos a la playa, a me me gusta bailar, el ritmo de la noche, sounds of fiesta*. Nell'abitacolo, Sara sentì la stanchezza e il jet lag che le si precipitavano addosso. Piegò la testa e chiuse gli occhi.

Quando li riaprì vide il professore camminare speditamente verso la macchina parcheggiata, aprire lo sportello dalla sua parte.

– Non l'avrà mica già fatto, vero?

– Fatto che?

– Sparso le ceneri.

Sara sorrise suo malgrado. Spargerle dove? Al centro commerciale? Antigienico davvero. Deleterio, per lo speciale pizza.

– Senta, lo so che lei ha fretta di completare questa cosa per poter poi andare a gettare monetine nella fontana di Trevi, ma io non sono mica pronto, sa?

Sara ci mise un po' a capire, anche perché le formule di cortesia erano rimaste una cosa puramente teorica, non avendo mai dovuto dare del "lei" a nessuno in vita sua. Anche in quella circostanza si voltò a guardare Concetta, interpretando il "lei" come una terza persona. L'accenno sarcastico alla fontana di Trevi la rimise in carreggiata. L'idea di continuare quella conversazione lì da Concetta, però, le sembrò d'un tratto insostenibile.

– Perché non andiamo al centro? – chiese.

– Ma ci siamo appena andate! – protestò Concetta.

– No, al centro... Insomma, quando mia nonna ha scritto del centro dell'Aquila aveva qualcosa in mente, no? Non credo che pensasse al centro commerciale...

– Ma se le ho appena detto che non sono pronto! – si lamentò il professore.

– Ma non volevo andarci per quello... volevo solo vederlo, questo centro famoso.

– D'accordo, andiamo, ma niente colpi di testa, eh?

Sara si chiese se il professore avesse mai visto un'urna funeraria. La guardava con sospetto come se avesse le ceneri della nonna in tasca e potesse spargerle di soppiatto.

– Promesso – si limitò a rispondere, trattenendo un sorriso.

2. *L'angelo muto*

Transenne, impalcature, polizia, rari passanti, silenzio.

– Questa era la piazza del mercato, sempre piena di gente. Una piazza importante, grande quanto piazza Navona a Roma. Venga, andiamo a prendere un caffè.

Entrarono in un bar. Dalle volte dei soffitti proveniva una luce ambrata, calda e accogliente, che animava le austere colonne, il pavimento di porfido con inserti a contrasto. Gli scaffali di legno invitavano a scoprire zafferano, dolci alle mandorle, liquori alla genziana e alle erbe.

– Questo è stato il primo a riaprire...

Il professore indicò un cartello scritto a mano, incollato su una parete screpolata. Alla scritta nera originaria, che diceva "Chiuso dal 06/04/2009. Si riapre il ...?", una mano diversa aveva aggiunto, in verde, "8 dicembre", seguito da tre punti esclamativi.

– I colori della città – spiegò il professore prevenendo una sua possibile domanda.

– Non è stato sempre così, anticamente i colori erano il rosso e il bianco. Poi ci fu un terremoto disastroso, nel 1703, e si passò a questi. Nero come il lutto, verde come la speranza di ricominciare.

Rimase un attimo silenzioso, poi si riscosse.

– Conosce il torrone, no?

Sara fece segno di no.

– Ma allora deve provarlo assolutamente! – fece il professore quasi indignato, – lo fanno proprio qui, sa?

La morbidezza ingannevole del cioccolato nascondeva nocciole intere dal gusto intenso. Sara lo centellinava alternandolo al cappuccino che trovava minuscolo, ne avrebbe chiesti volentieri quattro così, in una ciotola, in modo da arrivare almeno al formato più piccolo di Starbucks. Si trattenne per paura di sembrare irrimediabilmente americana. Da quando erano entrati il professore era occupato a rispondere ai saluti e a prendere impegni per presentazioni di libri, stesure di articoli e visite nelle scuole.

A Sara del resto non dispiaceva prendere tempo, riflettere, cogliere qualche espressione che si riprometteva di trascrivere nel suo diario linguistico. "Ci mancherebbe altro". "Ricostruzione partecipata". Per non parlare del dialetto... "Temé", concluse, era una sorta di esclamazione di sorpresa, chissà che voleva dire di preciso. "Quatrani" invece voleva dire ragazzi, ma spesso era abbreviata, come tante altre parole, e allora era un'esortazione, come "andiamo, su", che diventava "jamo, quatra'"... che confusione! Non riuscirò mai a capire tutto, concluse scoraggiata.

Ad un certo punto, però, il professore cambiò la posizione della sedia e le si mise risolutamente di fronte, volgendo la schiena al resto del locale.

– Come se la ricorda lei Alice? Com'era, a cinquanta, sessanta, settant'anni?

– Non so... – Sara fece uno sforzo per recuperare la donna dentro l'involucro di sua nonna. – Bella, a modo suo. Bella anche per gli altri, se avesse voluto.

– Brava, proprio così. Era una bellezza unica, senza compromessi. L'assoluto.

La guardò curioso, quasi intenerito.

– Sa che lei le somiglia molto? Quando l'ho vista a casa di Concetta mi è sembrato di tornare indietro di mezzo secolo.

Sara l'aveva sospettato. Sapeva di somigliare molto alla nonna. I geni recessivi della bionda Jane si erano presi una rivincita su di lei, plasmandole i capelli scuri, la corporatura minuta, gli zigomi pronunciati.

– Io… non lo so, veramente. Ho visto pochissime foto di mia nonna da giovane. Non amava le foto, diceva che le somigliavano poco.

– Come diceva Sibilla Aleramo a Dino Campana…

– Come?

– Niente… pazzie di gioventù. E a proposito di pazzie di gioventù: le ha mai detto sua nonna perché è partita?

Sara allargò le braccia. Doveva sembrare abbastanza bislacca, impreparata non solo sulle questioni storiche e politiche italiane, ma anche sulla propria storia familiare. Non stava certo risollevando la cattiva reputazione degli Americani. Cercò di spiegarsi.

– Lo so che sembra strano, ma io l'ho sempre vista lì, non mi chiedevo mica più di tanto perché non stesse da un'altra parte… Non ne parlava mai, non sembrava infelice o nostalgica, aveva sempre qualcosa da leggere.

– Le era rimasta la passione per i viaggi? Viaggiava molto?

– Qualche volta, per far vedere altre città a mia madre prima, a noi dopo. Ma niente di stravagante, non c'era tempo, non c'erano i soldi… New York, Miami per le feste in primavera, San Francisco una volta, il Canada… Aveva un forte accento italiano, non l'ha mai perso, quindi capitava spesso che le chiedessero di dov'era, e lei si definiva italiana, romana.

– Romana?

– Sì, be', era una piccola semplificazione per evitare di perdere troppo tempo in spiegazioni. Poi però dovunque andava diceva: "sembra l'Abruzzo!", anzi no, come diceva… "J'Abruzzu me"! Noi la prendevamo in giro, e allora era diventata una battuta. Di fronte ai paesaggi più vari, dai banchi di corallo all'Empire State Building, dicevamo: "proprio come j'Abruzzu me!", e ci mettevamo a ridere come scemi, tanto più che nessuno di noi era mai stato in Abruzzo. Ci rideva anche lei.

Non sapeva di avere quel ricordo. Sorrise.

– Ho trascorso parecchio tempo con lei da bambina, perché mia madre era molto occupata, la scuola di giurisprudenza prima, il lavoro poi… Poi quando avevo dodici anni l'autobus che mi portava a scuola ha avuto un brutto incidente, mi c'è voluto un anno di terapie per ricominciare a camminare, e Nonna Lice mi teneva quasi sempre con lei, mi portava anche in biblioteca.

– E perché secondo lei ha chiesto di essere riportata qui dopo la morte?

Sara allargò di nuovo le braccia.

– Questa cosa l'abbiamo scoperta alla lettura del testamento… Evidentemente il legame era più forte di quanto noi sospettassimo.

– Cosa le ha detto della sua famiglia?

– Niente, non ci ha mai detto niente. Lo so che sembra strano, poco in linea con lo stereotipo degli Italiani legati alle radici… Adesso vorrei averle chiesto di più. Ci siamo abituati a considerare noi Americani come la sua vera, unica famiglia.

– Voi Americani?

– Sì… Mia madre, Jane, e i miei fratelli, Roger e Kate. Ma anche lì, appena si risale di una generazione, è tutto un po' avvolto nella leggenda, a partire da suo marito, mio nonno, che nessuno di noi ha mai visto ma che doveva essere bellissimo. Nelle due o tre foto che sono rimaste a mia madre sembrava quell'attore, come si chiama, quello morto giovane…

– Gérard Philipe? – chiese perplesso il professore.

– Chi? No, un americano… con la giacca di cuoio…

– James Dean?

– Sì, ecco, James Dean.

– Un imbecille – scappò detto al professore.

Sara si risentì e istintivamente prese le difese del nonno scavezzacollo.

– No, perché imbecille? È stato uno strumento del destino, non è mica colpa sua. Ha fatto la sua parte, in maniera neanche tanto disonorevole, se uno ci pensa. È stato sfortunato.

– Non cominciamo. Fortunatissimo invece, è stato, e non se ne sarà neanche accorto! E poi tra caso e destino c'è una bella differenza.

– Fortunato a morire a vent'anni?

– Perché, la fortuna è morire a ottanta?

Il professore si alzò in piedi stizzito.

– Basta per oggi. La riaccompagno a casa.

L'idea di tornare a rinchiudersi nei quaranta metri di Concetta e trascorrere il resto della giornata con la televisione di sottofondo in attesa della cena sembrò a Sara insopportabile.

– No, voglio continuare a camminare.

– E come torna?

– Troverò un modo. Prenderò un taxi.

– Un taxi! Ma dove pensa di stare, a via Veneto?

– Male che vada torno a piedi. Insomma, da quando sono arrivata in Italia non ho visto che periferie tristi, parcheggi, graffiti e un brutto centro commerciale. Questo bar mi ha fatto venire voglia di fare una passeggiata in centro.

Il professore sembrava esitare.

– Quando ci rivediamo? – le chiese.

– Quando vuoi... quando vuole.

– Domani. Passo domani.

– D'accordo, a domani.

Uscita dal bar Sara sentì il freddo dell'inverno ripiombarle addosso. Fece il giro della piazza rasentando i palazzi. Le pesava in particolare non potersi addentrare nei vicoli chiusi – via Roio, via Sassa – dove intuiva concentrati vita e dolori. Immaginava la gente che scappava ferita e ansante nella notte, per non tornare più. Non era la prima volta che la sua sensibilità camaleontica le rovesciava addosso ricordi non suoi, stordendola. Alle immagini della notte del terremoto si sovrapponeva quella di una ragazza che camminava per quella piazza, fermandosi a scegliere la frutta del mercato... Nonna Lice? Sbatté le ciglia e l'ombra scomparve.

Risalì verso il Corso, tra le colonne fasciate rari passanti camminavano con gli occhi rivolti verso l'alto. I tubi d'acciaio dei ponteggi formavano una sorta di scultura moderna, stravagante e incongrua. Sui fili metallici di una recinzione erano appese decine di chiavi di casa ormai inutili. Fogli di carta già minacciati dall'umidità recavano messaggi a metà tra promessa, ingiunzione e preghiera, come "Riaprire la città", "Revolemo L'Aquila", "Terremotosto". Delle voci familiari la fecero voltare.

– Ehi, guarda chi si vede... allora ce l'hai fatta a venire in centro! – la salutò Alessandro, a braccetto della madre. Sembrava contento di vederla.

– Mi sono fatta convincere anch'io – aggiunse Concetta, quasi scusandosi. – Non ci vengo mai...

– ...E infatti non ha ancora visto piazza Palazzo riaperta – riprese Alessandro.

– Piazza Palazzo...? – chiese Sara.

– Neanche tu, immagino... Vieni, andiamo.

Mentre camminavano, Alessandro le spiegò che L'Aquila aveva subito vari terremoti nel corso della sua storia. Non solo quello del 1703, ma tanti, almeno uno per secolo.

– Uno, fortissimo, meno di un secolo dopo la fondazione. Immagina lo shock... La gente, spaventata, voleva tornare nei propri villaggi, abbandonare la città appena nata. Ma le porte delle città erano presidiate, le brecce nelle mura furono subito sanate con pezzi di legno. Insomma, furono costretti a restare.

– E questa volta? Dove sono andati gli Aquilani? – chiese Sara guardandosi intorno.

– Anche questa volta la città è presidiata, ma al contrario. Subito dopo il terremoto, tutto il centro è stato dichiarato "zona rossa", interdetta ai cittadini. Il nome è scelto bene, no? Tante città hanno le loro zone rosse, il luogo del peccato, del proibito. Già l'idea di proclamare il cuore della città "zona rossa" avrebbe dovuto metterci in allerta, avvisarci che si preparavano delle oscenità a nostro danno... Ma insomma, a fartela breve, questa volta le barriere servono ad assicurarsi che i cittadini restino fuori dalla città, nelle belle casette con il televisore al plasma, come quella di mia madre...

– Guarda che la mia casetta è bella davvero – protestò Concetta risentita.

– Ci hanno dato proprio tutto, sai – continuò rivolta a Sara. – Bicchieri, lenzuola, persino l'asse da stiro...

– Mamma non ricominciare! – esclamò Alessandro stizzito. – Guardati intorno, guarda come sta la città, renditi conto di quanto ti sono costati le lenzuola e l'asse da stiro.

Si muovevano su un percorso obbligato, il corso principale un tempo meta delle passeggiate serali e ora scandito ogni centinaio di metri da jeep con militari annoiati, in servizio per assicurare che i pochi passanti infreddoliti non cercassero di inoltrarsi nei vicoli laterali chiusi e transennati. Alessandro scalpitava.

– No, perché io il corso non lo potevo mica tanto soffrire, lo struscio, il mettersi in mostra... Io ero per rifugiarmi con un fiasco di vino nei vicoli, negli sdruccioli... Là dietro c'è il mio preferito, lo Sdrucciolo dei Poeti...

– E meno male che non ci puoi portare a ubriacarci per i vicoletti! – ribatté Concetta. – Lo Sdrucciolo dei Poeti, senti che mi tocca sentire... Non li chiamano mica sdruccioli senza motivo, no? È tutto uno scapicollo per quei vicoli!

– Va bene, va bene... – riprese Alessandro conciliante. – Ma almeno una piazzetta, non ti andrebbe? Alberata, con le panchine, la fontana al centro... Come piazza Nove Martiri, qui a due passi...

Ma il vicolo che portava a piazza Nove Martiri era bloccato da una grata. Alessandro sfiorò il fil di ferro con le dita inguantate.

– Quale piazza? – chiese Sara, un po' per non restare completamente tagliata fuori dalla conversazione tra i due e un po' per cercare di distrarli dal loro battibecco.

– Piazza Nove Martiri – ripeté Alessandro meccanicamente, poi la guardò colto da un pensiero improvviso, si illuminò.

– Aspetta... come hai detto che fai di cognome?

– Cosa?

– Sì, insomma... come ti chiami? Sara e poi...?

– Westbridge.

– No, non volevo dire quello... tua nonna, come si chiamava, come faceva di cognome?

– Arienti... Alice Arienti.

– Ecco dove l'ho sentito il nome! L'ho letto sulla lapide dei Nove Martiri Aquilani... ci giurerei! C'è un "Arienti"... è vero, non è un nome comune da queste parti...

– I martiri...? – fece Sara perplessa, cercando di ricordare il nome del santo attraversato da frecce del libro di storia dell'arte.

– Sì, subito dopo l'armistizio, forse il primo episodio di Resistenza in Italia... Nove ragazzi costretti a scavarsi la fossa e ammazzati dai nazisti.

– Nove teste calde... – puntualizzò Concetta.

– Nove eroi... – riprese Alessandro. – Ce ne fossero, adesso, di Aquilani come loro!

– E uno di loro aveva lo stesso cognome di mia nonna? – chiese Sara.

– Mi sembra proprio di sì... Ardenti, Arienti... un cognome così... E il nome... il nome faceva rima, o insomma ci somigliava, cominciava con la "A" pure quello... Antonio? Alessandro? No, non Alessandro come me, ci avrei fatto caso... Ma una cosa così... Senti, sai che ti dico? Senza che stiamo qui a lambiccarci il cervello, andiamo a dare un'occhiata...

Sotto gli sguardi perplessi delle due donne Alessandro spostò il blocco di cemento su cui riposava la transenna quel tanto che bastava per infilarsi tra la barriera e il muro. Leggero come un gatto scivolò dall'altra parte.

– Ma dove vai... È pericoloso... è proibito! – protestò Concetta. Alessandro mise un piede sul muro scrostato per cercare di fare leva e allargare l'apertura.

– Ma che pericoloso, ma che proibito... Jamo, quatra'... – rise Alessandro ansante per lo sforzo, contento dell'avventura. Sara cominciò a infilarsi dietro di lui.

– Dov'è che credi di andare tu?

Il militare si era materializzato alle spalle di Concetta. Quelli che cominciano a guardare dentro i vicoli prima o poi fanno qualche sciocchezza, aveva fatto bene a tener d'occhio quel gruppetto.

– Io credo di andare a piazza Nove Martiri a controllare la targa con i nomi dei caduti – rispose Alessandro pronto, – a meno che tu non li conosca a memoria.

– Invece tu esci subito di là e facciamo finta che non ti ho visto – ribatté il militare.

– Perché? Chi vi dà il diritto di decidere dove possiamo e non possiamo andare, a casa nostra, nella nostra città?

– Città vostra fino a un certo punto...

– Infatti... soprattutto se cominciamo a scordarcela... Vado e torno, OK? Tieni le donne in ostaggio.

– Servono rinforzi? – urlò un soldato rimasto a fumare appoggiato alla jeep.

L'altro fece un gesto generico e quasi annoiato con la mano, ma il suo sguardo su Alessandro si fece più severo. Ogni giorno gliene capitavano almeno quattro o cinque di tipi così, arroganti, aggressivi, con le loro lamentele della città sotto assedio. Come se a lui facesse piacere starsene a presidiare quelle quattro pietre pericolanti.

– Questioni di ordine pubblico, giovanotto. Esci subito fuori di lì se non vuoi finire in galera...

– Ma quale galera... – si intromise Concetta, una nota quasi implorante nella voce. – Non fa niente, Ale, la controlliamo un'altra volta quella cosa... adesso da' retta al signore, esci di lì...

Alessandro serrò le labbra, Sara percepì lo sforzo che gli costava doversi controllare. Passò di nuovo dalla loro parte, il soldato rimise faticosamente a posto la barriera.

– Questa volta sei stato fortunato, ringrazia la signora... Che non si ripeta più, cercatele su internet le informazioni, lascia stare i sopralluoghi...

– E già, tanto ormai siamo una città virtuale, no?

Il militare si era già allontanato, rispose con un'alzata di spalle, desideroso solo di rientrare nel caldo dell'abitacolo della jeep.

– Lascia perdere, dai... – Concetta prese sottobraccio il figlio e invitò con lo sguardo Sara a fare altrettanto, così che sembravano due carabinieri che tenevano sotto controllo un ladruncolo. Ma Alessandro non si sottrasse, e anzi a Sara sembrò che i muscoli tesi sotto il cappotto si rilassassero a quel contatto. Continuarono a camminare tra le colonne fasciate e le camionette.

– Che poi, scusa, non avevi promesso di portarmi a piazza Palazzo? – diceva Concetta per cercare di rabbonire il figlio. – Se me lo dicevi che volevi andare per piazzette e vicoletti mica ci venivo...

– Cosa c'è a piazza Palazzo? – chiese Sara.

– Be', il palazzo, ovviamente… il municipio – rispose Concetta.

Sara non era sicura di cosa fosse il municipio ma fece finta di capire.

– Palazzo Margherita, che poi è appunto la sede del municipio, la torre dell'orologio, la statua di Sallustio… – enumerò Alessandro, – e la Tommasiana, cioè la Biblioteca Provinciale, la Fontana dell'Angelo Muto…

Aveva involontariamente accelerato il passo, e Concetta senza lamentarsi gli trotterellava quasi accanto, continuando a enumerare le meraviglie del luogo che li attendeva.

– E quel negozietto dove si trovava roba di tutta Italia, ti ricordi? Ma sempre cose un po' strane, di quelle che piacciono a te… la burrata, il vino pugliese di quella cooperativa…

Così trafelati arrivarono dal corso alla grande piazza. Gli occhi di Concetta si posarono sulla statua al centro.

– Santu Sallustio me'…

Alessandro scoppiò a ridere.

– Andiamo bene! Anche Sallustio è diventato cristiano, adesso!

– Be', un po' un santo patrono io ce l'ho sempre considerato… Altrimenti perché fargli una statua al centro della città… – ribatté Concetta, indispettita nel vedersi riprendere di fronte all'ospite americana. – Ma che gli avete messo addosso?

Sara guardò meglio e notò anche lei qualcosa di incongruo. Sallustio reggeva fieramente una pala nella mano sinistra, un secchio nella destra. Alessandro sorrise.

– Be', quando ci vedeva spalare le macerie sembrava volesse partecipare anche lui… Forse la notte, quando non lo vede nessuno, scende a dare una pulitina, che ne sai?

Ma le risate suonavano vuote e forzate. Concetta si guardò intorno disorientata. Elaborate impalcature di ferro e legno sostenevano le finestre dei palazzi, le transenne bloccavano l'accesso alla zona rossa, impedendo di entrare nei vicoli che confluivano nella piazza. Un lato intero era occupato da un palazzo imponente e da una torre in pietra che dominava sulla desolazione intorno.

– Eccolo, Palazzo Margherita, e la torre civica – riprese Alessandro seguendo lo sguardo di Sara e prevenendo la sua domanda. – Pensa un po' che al tramonto la sua campana suonava novantanove rintocchi, mia madre potrebbe anche cantarti una canzone proprio su questo... Eh, mamma, com'è che faceva? "E la campana sona... Novantanove, novantanove"...

Concetta sorrise.

– Novantanove, il numero magico della città –, concluse Alessandro.

Sara annuì.

– ... Però adesso non suona più la campana – concluse Alessandro.

Un silenzio irreale commentò le sue parole.

Non solo non suonava più la campana, ma la Fontana dell'Angelo Muto, con la sua statua in ghisa di un bambino dai riccioli scomposti, si era ammutolita davvero, non gettava più l'acqua che aveva dissetato generazioni di studenti all'uscita del liceo. E non si sentiva l'odore del pane appena fatto, del caffè, dei salumi. Concetta si guardò intorno smarrita.

– Ho ragione io a non volerci venire a L'Aquila... –, disse alla fine. – Anzi sai che ti dico? Non ci voglio tornare più, mai.

– Ma mamma – cercò di consolarla Alessandro, – dicevi così anche prima... ti lamentavi sempre che piazza Palazzo era diventata un luogo di perdizione, con tutti gli studenti che venivano a sbevazzare al Farfarello...

Sara seguì i loro sguardi verso un palazzo all'angolo di una delle strade che portavano alla piazza, con le finestre ridotte a buchi sorretti da travi di legno, i muri fasciati da sbarre di metallo. L'insegna del locale, un diavolo sdraiato con un boccale di birra in mano, aveva miracolosamente resistito.

Anche Concetta guardava come se li vedesse ancora nel piccolo spazio davanti al locale, appoggiati alle macchine, appollaiati sulle ringhiere della aiuole al centro della piazza, gli studenti di cui si era tanto lamentata, i bicchieri in mano, l'aria spaccona. Perdigiorno, nullafacenti, sempre pronti a sperperare i soldi che i poveri genitori mandavano da Taranto, dalla Grecia, dall'Ungheria, dalla Nigeria. Ne erano morti a decine lì intorno, la notte del terremoto, di quei giovani, nei palazzi pericolanti del centro o nella Casa dello Studente. Scusate, ragazzi, come potevo sapere.

Anche Alessandro si ammutolì. Il silenzio della madre e quello sguardo fisso gli pesavano molto di più del suo solito brontolare. Non sperava di poterla consolare o di trovare le parole per aiutare Sara a ricostruire quello che era stata quella città, prima della scossa.

Rimasero qualche minuto immobili, nel vento freddo che si faceva strada tra i vicoli disabitati.

– Non ci rimanere male... – disse alla fine Concetta scuotendosi e rivolgendosi al figlio.

– Ti ringrazio del giro in centro, ma adesso vorrei tornare a casa. Mi dispiacerebbe mancare la puntata del Grande Fratello.

L'AQUILA, 13 GENNAIO 2011

1. *Il gran rifiuto*

– Così decise di costruire una chiesa qui, dove aveva avuto quella visione, ed è questa, la chiesa dove siamo adesso...

Le parole di Alessandro risuonavano nell'ampia basilica. La storia di Celestino V, eremita e papa per soli quattro mesi, incoronato più di settecento anni prima proprio lì, a Santa Maria di Collemaggio, affascinò Sara, anche per l'emozione che Alessandro aveva messo nel racconto. Parlavano risalendo la navata centrale, verso l'altare. Le colonne massicce erano coperte da sostegni gialli. Una volta giunti all'altezza del transetto, Sara rimase senza parole a vedere al posto del soffitto una complessa struttura di metallo e plexiglas, che lasciava intravedere il cielo invernale.

– Per mesi qua è rimasto tutto sfondato, e per mesi il prato di fronte ha ospitato una tendopoli... Anche il corpo di Celestino non c'è più...

Il fatto che tornassero a parlare di Celestino permise a Sara di esprimere qualche perplessità.

– Non è mica stata un'idea tanto nobile quella di rinunciare, però...

Alessandro la guardò stupita.

– Certo che lo è stata! Non è mica da tutti mettere la propria coscienza sopra il potere, l'ambizione...

– Be', se proprio ci teneva così tanto alla tranquillità poteva anche farne a meno di diventare papa, no? – ragionava Sara. – Ma una volta che ci sei, ci sei, e devi fare al meglio la tua parte...

Sorrise al pensiero di Nonna Lice che concludeva la frase col dito alzato. *There all the honor lies*, in ciò risiede tutto l'onore.

C'erano delle volte che Sara sembrava provenire, più che da un altro continente, proprio da un altro pianeta. Com'era possibile che non capisse la grandezza di Celestino? Alessandro si indispettiva, ne provava una sofferenza quasi fisica.

– Tu ragioni come Dante, che lo mette all'inferno per "il gran rifiuto"... Ma è un modo sbagliato di vedere le cose. Una volta capito che il potere aveva le sue logiche, e che lui poteva solo esserne uno strumento passivo, Celestino ha deciso di lasciar perdere. È qui la sua grandezza.

– Ecco, così già va meglio... un errore di calcolo, insomma, si era sopravvalutato...

– Ma che errore, ma che calcolo! Di tutto si può incolpare Celestino, tranne che di essere un calcolatore...

– D'accordo, calcolatore no, ma *quitter* di sicuro... come si dice "quitter" in italiano?

– Che? Come si scrive?

Ma Sara si era distratta, fissava come ipnotizzata il grande rosone al centro della facciata.

– Ehi, aspetta un attimo... come hai detto che si chiama questa chiesa?

– Collemaggio... cioè, Santa Maria di Collemaggio, per essere precisi.

Seguì lo sguardo di Sara.

– Sì, è uno dei più belli in Italia quel rosone... si è miracolosamente salvato.

Sara ripensò alla lettura del testamento di Nonna Lice, alla collana che le aveva lasciato e che era andata perduta.

– Meno male che si è salvato – disse con un sorriso.

2. Primo quarto

La foto a tre quarti lasciava una parte del viso nella penombra. Alberto Arienti aveva la fronte ampia, capelli scuri folti e ondulati, qualcosa di adolescenziale nei lineamenti, nello sguardo caldo, nel collo nudo. Il tratto più distintivo del volto erano le labbra carnose, perfettamente disegnate, che davano l'impressione di essere lì lì per schiudersi in un sorriso. Sara si passò involontariamente le dita sulle sue proprie labbra e non ebbe bisogno di altre conferme per sapere che sì, era lui. La foto era incorniciata da un ovale, probabilmente era stata presa da una lapide. I genitori dovevano averla fatta fare per altri scopi, certo non pensavano di doverla usare così presto, e in quelle circostanze. I genitori? Ancora una volta Sara urtò le ombre della sua storia famigliare. E Nonna Lice? Quanti anni aveva quando avevano scelto la foto da mettere sulla lapide del fratello? Ed era veramente suo fratello, o non era magari un cugino, un parente alla lontana...? Cosa aveva capito Nonna Lice di quello che era successo? Lì era una questione di semplice matematica. Se Alberto era morto nel 1943, a diciassette anni, doveva essere nato nel 1926. Nonna Lice, nata nel 1930, di anni ne aveva avuti tredici quando lui era stato fucilato. Cosa aveva capito? Conoscendola, tutto.

E poi, chi gliel'aveva fatto fare ad Alberto di andarsi a cacciare in quella impresa? Il bando tedesco imponeva la registrazione dei giovani dai diciotto anni in su, quindi Alberto poteva considerarsi al sicuro, almeno per il momento. Il suo viso colpiva per freschezza in mezzo a quelli degli altri pur giovanissimi compagni di avventura e di morte, alcuni dei quali avevano espressioni ben più consapevoli e risolute. Non sembrava neanche aver bisogno di farsi la barba, pensò Sara, forse perché di carnagione più chiara. Per lui più che per gli altri sembrava appropriato l'appellativo di martire che l'immaginazione popolare subito aveva attribuito a quei ragazzi. Anacronistico come termine però, pensò Sara, e un tantino fuorviante, un altro segno di quella tendenza a cristianizzare tutto, come il Santo Sallustio di Concetta. Negli Stati Uniti dei giovani così sarebbero i Nove Combattenti per la Libertà, o qualcosa di simile, la piazza l'avrebbero chiamata piazza dei Patrioti.

Il militare aveva ragione, le ricerche si potevano benissimo fare su internet, non c'era mica bisogno di farsi mettere in galera. Ma non si andava molto lontano comunque. "Non ci sono informazioni", recitava la dicitura sotto la foto di Alberto.

Sara si alzò dal tavolo della cucina, guardò le montagne innevate con i paesini che si accendevano di luci. Le dispiacque di non conoscere una preghiera da recitare per l'anima di Alberto.

Cercò di improvvisarla, non le venne in mente niente di meglio che un generico "riposa in pace, Alberto". Un po' pochino per un martire, per un eroe.

Il segnale sonoro del computer le annunciò posta in arrivo. Si sedette di nuovo, guardò il mittente e avvertì un tremito familiare. Il messaggio che si stava scaricando lentamente era stato inviato da Una, e prendeva tanto tempo perché non era un testo ma una foto. La riga del soggetto diceva "primo quarto". Sara chiuse gli occhi e contò fino a dieci. Quando li aprì, vide disegnata sullo schermo la parabola di Delicate Arch. Concava alla sua destra, in una perfetta corrispondenza di forme, si adagiava una falce esanime di luna. La foto era stata scattata all'alba, e doveva essere stata un'alba gelida. Il vento notturno aveva spazzato le nuvole e il cielo era adesso di un celeste surreale, infantile, mentre il sole aveva appena rianimato l'arenaria e donava sfumature rosa alle montagne La Sal. Per essere lì a quell'ora, Una doveva essere partita da Moab che era ancora notte. Aveva messo il cavalletto e la macchina fotografica in posizione sotto le stelle, poi aveva acceso il fornelletto e aveva preparato il caffè, avvicinando le mani alla fiamma per proteggerla dal vento e riscaldarsi allo stesso tempo. Si era avvolta nella coperta. Con le mani strette alla tazza termica, aveva aspettato che il primo quarto di luna si presentasse all'appuntamento. – Buona fortuna.

3. La vita di mezzo

– Com'è morta?

Sara cominciava ad abituarsi al modo brusco del professore di porle delle domande. Lui sembrava seguire pensieri tutti suoi, e usare le testimonianze di Sara solo per riempire vuoti, stabilire legami.

– Un cancro – disse un po' stupita di dover ripetere la storia. – L'hanno operata due volte, ma non c'è stato niente da fare.

– Sì, la cronaca me l'ha riferita – fece lui col suo tono impaziente. – Ma cos'ha detto, che segni ha dato? Ha voluto un prete?

– No, niente preti... Una mattina che per un disguido era rimasta sola, si è alzata e ha preso un sentiero vicino a casa sua, è scesa al fiume...

– Il fiume?

– Sì, il Potomac... Un grande fiume, imponente, che amava molto. L'hanno ritrovata sdraiata vicino alla riva.

– Quando l'hanno ritrovata? Chi?

– Un fotografo dilettante. Ha seguito un cervo e si è avvicinato per fare una foto. Il cervo stava annusando qualcosa, poi lo ha visto ed è scappato via, e lui si è accorto del corpo.

Il freddo aveva allentato la morsa, permettendo che si sedessero su una panchina di fronte all'enoteca, alternando sorsi di Montepulciano a pezzi di pecorino e salsiccia. Nel primo pomeriggio il cielo incorniciato dalle impalcature era di un'irreale perfezione azzurra. Era passata più di una settimana dall'arrivo a L'Aquila, e Sara non sapeva ben spiegarsi perché continuasse a esitare così. Il professore aveva detto di non essere pronto. E allora? Perché lasciava che questo interferisse con le sue decisioni?

– Posso chiederti... posso chiederle una cosa io, professore? – chiese dopo una pausa.

– Eh...? Sì, certo.

– Siete restati in contatto dopo che lei è andata in America?

– Che significa restati in contatto?

– Be', che so, vi siete scritti, telefonati, cose così.

– No, cose così no.

Però siamo sempre rimasti uniti, avrebbe voluto aggiungere, ma non era sicuro che la giovane americana avrebbe capito.

– Perché – riprese Sara, – lei mi fa tutte queste domande, ma anch'io vorrei fargliene. Lei vuole completare il suo ritratto, ma anch'io più ne parlo più mi rendo conto di avere avuto un'immagine molto parziale di mia nonna.

– È normale – disse lui, – è arrivata troppo tardi. Come si fa a conoscere una persona se non la si è vista da piccola, da giovane, prima che cominciasse questa assurda vita di mezzo?

– La vita di mezzo... Vuol dire la mezz'età? – chiese Sara.

– No, la vita di mezzo, l'età adulta, le cautele, la professione. Insomma, questa pagliacciata.

Si spostarono sulla panchina in modo da seguire il sole, l'ombra creava freddo dovunque si posasse.

– Come viveva in mezzo a voi?

Sara non gradì il tono della domanda. Sembrava che loro fossero degli ospiti nella vita di Nonna Lice, invece di essere la sua famiglia. Sembrava che tutto quello che lei aveva fatto in America (cioè, soprattutto, sua madre Jane, e attraverso Jane la stessa Sara) fosse un malinteso.

– Non era un caso che fosse finita "in mezzo a noi". Evidentemente, in un modo che mi rendo conto possa risultare difficile da capire, la vita americana andava bene per lei.

Il professore la guardò scettico.

– È scappata –, disse.

– Scappata da cosa? Perché?

Lui fece un gesto, come per scacciare una mosca.

– È la sindrome di Celestino – riprese – Quando le cose si fanno complicate, meglio tagliare la corda.

Sara ringraziò mentalmente Alessandro che le aveva dato gli strumenti per cogliere quell'allusione. Si chiese quante altre espressioni invece continuavano a sfuggirle.

– Meglio convincersi che esistano solo il bianco e il nero a questo mondo...

A volte Sara aveva l'impressione che al professore stesse dando di volta il cervello.

– Più semplice, più rassicurante...

O forse era solo il Montepulciano. Intuisse o no i pensieri di Sara, l'uomo guardò l'orologio, si alzò precipitosamente.

– Si è fatto tardi, devo andare. Domani, va bene? – chiese con un tono che non ammetteva repliche, lasciandole a malapena il tempo di annuire.

Sara si era ripromessa di restare seduta, ma non appena lui se ne fu andato si sentì a disagio a restare col bicchiere di Montepulciano sulla striscia assolata della panchina. Mangiò un pezzo di pecorino, mandò giù un ultimo sorso e percorse un centinaio di metri per arrivare alla fine del corso. Lì si apriva una piazza percorsa da automobili, con al centro una fontana ornata da due slanciate figure femminili. La chiamavano Fontana Luminosa, le aveva spiegato Alessandro, perché in qualche epoca lontana veniva illuminata la sera. Ma ora era secca e senza luci, e un paio di cani randagi sonnecchiavano pigri approfittando del calore rilasciato dalla pietra. Era da poco passata l'ora di pranzo e gli ospiti di uno dei rari alberghi agibili della città erano usciti a fumare, con l'aria smarrita negli abiti sformati. Dal giorno del terremoto vivevano in albergo, invidiati perché provvisti di tutto, e per di più vicini alle loro case crollate. Pur senza conoscere la loro storia, Sara percepì la tristezza della loro sorte di incongrui turisti, e volse lo sguardo altrove. Doveva essere stata bella a modo suo quella città. Di fronte a lei si innalzava il Corno Grande bianco di neve, ritagliato netto contro il cielo. Si sedette sul bordo della fontana secca a riflettere sul da farsi. Staccandosi dal capannello di persone davanti all'albergo, un uomo prese a camminare senza fretta verso di lei.

– Che ce l'hai una sigaretta? – le chiese.

Poteva avere tra i quaranta e i cinquant'anni, la carnagione scura, lo sguardo ancora fiero sopra la barba trascurata. Sara fece segno di no con la testa.

– Allora ne vuoi una delle mie? – riprese l'altro mostrandole un pacchetto di Camel.

Sara non poté impedirsi di sorridere.

– No, grazie, non fumo proprio.

– Be', ti dispiace se mi siedo qua a fumarmela? Sennò sto sempre con la solita compagnia... Non sono cattivi, ma certo che si finisce sempre per fare gli stessi discorsi, "casa tua di che categoria è", "che facevi la notte del terremoto", e Bertolaso, e Berlusconi, e certe volte anche Berluscone, e il sismologo che l'aveva predetto, e che bastava misurare il radon, e la Commissione Grandi Rischi... tu invece non sai neanche di cosa sto parlando, eh?

Il tono era ironico ma, decise Sara, non aggressivo.

– Be', certo, qualcosa ho capito, ma non tutto...

– Meglio così, anche perché tutto in realtà non l'ha capito nessuno... Allora, ti dispiace se me la fumo qui?

Sara acconsentì per non sembrare scortese, anche se non le sarebbe dispiaciuto restarsene da sola ed evitare le chiacchiere. Ma neanche l'altro aveva voglia di parlare. Seduto vicino a lei sul marmo freddo della fontana, si accese la sigaretta e restò a fumarla in silenzio, come se il Corno Grande fosse un programma alla televisione e loro una vecchia coppia. E lo spettacolo effettivamente cambiò nel giro di pochi minuti, qualche nuvola rosa cominciò a impigliarsi alla cima.

Finita la sigaretta, l'uomo si alzò in piedi.

– Allora ci siamo visti.

Sara si alzò istintivamente in piedi anche lei.

– Ci vedia... cioè, ci siamo visti.

L'AQUILA, 18 GENNAIO 2011

1. Luna crescente

Sara insisteva per andare in centro ogni giorno, anche per lasciare spazio a Concetta nel piccolo appartamento. Visitare L'Aquila era come andare al capezzale di un malato, le aveva detto Alessandro. Di un malato terminale, aveva aggiunto. Bisogna andarci ogni giorno, perché non ci sarà tempo di rimediare. E così Sara percorreva il corso principale fiancheggiato da palazzi transennati. Gettando lo sguardo nei vicoli scorgeva archi, bifore, strade lastricate di sanpietrini. C'era da impazzire al pensiero che tutto venisse lasciato così. Arrivava fino alla Fontana Luminosa, passava davanti alla pensilina della fermata degli autobus, dove un gruppo di vecchietti si riuniva per giocare a carte. Da lì proseguiva per una strada ossessivamente percorsa da macchine, fiancheggiata da qualche bar. Era raro che qualcuno le rivolgesse la parola, tutti sembravano molto occupati o assorti nei loro pensieri.

Andare in centro significava affrontare il problema del ritorno. Gli autobus erano inesistenti, i taxi rari e costosi. A volte partiva abbastanza presto da tornare a piedi, e quella era chiaramente considerata una cosa sconveniente, come le indicavano le macchine che rallentavano, qualche commento osceno, lo stupore di Concetta quando glielo riferiva. Invece a lei camminare piaceva, i pensieri marciavano in sintonia con le gambe e il mondo si muoveva al suo giusto ritmo. Ma c'era anche un altro motivo, e cioè che camminare la faceva sentire vicina a Una. Si erano scoperte procedendo l'una accanto all'altra, esplorando i passaggi nelle rocce, dandosi la mano nelle attraversate difficili. Il profilo di Una le ritornava alla mente disegnato contro cieli cobalto, archi di arenaria, formazioni rocciose in precario equilibrio. E ricordava anche nei minimi dettagli un episodio a prima vista del tutto insignificante, la volta che Una, che la precedeva nel sentiero verso Island in the Sky, si era voltata per dirle una cosa, non ricordava neanche più cosa. Ma si era voltata e la guardava dall'alto in basso, favorita dalla pendenza del terreno, le chiedeva se andava tutto bene. E tutto quello era successo in cammino, mentre sincronizzava i suoi passi frettolosi su quelli di lei, più misurati ed esperti. Tutto bene. Chissà che anche Una non si trovasse, in quel preciso momento, in cammino verso il suo appuntamento quotidiano con la luna. Le faceva uno strano effetto pensare che il corpo celeste inseguito da Una fosse lo stesso che si vedeva dal balcone dell'appartamento di Concetta, umiliato dalle luci, frastornato dai rumori. Alla prima foto avevano fatto seguito altre, puntuali, che coglievano la luna nella sua progressione dal primo quarto (la falce della sua prima sera in Italia) verso un plenilunio che ormai non poteva tardare. A volte erano foto notturne, e Sara guardandole sentiva il gelo del paesaggio intorno e il calore che si concentrava nel corpo di Una. Non trovava le parole per rispondere a quei messaggi, e non era neanche sicura che una risposta fosse necessaria. Nessuna didascalia accompagnava le immagini, ma ogni volta Sara rivedeva il volto serio di Una durante quell'ultimo incontro nel caffè di Julia, tra i rari clienti che mettevano a punto gli itinerari per la giornata. Torna, e saprò meritarti.

2. Nati per caso

Le serate a casa di Concetta erano spesso animate e rumorose, anche perché per sovrastare il sottofondo della televisione bisognava per forza alzare la voce. I discorsi esaminavano il terremoto in tutte le sue possibili implicazioni: la mancata prevenzione, le regole assurde delle tendopoli, la militarizzazione della città, le colpe delle amministrazioni centrali e locali, la lentezza della ricostruzione. Passato il primo stupore, Sara si era abituata a sentire tutto e il contrario di tutto: l'affermazione che la notte del terremoto squadre di pompieri circondavano la città pronte a intervenire non sembrava contraddire quella secondo cui quella stessa notte solo quindici pompieri erano presenti; l'idea che la città fosse militarizzata e che ci fossero eccessivi controlli poteva benissimo convivere con la protesta per la scarsa vigilanza che permetteva atti di vandalismo e sciacallaggio; la richiesta di aiuti al resto d'Italia e al mondo si accompagnava all'ostilità per quanti osavano mettere piede in città e addirittura scattare una foto, i volontari, i clown, gli avvoltoi, i turisti delle macerie... Sentendosi pericolosamente assimilabile a questa categoria, Sara si sentiva a disagio e cercava di farsi più piccola sulla sedia.

Le risultava difficile seguire la girandola di figure e di enti dai nomi altisonanti, come il commissario straordinario, la struttura tecnica di missione, quella per la gestione dell'emergenza, la commissione di esperti. Le continue discussioni intorno al tavolo non sempre le permettevano di capirne di più. La conversazione si faceva particolarmente accesa quando partecipava anche Aldo, il primogenito di Concetta, che lavorava proprio per uno degli uffici preposti alla ricostruzione. Aldo aveva alcune frasi ricorrenti con cui parava tutte le accuse ai politici, ridicolizzava le critiche e si trincerava nella posizione di sicura superiorità di chi sa davvero come stanno le cose. Erano frasi come "non è così semplice", "si fa presto a parlare" e "voi che avreste fatto?". Qualsiasi iniziativa che venisse direttamente dai cittadini, come ripulire strade e piazze dalle macerie, era per Aldo futile, ridicola, il passatempo di gente che aveva evidentemente troppo tempo libero e niente di meglio da fare, e non si rendeva conto dei disastri del terremoto, e non capiva che ci sarebbero voluti vent'anni prima di ricostruire la città. Le parole d'ordine di Alessandro e dei suoi amici, come "ricostruzione dal basso" e "partecipazione", uscivano dalla sua bocca in falsetto, quasi a sottolineare che tutto quello strepito era una questione da donnicciole, fortunatamente escluse dai centri del potere, dove si prendevano le decisioni davvero importanti. Quello che rendeva le conversazioni particolarmente insidiose era l'evidente venerazione che Concetta nutriva per il figlio maggiore, i cui atteggiamenti e opinioni imitava in una maniera che, Sara aveva avuto modo di notare, mandava su tutte le furie Alessandro. Sara intuiva nelle differenze ideologiche tra i due fratelli l'acuirsi di tensioni antiche, infantili o forse addirittura preesistenti alla loro nascita, quando le caselle con i loro ruoli erano state messe a punto nel puzzle famigliare, e mancavano solo i loro volti a riempirle. Aldo, il primogenito, che aveva dissipato il timore sempre strisciante della sterilità, di non essere all'altezza, di essere il ramo secco dell'albero genealogico. E poi sì, Alessandro, così Aldo non è figlio unico e non lo prendono in giro a scuola. Con stupore vedeva ricostituirsi sotto i suoi occhi il rapporto tra se stessa e suo fratello Roger, e mentre non poteva impedirsi di parteggiare per Alessandro (non aveva perdonato ad Aldo l'ottusità legalistica con cui aveva sentenziato sulla questione delle ceneri), riscontrava nel suo argomentare una radicalità, un'intransigenza, un desiderio di esacerbare i conflitti che non le risultava completamente estraneo. Tutta colpa delle madri, aveva pensato Sara la prima volta che le era capitato di assistere a una di quelle discussioni, e si era riproposta di rinfacciarlo a Jane che in quel preciso momento, ignara, varcava la soglia di "A Cut Above", parrucchiere di grido di Georgetown, incerta se aggiungere ai colpi di sole la permanente.

Intanto i giorni passavano senza che Sara riuscisse ad avanzare minimamente verso il compimento della sua missione. Sentiva che i tempi non erano maturi ma trovava difficile spiegare i suoi indugi in termini razionali. Concetta non mostrava contrarietà nel vedere la sua permanenza prolungarsi più del previsto, ma certo l'appartamento, per quanto provvisto di televisore al plasma e secchiello per lo champagne, era piuttosto piccolo, né c'era intorno un caffè dove rifugiarsi. Di biblioteche pubbliche neanche a parlarne.

Una sera Alessandro, esasperato dai commenti ironici di Aldo, era uscito sbattendo la porta, e Sara l'aveva istintivamente seguito. Anche quello era un meccanismo che conosceva bene, ne aveva fatto esperienza in anni di discussioni con Roger. Per difendersi bisognava sempre alzare la voce, minacciare, rendersi grotteschi, col risultato che l'interlocutore, con i suoi toni melliflui e l'aggressività mascherata da bonomia, diventava oggetto della simpatia generale. Così quando Concetta aveva cominciato a consolare Aldo per il caratteraccio del fratello, incapace di sostenere una conversazione in maniera civile, Sara si era sentita soffocare e aveva preso la porta anche lei. Aveva seguito Alessandro che procedeva rabbioso tra le pozzanghere, la rena bagnata, gli alberelli asfittici. Era rimasta interdetta quando l'aveva visto salire in macchina, ma Alessandro aveva aperto lo sportello del passeggero.

– Sali, dai.

Era salita per riflesso automatico.

– Dove andiamo? – aveva chiesto non appena entrata nella piccola utilitaria.

– Veramente non ho nessuna destinazione in mente, anche perché non c'è nessun posto dove andare. Volevo solo evitare di congelarmi là fuori. Ma se tu hai qualche idea partiamo subito...

Sara fece segno di no con la testa. Pensò che Roma era a cento chilometri, non ci sarebbe voluto niente a dare una svolta a quella serata, cento chilometri lei e Una li facevano all'alba per sorprendere i mufloni a Canyonlands, con i corpi ancora caldi dalla notte sotto i maglioni. Il pensiero le procurò una familiare sensazione di smarrimento, ma si sforzò di aderire alla situazione. Cento chilometri erano una distanza insuperabile, Roma era un altro universo, e anche suggerire a Alessandro una gita così impegnativa sarebbe sembrato un'americanata. Così erano rimasti dov'erano, con Alessandro che fumava rabbiosamente e rievocava istantanee che Sara conosceva bene, inveendo contro suo fratello, sua madre, quella costellazione famigliare in cui fin dalla nascita l'avevano relegato al rango di nana rossa.

– Tu un nano... e rosso?! – fece Sara correggendo istintivamente e cercando le parole giuste per rassicurare Alessandro della sua statura normalissima, almeno per gli standard aquilani.

– Ma no –, si sorprese a ridere Alessandro malgrado l'arrabbiatura. – Una nana rossa è una stella meno luminosa... è la classificazione MKK, è americana, pensavo la conoscessi.

Sara si sentì arrossire nell'oscurità. Un terreno minato le lingue straniere, meglio muoversi con cautela.

– Come fai a capire? – chiese Alessandro dopo una pausa.

– Guarda che capisco più di quanto sembri – rispose Sara punta sul vivo. – Certo, mi può capitare di fraintendere qualcosa, ma complessivamente seguo. Parlo poco anche perché in genere parlate di gente che non conosco, è raro che parliate di qualcosa che non sia L'Aquila.

Alessandro scoppiò a ridere.

– È vero, è raro che parliamo del resto del mondo... Eppure ci farebbe tanto bene. Per esempio, da quando sei arrivata tu, ho l'impressione di soffocare meno.

– Soffocare? – chiese Sara.

– Sì, soffocare... questa è una città che ti prende alla gola. Col terremoto, in tanti abbiamo avuto l'impressione che crollassero anche tante sbarre che ci avevano impedito di dare il meglio di noi. Quella notte, quando sono scappato, come gli altri, in pigiama, tra la polvere, le grida, l'odore di gas, ho incontrato in piazza un mio amico con un casale alle porte della città, miracolosamente intatto, che era corso in centro mentre tutti ne fuggivano. Cercava me e altri amici rimasti senza tetto. Ci siamo ricompattati a casa sua. Tra le scosse, la novità, anche l'emozione di trovarsi a convivere, non dormivamo quasi mai, non facevamo che parlare, parlare, di come avremmo dovuto ricostruirla la città, col parco sul fiume, un vero campus universitario, le piste ciclabili, WiFi gratuito dappertutto...

Tacque, aspirò una boccata di fumo.

– E poi? – lo incoraggiò Sara.

– E poi, e poi... Hanno fatto presto a riprendersi, i costruttori, gli avvocati, gli ingegneri che ci avevano preparato le case di cartapesta che ci sono cadute addosso, i quattro notabili che da sempre gestiscono la vita di questa città, impedendole di spiegare davvero le ali. Noi parlavamo di città intelligente, eco-sostenibile, rileggevamo Calvino. Loro hanno ricominciato con le marche da bollo, speculando un po' qui e un po' lì, fingendo danni che non avevano avuto, ricostruendo più grande e più brutto, dipingendo di giallo e di rosso, incoraggiati in questo dai nostri politici, lucidissimi anche loro, che senza scrupoli invocavano l'emergenza per truffare di più e meglio. Non hanno avuto paura di stravolgere la vita di una popolazione, di distruggere una città. Hanno preso la palla al balzo, hanno capito subito che era necessario che tutto cambiasse, perché tutto restasse com'era.

Il discorso di Alessandro, tutto d'un fiato, aveva fatto vacillare di nuovo la sicurezza linguistica di Sara. Solo l'ultima frase le suonò stranamente familiare. Ricordò d'aver sentito qualcosa di simile da Nonna Lice, ne dedusse che doveva trattarsi di un proverbio locale. Annuì incoraggiante, ma Alessandro, quasi pentito del suo sfogo, cambiò improvvisamente argomento.

– Che studi all'università?

Era talmente raro che qualcuno mostrasse un interesse per lei che Sara pesò le parole, timorosa di sciupare l'occasione.

– Veramente non ho ancora cominciato. Sono successe un sacco di cose negli ultimi tempi, e ho preso un anno di... sospensione – esitò, poco convinta della parola, – ... una pausa insomma, tra il liceo e l'università. Non ho ancora deciso su cosa specializzarmi, e poi tanto da noi nei primi anni si studia un po' di tutto. Pensavo, vagamente, qualcosa sui diritti umani, la politica, cose così. Ma negli ultimi mesi sono successe talmente tante cose... devo riflettere, e non so neanche dove cominciare.

Era troppo complicato, in qualsiasi lingua, cercare di riassumere tutto quello che le passava per la testa.

– Tua nonna era appassionata di letteratura, no? È l'unica donna per cui il professore abbia sempre mostrato stima... Be', più che stima, quasi venerazione.

– Sì, quei pochi che la conoscevano se la ricordano appena, tranne lui. Lui ne ha dei ricordi molto... vividi.

Alessandro sorrise nell'oscurità. Sara aspettò che parlasse, ma quando il silenzio si prolungò troppo decise di insistere.

– Perché sorridi?

– Ma, così...

– Cosa sai di lei... di mia nonna?

– No, niente, veramente, so solo quello che mi ha detto mia madre... Poco, in verità.

– E che ti ha detto tua madre? – incalzò Sara.

– Mi ha detto che stava col professore, che dovevano sposarsi. Poi un giorno lei ha dato un passaggio a un americano, un mese dopo è partita e il resto della storia lo sai meglio di me.

– Non è che io ne sappia un granché, veramente. Ho qualche informazione essenziale, la cronologia, ma niente di più. Sì, avevo intuito che tra lei e il professore c'era, come minimo, una forte amicizia, ma addirittura fidanzati...?

– Pare proprio di sì. Il professore non se ne è più ripreso, è per questo che non si è mai sposato.

Questo spiegava alcune cose, pensò Sara. Certo che era una storia di altri tempi. Faceva fatica a immaginarseli giovani, Nonna Lice e il professore. Almeno di Nonna Lice e Nonno Eric c'era una foto. Spiegava alcune cose, ma non tutte.

– E Alberto?

– Chi?

– Alberto Arienti – spiegò Sara. – Avevi avuto un'ottima intuizione, sai? Uno dei nove martiri di cognome faceva proprio Arienti, l'ho trovato su internet...

– Ma allora forse erano parenti... siete parenti! – guardò Sara con gioia, quasi con ammirazione. – Però – riprese – non vedo che c'entra Alberto con la partenza di tua nonna... Era già morto da una quindicina d'anni quando lei è andata via.

Vero, pensò Sara. Eppure, non riusciva a convincersi che tra i due eventi non ci fosse un collegamento. Certi morti hanno una lunga vita.

– Vuoi un consiglio? – sorrise Alessandro amaramente, – Prendi in considerazione una specializzazione in antropologia. Stai facendo un bel tirocinio con questa settimana a L'Aquila, e certo hai un talento particolare per fare le domande giuste...

Sara restò pensierosa per qualche istante.

– Senti, non so se questa sia una domanda giusta, ma c'è una cosa che non capisco... Se non ti piace stare qui, se ti senti soffocare, anzi, se ti sentivi soffocare anche prima del terremoto, perché non te ne vai?

Alessandro la guardò sorpreso.

– Andarmene...? Ma io sono nato qui!

– Certo, si deve pur nascere da qualche parte... però è un caso, no? Sei nato qui, ma potevi nascere da qualsiasi altra parte. Mica lo scegliamo noi dove nascere, e spesso neanche dove morire. Dove vivere però sì, quello sì che possiamo sceglierlo noi.

– Credi davvero? – fece Alessandro perplesso. Rimase un attimo in silenzio, poi si scosse. – No, non è vero, non è mica un caso che sono nato qui... ci sono nato perché ci sono nati mio padre, mia madre, i miei nonni... sono secoli, è da prima di nascere, che bevo quest'acqua, respiro quest'aria. E poi, se davvero avessi avuto voglia di partire, avrei dovuto farlo prima, adesso sarebbe un tradimento. E poi, proprio tu... – proseguì illuminandosi, – Proprio tu che consideri Celestino un *quitter* adesso mi faresti abbandonare tutto e andarmene, che so, in America...

Sara sorrise, capì che Alessandro aveva preso il tempo di andare a cercare il significato di *quitter* (curioso che neanche lui avesse trovato l'equivalente italiano), ne fu intenerita.

– A proposito, volevo scusarmi per l'altro giorno, sono stata un po' dura col povero Celestino...

– Ma che! Non fare marcia indietro adesso, mi hai fatto riflettere sulle conseguenze di avere uno come lui come santo patrono... Dovremmo licenziarlo, altro che, prendercene un altro, uno più tosto, un guerriero, un San Giorgio, un San Michele Arcangelo, uno così... Certo che siete forti voi Americani! Ma ho imparato la lezione. Celestino abbandona, Alessandro resta!

Rise, e Sara pensò che era davvero bello quando rideva, coi ricci scomposti, i denti bianchi sotto le labbra socchiuse. Rise anche lei, ma nel silenzio che seguì lui si fece di nuovo serio.

– Tu, piuttosto...

– Io? – chiese Sara.

– Sì, tu... Tu sei veramente nata in America per caso, perché tua nonna per qualche motivo ha fatto quel colpo di testa... Perciò non ti ci trovi. Ma sai che ti dico?

Esitò un attimo.

– Che mi dici? – lo incoraggiò Sara.

– Che puoi correggere il destino... Ci ho pensato tanto negli ultimi giorni. Che stranezza che tua nonna, di cui non si ricorda più quasi nessuno, che è partita per un colpo di testa, voglia finire qui. E che stranezza che tu, che non avevi mai lasciato l'America, abbia deciso di far avverare il suo desiderio... E che scopri di essere parente, forse addirittura la nipote di Alberto Arienti, che ha dato la vita perché noi potessimo essere qui a parlare stasera... E poi, il fatto che arrivi qui in un momento come questo... Te l'ho detto, da quando sei arrivata mi sembra di soffocare di meno, ma non sono solo io, è proprio che c'è bisogno di te in questa città. Tua nonna non ha mandato le sue ceneri. Con tutto il rispetto, che ce ne facciamo delle sue ceneri? No, tua nonna ha mandato te. Ti ha mandato perché correggessi il suo errore, esaudissi il suo desiderio più profondo, restando qui.

L'ipotesi era illogica e suggestiva. Sara dubitò di non aver capito bene, o di non capire bene tutte le implicazioni. Cercò con cura le parole.

– È tutto molto complicato, devo pensarci...

Perché Alessandro diceva che lei non ci si trovava in America? E che era l'America? Avrebbe dovuto parlargli di Moab per dargli le coordinate giuste. Non era sicura di riuscire a farsi capire. Allora pensò di dirgli quello che aveva pensato in quelle serate di discussioni intorno al tavolo.

– Io me lo terrei il vostro Celestino, ma magari sì, mettetegli accanto un guerriero, come dici tu. Tu i tuoi amici siete già così, però, sospettosi del potere come Celestino e determinati come quegli altri santi... Mi piace la vostra ostinazione, la vostra voglia di fare, la resistenza, e sono orgogliosa che ti piacerebbe che mi unissi a voi. Non capisco tutti gli ordinamenti, gli ostacoli e tutto il resto, ma ammiro il vostro rifiuto di arrendervi, la volontà di sottrarvi al destino che vi hanno preparato... ma guarda, guarda qual è la loro idea del futuro!

Di fronte a loro, al di là del cruscotto, il grande caseggiato si ergeva cupo sulle piastre antisismiche. Nelle finestre illuminate si stagliavano i profili di chi lavava i piatti, discuteva, fumava appoggiato alla finestra. Il quadro ricordava a Sara i locali americani alla moda, dove un muro di televisori manda in onda allo stesso tempo programmi diversi.

Alessandro guardò sbigottito l'immagine come se la vedesse per la prima volta. Poi, improvvisamente, cominciò a urlare con le mani aggrappate al volante. Presa alla sprovvista, Sara sobbalzò, si chiese se dovesse cercare di fermarlo, preoccupata che qualcuno lo sentisse. Lo sentano pure, pensò poi, si sveglino. Si ricordò delle sue urla sul Colorado River e dei coyote che le rispondevano in coro; della sua corsa verso quel piccolo accampamento che le era apparso come un rifugio sicuro; di Una che la aspettava accanto al fuoco. Ma la desolazione del deserto era niente rispetto a quella che percepiva lì intorno. I programmi ritagliati dagli schermi delle finestre continuavano a svolgersi indifferenti. Alessandro urlò di rabbia e nostalgia, poi si accasciò sfinito sul volante. Sara avrebbe voluto prendergli la mano, ma ebbe paura di essere fraintesa. Trascorsero alcuni lunghissimi minuti. Sara, che nella fretta di seguire Alessandro non si era messa il cappotto, batteva i denti per il freddo. Il ragazzo riaprì gli occhi.

– Meglio che tu vada a casa adesso – disse.

– Non vuoi risalire? – chiese Sara.

– No, meglio di no. Mia madre dirà che sono stressato perché studio troppo, Aldo che non si riesce mai a fare una conversazione civile con me. Rassicurali tu. Sto bene, e auguro la buonanotte a tutti.

Si sforzò di sorridere. Sara si sporse verso di lui per dargli un abbraccio amichevole, all'americana, e capì subito di aver fatto un passo falso. Proprio un passo falso, come di uno che stia camminando su un sentiero scosceso in montagna. Con un senso di vertigine sentì l'abitacolo della macchina farsi piccolissimo e, come al rallentatore, Alessandro che le passava un braccio intorno alle spalle, la attirava a sé, le impediva per un attimo di tornare al suo sedile. Sara gli mise una mano sul petto in un gesto al bivio tra una carezza e una ripulsa. Sentì il cuore di Alessandro, il battito che attraverso il suo braccio sembrava propagarsi al suo stesso petto, e quel calore avvolgente, il loro alito mischiato a riscaldare la piccola utilitaria dai vetri appannati, che li proteggeva in quel panorama incomprensibile. Alessandro afferrò la mano sul suo petto, risalì con le dita nervose l'avambraccio, il gomito. Sara provò un brivido di piacere e di paura, si riscosse, puntò con più decisione il palmo della mano contro il petto di lui, riconquistò il sedile.

– Hai ragione, è tardi, meglio andare a dormire.

Alessandro la guardò con un'espressione da cane bastonato.

– Davvero non vuoi risalire? – chiese Sara, più che altro per cercare di riprendere la conversazione dove l'avevano lasciata.

– Ma figurati! – rispose Alessandro stizzito.

Sara aprì lo sportello conquistando altri centimetri preziosi. Si voltò prima di scendere.

– Ci sentiamo presto, va bene?

– Certo sentiamoci – rispose Alessandro col respiro tornato normale. – Buonanotte, e... grazie del sostegno. Ricordati: antropologia culturale! Come lo chiamano gli antropologi questo... Fieldwork! Questo è tutto fieldwork!

Sara sorrise, scese, percorse la strada quasi di corsa, trafitta dal freddo. Si fermò prima di suonare alla porta per riprendere fiato e ricomporsi. Pensò al consiglio di Alessandro, anche se non sapeva bene cosa volesse dire antropologia culturale. Ma certo, se era qualcosa che aveva a che fare con l'osservazione, sentiva di non aver fatto altro che osservare da quando era atterrata in quel paese straniero. Così straniero. Molto più straniero di quanto avesse immaginato. E però, in quell'incontro, o confronto, o scontro, si rendeva conto di aver osservato molto anche se stessa. L'antropologia non sconfinava forse nella psicologia? E la letteratura, non abbracciava forse entrambe?

– La letteratura abbraccia tutto – sentenziò l'immagine di Nonna Lice nella sua testa. Nonna Lice, certo, col grembiule e il dito alzato ad ammonire, in una delle sue sentenze senza appello che facevano andare su tutte le furie Jane. Ma perché così alta? Sara mise faticosamente a fuoco il ricordo. Sua nonna vista dal basso, che per risponderle si è girata, dando le spalle alla finestra e al lavandino. Malgrado i suoi sforzi, Sara non riuscì a ricordare cosa avesse provocato quella prima, perentoria affermazione. Ricordava però che la frase l'aveva raggiunta mentre affondava il dito in un mirtillo che incauto e liscio sporgeva dal muffin. La buccia si era subito rotta, un denso liquido blu le aveva bagnato il polpastrello, infilandosi sotto l'unghia e dilagando sulla superficie dorata. Evocava un ricordo sgradevole, quello del calamaio pieno d'inchiostro che si era rovesciato sulla scrivania di legno di Nonna Lice lasciando una macchia indelebile. Chissà chi era questa Signora Letteratura così potente. Sara temette di averne combinata un'altra delle sue.

– La Letteratura abbraccia anche il mirtillo? – chiese affrettandosi a mettersi il dito in bocca per nascondere il misfatto.

Sua nonna si era messa a ridere, sollevandola senza sforzo per depositarla sul piano di lavoro. Doveva essere ancora abbastanza giovane, certo ancora forte.

– Ovvio – aveva confermato porgendole un tovagliolo di carta, – anche il mirtillo.

Sara aspettò che il ricordo si dileguasse prima di suonare il campanello.

A casa la televisione trasmetteva gli ultimi sviluppi del caso Ruby. Pareva che Berlusconi avesse fatto leva sui funzionari della Questura di Milano perché rilasciassero la diciassettenne che aveva partecipato ai suoi festini. Sara non poté impedirsi di guardare tutto il servizio, e persino con un certo interesse.

– Ma Alessandro come mai non è risalito? – si informò premurosa Concetta alla fine.

– Doveva andare a dormire, domani mattina deve svegliarsi presto – disse Sara senza troppa convinzione.

– Mi preoccupa quel ragazzo, sempre così nervoso... Davvero studia troppo – disse Concetta pensierosa.

– Certo che però dispiace di non poter mai avere una conversazione civile con lui – aggiunse Aldo contrariato, – proprio adesso che è importante essere compatti, trarre il meglio da quello che ci è successo.

– Vi saluta, chiamerà domani –, riferì Sara prima di scomparire in bagno.

L'AQUILA, 19 GENNAIO 2011

1. FedEx

– Buongiorno, Sara, è arrivata posta per te – la salutò Concetta al risveglio.

– Per me? – fece Sara stupita, incespicando nelle pantofole scozzesi. Il freddo e il fumo passivo della sera prima le avevano lasciato la gola secca e irritata. Sul tavolo, incongruo, un piccolo pacco FedEx.

– È arrivato stamattina – riprese Concetta, grata per la variazione alla sua routine. – Tra dieci minuti ti avrei svegliato.

Sara guardò l'orologio. Le undici! Ma possibile che il suo sonno continuasse a essere così irregolare? Faceva fatica ad addormentarsi e poi restava a dormire fino a mattino inoltrato. Il contenitore FedEx rivelò un pacchetto avvolto in una carta bruna e un biglietto scritto nella calligrafia frettolosa di Jane.

"Da come ne hai parlato ho pensato potesse essere importante. Fammi sapere se lo ricevi. Buon viaggio, cerca di andare almeno a Firenze". C'era anche un P.S.: "comprati qualcosa di bello", che doveva riferirsi ai duecento euro che accompagnavano la lettera e che Sara rimise in fretta nella busta prima di dedicare le sue attenzioni al pacchetto. Era stato confezionato con gran cura, e Sara dovette armeggiare con un coltello per estrarne il contenuto. Era un libro consunto dal tempo e ancor più dall'uso, dalla vita che ne aveva sfogliato nervosa le pagine. *Il fiore del verso russo*. Sara lo aprì, trovò la dedica che le aveva letto Jane per telefono: "A Nadia, per sempre. Osia". Nadia? Osia? C'era anche un luogo, una data. Roma, 12 febbraio 1958.

Quando non rifletteva troppo sulle sue azioni, Jane faceva anche delle cose intelligenti, bisognava dargliene atto. Sara guardò l'orologio. Voleva appartarsi col libro, ma non sapeva come fare senza offendere Concetta. Aveva già altre volte avuto l'impressione che Concetta considerasse il suo restare in camera a leggere un'attività sovversiva, mentre sedersi davanti alla televisione significava essere normali e socievoli. Aveva anche capito che Concetta non si fidava a lasciarla sola in casa. Forse l'incidente del tritarifiuti giustificava la sua apprensione, ma certo che paragonata alle abitudini americane (prendi le chiavi di casa, fa' quello che vuoi, mangia quello che trovi nel frigorifero), la tanto decantata ospitalità mediterranea risultava piuttosto guardinga. Si stupì dell'amarezza, ingratitudine, e finanche orgoglio etnico delle sue considerazioni. Deve essere la claustrofobia, pensò. Doveva concentrarsi sulla sua missione, altrimenti rischiava di cominciare anche lei a litigare intorno al tavolo. Il destino le venne incontro in maniera imprevista, nella forma di uno squillo del telefono. Era Alessandro e cercava lei, ma dovette prima attraversare il vaglio di Concetta, dare spiegazioni per la scenata della sera prima, promettere una visita. Quando Concetta finalmente si decise a passarglielo, Alessandro era esasperato.

– Senti, mi servirebbe un favore. Stiamo cercando di tradurre dei comunicati e farli circolare su Facebook e blog internazionali, per far conoscere al resto del mondo la vera situazione della città. Te la sentiresti di lavorarci?

– Be', sì, certo… ma quando? – chiese Sara, che vedeva ulteriormente minacciato il suo appuntamento coi Russi.

– Oggi, adesso… Ma a parte la versione virtuale, servirebbe anche di fare delle copie cartacee. Questo fine settimana c'è un importante convegno internazionale di astrofisica, voglio distribuirle lì.

– Ma qui una stampante non c'è… – obiettò Sara.

– Appunto. Se per te va bene ti passo a prendere e ti porto alla nostra sede, puoi lavorare là. Poi quando hai finito trovo qualcuno che ti riporti a casa.

– Sì, benissimo, guarda che non c'è nessuna fretta di tornare. Pensi che posso restare a leggere lì quando ho finito?

– Certo, puoi restarci quanto vuoi. Allora passo, eh?

Sara si stupì della sua allegria mentre inzuppava i biscotti nel caffellatte. Si ripromise di andare a cercare della frutta e dello yogurt da qualche parte, ma per ora andavano bene anche quelle calorie vuote per affrontare il freddo. Una stanza dove leggere indisturbata le sembrava un angolo di paradiso. Si rese conto che, per i suoi standard statunitensi, era più vicina all'ora di pranzo che a quella della colazione. Sfruttò la considerazione come scusa per gettare un altro paio di biscotti nel caffellatte. Lo bevve con gusto fino all'ultima goccia, ma fece fatica a riconoscere il suo volto. Le sembrò, per un attimo solo, che a strizzarle l'occhio dal fondo della tazza fosse Nonna Lice.

2. Condizionale passato

– Lei non deve pensare che l'Italia sia questa – le disse il professore sorseggiando il suo cioccolato caldo. – Prima di ripartire deve assolutamente vedere Roma, Firenze, Venezia...

– Cioè il passato.

– Come?

– Sì, mi sta suggerendo di vedere dei monumenti che piano piano si sgretolano, Pompei che cade, Venezia che affonda... Ma in fondo L'Aquila, col suo centro storico in preda ai topi, la sua brutta periferia, i suoi televisori al plasma in ogni casa, il suo centro commerciale, mi sembra sia più istruttiva circa le condizioni dell'Italia attuale, non crede? E forse futura.

Il professore tacque guardandola serio.

– I profeti dell'apocalisse non hanno mai ragione. Lei sta trascorrendo troppo tempo con Alessandro, sta assimilando la sua propensione all'estremismo... quel ragazzo mi preoccupa.

Sara sorrise, si chiese cosa avrebbe pensato il professore delle urla di Alessandro la sera prima. Aveva trascorso tutta la giornata in una palazzina occupata abusivamente da un comitato che lottava per la ricostruzione della città. Alessandro in macchina le aveva spiegato che quell'edificio e gli altri che lo circondavano erano i padiglioni di un vecchio ospedale psichiatrico, a un passo dalla Basilica di Collemaggio, dove quell'altro pazzo di Celestino era stato fatto papa... se la ricordava la storia? Certo che se la ricordava. Sara si sentiva di nuovo a suo agio, e la macchina non sembrava la stessa che si era fatta così piccola la sera prima. Gli eventi notturni, alla luce del giorno, assumono spesso la consistenza dei sogni. Era bello sentirsi di nuovo tranquilla al fianco di Alessandro. Il suo sguardo si soffermò di nuovo sul rosone centrale della facciata. Le ultime volontà di sua nonna, l'impulsività di sua madre erano da aggiungere alla lista degli episodi sconcertanti legati a Collemaggio. Era davvero un posto straordinario.

La traduzione dei comunicati stampa di Alessandro le aveva preso poco tempo, e così era stata libera di dedicarsi alla lettura del *Fiore del verso russo*. Certi libri molto amati sono come delle piste aperte nella neve, quando uno parte si trova a seguire il percorso di chi ci è passato prima, le sue cadute, le esitazioni davanti a un bivio. E Alice aveva molto amato quel libro, si vedeva dalle sue cattive condizioni, l'aveva curato e strapazzato come un bambino il suo orsacchiotto di pezza. Con la trascuratezza che Jane le rimproverava sempre era anche riuscita a macchiare di caffè alcune pagine, aveva sottolineato dei passi, preso appunti ai margini. Era un libro voluminoso, impossibile percorrerlo tutto in un pomeriggio. Per orientarsi, Sara aveva chiesto a sua nonna di farle da guida. Si era soffermata dove lei si era soffermata, aveva preso in prestito i suoi occhi. I versi erano amplificati dall'eco dei pensieri di Alice, coagulatisi in appunti veloci. Sara era rimasta particolarmente colpita da quelli che portavano una data.

Ed io non so se dalla via
la sorte m'allontanerà,
ed io non so se là ci sia
il male o la felicità.

Vicino, un punto interrogativo e una nota che diceva "In volo, 12 febbraio 1958". Alice aveva cominciato a leggere la raccolta già in aereo. Mentre se ne andava, riscontrava nei versi di Blok la sua stessa domanda.

Forse Sara pensava a quel libro come una pista aperta nella neve (e nella sua mente Una si rialzava dopo aver controllato gli attacchi degli sci e le chiedeva se era pronta) perché nel pomeriggio aveva preso a nevicare. Fiocchi densi e soffici avevano imbiancato l'aria e siccome nella stanza faceva freddo lei si era avvicinata di più alla stufa, mentre dalla finestra guardava il paesaggio che si trasformava. È questo allora, aveva pensato, sorprendendosi subito della mancanza di logica dell'osservazione. Però adesso, seduta col professore in quello che potevano ormai definire il loro bar, guardando la piazza dove il bianco curava ogni cosa, si trovava a pensare la stessa cosa. È questo.

– Professore, perché è partita mia nonna?

Il cioccolato era talmente denso (lo facevano apposta per il professore, niente polverine) che bisognava mangiarlo con il cucchiaino più che berlo. Il professore tossì alla domanda che lo strappava dal suo goloso benessere.

– Come, scusi...?

– Sì... L'altro giorno lei ha detto addirittura che era scappata... Perché è andata via così?

– Lo sa meglio di me, no? – fece il professore quasi infastidito. – Ha incontrato Gérard Phili... no, James Dean su un cavallo bianco, lui le ha detto "Sali bionda" e lei si è confusa.

Sara rise. Impossibile ergersi a paladina dell'onore famigliare, mettere ordine in quel guazzabuglio alimentato da mezzo secolo di nostalgie e risentimenti.

– Lo sa meglio di me, quella è la... cronaca – disse invece. – Ma io vorrei sapere perché ha fatto quel colpo di testa. Non era una decisione comune all'epoca, mi sembra di capire, e il rischio di non tornare più, come in effetti è stato, era grande.

Il professore sembrava imbarazzato. Sara decise di insistere.

– Lei è l'unico che la conosceva bene. A lei non ha mai detto perché l'ha fatto?

Il professore si sistemò meglio sulla sedia.

– Qualche giorno fa mi ha chiesto se ci siamo scritti. Be', io le ho scritto diverse volte quando ho saputo che era rimasta vedova, o quello che era... E una volta mi ha scritto anche lei.

Trasse dalla tasca un sacchetto di plastica, da quella una busta e infine un foglio che spiegò con cura prima di porgerlo a Sara.

Indimenticato Osia,

ti ringrazio delle lettere e della tua sollecitudine nei miei riguardi. Ti scrivo soprattutto per farti sapere che sto bene e che, dopo un primo impatto piuttosto brutale, mi vado abituando alla vita americana. Non voglio annoiarti riferendoti nei dettagli le complicazioni burocratiche legate alla procedura d'immigrazione. La famiglia di quello che avrebbe dovuto essere mio marito, preoccupata all'idea che io porti via Jane, si è prodigata e ha trovato i canali giusti per farmi restare. Così, come quel tale che era nato veneziano e morto italiano, io comincio a pensare che, nata italiana, morirò però americana.

L'altra notizia importante è che non faccio più la cassiera! Ho dovuto farlo i primi tempi per dare da mangiare a me e a Jane, perché l'inglese qui è altro dal nostro "life's but a walking shadow" e senza impararlo non potevo sperare di sottrarmi al supermercato. Ma da due mesi lavoro... in una biblioteca! So che capirai la mia gioia. Le biblioteche pubbliche qui sono molto diverse dalle nostre, la gente va da sola tra gli scaffali, qualcuno legge seduto a terra, altri ai tavolini che abbiamo sparpagliato un po' dappertutto (i locali sono troppo piccoli per avere una sala di lettura vera e propria), c'è chi prende appunti, chi discute. Niente contro la nostra Tommasiana, per carità, ma quella è una biblioteca per studiosi, questa è per tutti. La sezione di italiano è pressoché inesistente, e allora ho organizzato una raccolta di fondi con la comunità italiana. È gente incredibile, ha costruito i grattacieli con pane e cipolla, dovevo venire in America per scoprire che grandi lavoratori siano gli Italiani. Ma divago, scusami. Insomma, dicevo che gli immigrati hanno posto come condizione per le loro donazioni alla biblioteca che venga organizzato un corso di italiano, e indovina chi sarà l'insegnante...?!

Uno dei vantaggi di lavorare in biblioteca è che potrò imparare altre lingue. Così riempio il mio tempo libero leggendo testi di grammatica. È affascinante il modo in cui il linguaggio plasma il pensiero, un pensiero che non si può esprimere non resta pensiero a lungo, sfuma nell'indefinito. In questi due anni mi sono senti-

ta spesso menomata per via della mia conoscenza approssimativa dell'inglese, e le mille cose di cui non potevo parlare scivolavano in una sorta di lattiginosa astrazione. Mi sforzavo di recuperarle parlando con te, Osia; se hai sentito delle voci ero io. Dopo una giornata in cui parlavo solo degli articoli in svendita, del resto da calcolare, della sistemazione della biancheria intima negli scaffali, di niente insomma, ti parlavo dei nostri poeti, di quella guerra interminabile che pure è finita, del profumo dei pini a Madonna Fore. Adesso, incredibilmente, ho cominciato a parlare italiano con Jane. È normale, dirai tu e invece no, no, è un miracolo, ed è anche un po' assurdo che questa bambina nata qui, e identica al padre, debba costituire invece il mio legame con l'Italia. Perché io le leggo poesie, le parlo in italiano, e lei mi risponde. La lingua è il nostro cordone ombelicale, tra noi due e con l'Italia. Se la manterremo, non ci perderemo mai del tutto.

Perdonami se faccio fatica a elaborare dei pensieri coerenti. Il fatto è che in biblioteca sono ancora apprendista, e quindi per sbarcare il lunario lavoro due sere la settimana come cameriera. La paga è pessima ma le mance sono generose, e così spero tra un paio di anni di potermi comprare una piccola casa. Ecco, ho di nuovo perso il filo...! Ti stavo dicendo che nei momenti liberi in biblioteca leggo dei libri sulla grammatica di varie lingue, e qualche giorno fa ho fatto una scoperta importante che mi ha fatto pensare a te, a noi. Pare che alcune lingue non abbiano il congiuntivo, e quindi il periodo ipotetico. Una volta che una possibilità non si è materializzata, scompare per sempre, non si può più riesumare, neanche per un gioco retorico. Interessante, no? Mi chiedo quali siano le conseguenze di questa particolarità sulla psiche dei parlanti, se cioè magari non trovino difficoltà maggiori nell'abbandonare la realtà per crearsi scenari che non sono mai esistiti e mai esisteranno. Il che, in un certo senso, mi sembra una benedizione. E allora senti, Osia: io, da parte mia, dichiaro guerra al periodo ipotetico. Non serve dirsi "se non avesse aperto quel cassetto, non sarebbe partita in quel modo", o "se non si fosse fermata a dare un passaggio a quell'americano, ci saremmo sposati". Il fatto è: l'ho aperto, mi sono fermata, il dado è tratto. Dobbiamo essere forti e accettare il mondo che abbiamo cercato, che abbiamo creato quando ci siamo comportati in un certo modo e non in un altro. Il faut s'assumer, come dicono i Francesi. Non serve perdersi nei rimpianti, non lo dicevi anche tu che il caso è il destino degli inetti?

Osia, ti ringrazio della generosità e dell'anticonformismo che dimostri quando mi inviti a tornare da te con la bambina. Capisci anche tu che non funzionerebbe, saremmo su due piani diversi, il santo martire e la miracolata. Non può esserci amore dove non c'è parità. Quindi no, grazie ma no. Per quanto riguarda il contenuto del tuo cassetto, non capisco bene se chiedi scusa oppure continui a sostenere il principio di realtà, la fedeltà ai legami famigliari, il bisogno di dare un taglio al passato, la necessità di adattarsi in qualche modo a questa meravigliosa Italia repubblicana. Trovi che le conseguenze dell'evento siano sproporzionate rispetto alla sua entità. Può darsi. Ma quell'episodio mi ha dato la prova tangibile che il fascismo non è finito. È in noi, lo abbiamo bevuto col latte, noi figli e figlie della lupa. Insidioso, strisciante, ci è entrato dentro, sonnecchia ma è sempre pronto a mordere. I segni sono dappertutto, anche un cieco ormai li sa leggere: Portella della Ginestra, Azzariti, i preti sempre in cattedra, il codice Rocco che ancora detta legge. Perché, con buona pace del maestro, il fascismo non era una malattia in un corpo sano, ma una rivelazione della vera natura dell'Italia. E se è così non c'è speranza. Ora tu obietterai che è assurdo trovare rifugio dal fascismo nel paese di McCarthy, ma qui mi sembra più facile ricominciare, disperata tra i disperati, leggera, senza il peso del passato, scavarmi la mia tana, popolarla di libri e ricordi. E l'Italia che amo, così diversa da quella in cui siamo cresciuti e anche da quella di questa incerta pace avara, io l'abiterò sempre. Un paese di carta, eterno e fragile, di cui mi sento cittadina onoraria, insieme con gli esuli che l'hanno costruito. E dove continuerò a incontrarti, Osia, a ogni verso, a ogni esitazione, a ogni ora che volge il desio.

Mi chiedi poi se le tue lettere mi diano fastidio. Come potrebbero? Ma è troppo chiedermi di prometterle di risponderti, e presto per di più. È uno di quegli obblighi a cui, con la mia partenza e la mia amara libertà, ho il diritto e il lusso di esser-mi sottratta.

Nadia

P.S. Grazie del libro. Come hai fatto a farmelo scivolare in borsa senza che me ne accorgessi?

3. I gran giochi del caso e della sorte

La lettura era stata, se non faticosa (la calligrafia di Alice era molto chiara), lenta, perché malgrado i suoi sforzi Sara non era sempre sicura di capire bene. Ancora Nadia e Osia. Quando rialzò gli occhi vide lo sguardo del professore fisso su di lei.

– Allora?

– Allora... – fece Sara incerta su come cominciare. – Non saprei...C'è moltissimo.

– Per esempio...? – fece il professore, senza riuscire a smussare del tutto il tono da interrogazione d'esame.

– Per esempio questa cosa della lingua che è molto vera... Mia madre, la Jane di cui si parla nella lettera, ha trascorso dei periodi in cui era lontanissima da Nonna Lice, però non ha mai smesso di parlare italiano. Quando si sono riavvicinate, la lingua era lì fedele ad aspettarle, il loro canale privilegiato. Immagino che "lingua madre" significhi questo. Credo che mia nonna abbia esagerato i suoi problemi con l'inglese. In fondo aveva imparato cinque lingue, dirigeva una biblioteca, non poteva essere così imbranata come amava dipingersi. Faceva finta di non riuscire a parlare inglese proprio per mantenere quel legame con la figlia e con l'Italia, come dice.

– Che poi la figlia... come si chiama, Jane, a sua volta ha trasmesso questo dono a lei, signorina. Se posso permettermi... Parla molto bene l'italiano.

Sara si sentì arrossire. Non era un complimento da poco.

– Grazie, ma no, non è stata mia madre, che con la scuola di giurisprudenza e poi lo studio legale non aveva mai tempo. Anche per me è stata Nonna Lice. Si è molto occupata di me. Mia madre aveva sacrificato tempo ed energie per allevare i primi due figli, e quando finalmente aveva deciso di tornare a studiare è rimasta incinta di nuovo... Non è che fosse proprio felicissima, anzi non so neanche se avrebbe portato a termine la gravidanza se non fosse stato per Nonna Lice, che ha promesso di aiutarla e le ha praticamente imposto di fare il suo dovere, o almeno di recitare bene la parte.

Sara si stupì di riuscire a riassumere la storia e preistoria dei suoi rapporti con Jane in maniera tanto equanime. Certo che per essere un aborto mancato non si esprimeva male. Ma davvero le aveva detto così, "aborto mancato"? Povera Jane. Cercò di non perdere il filo del discorso.

– ... Ma anche Nonna Lice lavorava, così spesso mi portava in biblioteca, per cullarmi mi leggeva i classici italiani. Così ho imparato l'italiano come voi avete imparato l'inglese... Ho imparato una lingua antica, ho vissuto anch'io in un paese di carta, e quando sono arrivata a L'Aquila ho dovuto seguire anch'io un corso di aggiornamento... un tantino brutale, come avrebbe detto Nonna Lice.

– Lasci stare l'aggiornamento, la prego! Così finirà anche lei per dire una parolaccia ogni frase... non è un'osservazione puritana, tutt'altro. La parolaccia serve pure, è un concentrato di significato, ma loro la usano per lo stesso motivo per cui urlano invece di parlare, per coprire col rumore il fatto che non hanno niente da dire. E poi questo inglese fuori dalla grazia di Dio... "supportare" invece di "sostenere", "applicazione" invece di "domanda". Le donne non hanno più le doglie, vanno "in labour"; non si colma più una lacuna, si colma un "gap"... L'altro giorno ne ho sentita un'altra, aspetti, cos'era... ah, sì, "flamboiante"! In un primo momento ho pensato si riferisse a una ricetta di cucina e che avessero massacrato il francese ma no, peggio, avevano massacrato l'italiano... "Flamboiante" vuol dire, che so, appariscente, clamoroso, ostentato... aggettivi, capisco, lontani dalla pienezza semantica di "flamboiante"... Internazionali, davvero! Lei si preoccupa tanto di Venezia che affonda, di Pompei che crolla, ma sa che le dico? Un popolo che perde la sua lingua è un popolo di servi. La lingua italiana è il nostro monumento, e se lo lasciamo andare in rovina così abbiamo veramente chiuso. Ecco, questo sua nonna l'aveva capito bene, stando a quello che mi racconta. Cosa le leggeva?

Sara aveva seguito con difficoltà l'invettiva del professore e aveva perso per strada la speranza che il discorso ritornasse al punto di partenza. La domanda la colse perciò di sopresa.

– Sì, mi ha detto che sua nonna le leggeva classici italiani. Cosa di preciso? – dovette ripetere il professore un po' stizzito.

– Ah, sì... Dante, Ariosto, poemi cavallereschi in genere, così c'era una storia da seguire...

– Quali?

– Be', un po' tutti, ma il suo preferito era la *Gerusalemme liberata*.

– Che poi veramente è un poema epico, non cavalleresco, non so se ha presente i *Discorsi dell'arte poetica e del poema eroico*...

Sara si spostò di qua e di là sulla sedia, a disagio.

– Sì, be', certo, immagino... epico, sì. Ma no, quell'altro libro che dice lei no, non lo conosco.

– Be', peccato... E se la ricorda, la *Liberata*?

– Non tutta ma un po' sì, certo.

– "Non tutta!" Non pensavo che la conoscesse tutta, ma qualcosa si ricorda?

Sara fece uno sforzo di concentrazione, si schiarì la voce. Cominciò timorosa di sbagliare gli accenti, ma facendosi via via più sicura.

Or mentre in guisa tal fera tenzone
è tra 'l fedel essercito e 'l pagano,
salse in cima a la torre ad un balcone
e mirò, benché lunge, il fer Soldano.

Si interruppe guardando il professore davanti a lei. Gli occhi gli si erano inumiditi, e a Sara sembrò che tremasse.

– Continui – disse con un filo di voce.

Esitante, Sara riprese.

Mirò, quasi in teatro od in agone,
l'aspra tragedia de lo stato umano...

– Ma che ha, non si sente bene?
Il professore si era coperto il volto con le mani. Con un filo di voce, ma perfettamente udibile, Sara lo udì mormorare:

...i vari assalti e 'l fero orror di morte,
e i gran giochi del caso e de la sorte.

Il professore rimase così, e a Sara sembrò farsi più piccolo e vecchio sulla sedia. Il barista li guardò incuriositi e Sara contraccambiò la sua attenzione con un gesto veloce, per rassicurarlo che andava tutto bene.
– Si sente male? – chiese in un sussurro.
Il professore fece cenno di no. Trascorsero dei momenti che a Sara sembrarono interminabili, poi l'uomo poggiò gli occhiali sulla tavola, estrasse un grande fazzoletto dalla tasca e si soffiò rumorosamente il naso.
– L'avevamo studiata insieme la *Liberata*, per l'esame di letteratura italiana di Alice – spiegò.
Poi, con espressione che a Sara sembrò al tempo stesso incongrua e rassicurante, aggiunse:
– Che versi magnifici! Ma dica, davvero si riferiva alla *Liberata* come a un poema cavalleresco? Perché Tasso, in realtà, fu anche un lettore attentissimo della *Poetica* aristotelica, e quello che gli stava a cuore era l'epica, non la cavalleria...
Sara sentì che la conversazione prendeva una piega inaspettata e poco produttiva. Il professore rischiava di partire per qualche tangente critico-filologica su cui sarebbe stato impossibile seguirlo.
– Non mi ricordo veramente... Sa, io ero una bambina, avrò fatto di tutta l'erba un fascio...
– Ah be', si capisce – fece lui confortato. Poi, come interrogando se stesso:

– Il diciannovesimo della *Liberata*...? – chiese.
– Come?
– No, il ventesimo, il ventesimo, certo... l'ultimo. La fine... E poi? Cos'altro le leggeva?
– Be', un po' di tutto, francesi, russi... in genere in italiano, così nel frattempo curava anche il mio italiano.
Il professore la guardava come in attesa di qualcosa. Sara prese coraggio, si schiarì la voce, si protese attraverso il tavolo.

O caro amico, ci vedremo ancora,
ché sempre nel mio cuore tu rimani.
Ormai di separarsi è giunta l'ora,
ma promette un incontro per domani.
O caro amico addio, senza parole,
senza versare lacrime o sorridere.
Morire non è nuovo sotto il sole,
ma più nuovo non è nemmeno vivere.

Appena pronunciati i versi Sara si pentì, perché non era vero che glieli aveva declamati Nonna Lice. Li aveva appena imparati quel pomeriggio, nella sua lettura vicino alla stufa, mentre cadeva la neve. Il libro si apriva facilmente in quel punto, come se quella pagina fosse un luogo consueto di appuntamenti. Una calligrafia tremante aveva annotato: "9 ottobre 2010. Time to go".
Era l'unico appunto a penna, e l'ultimo. Poi Nonna Lice aveva chiuso il libro e si era avviata verso il Capital Crescent Trail. Era il professore il "caro amico"? Sara aveva paura di avergli causato un nuovo dolore, ma ancor più forte era stato in lei il timore di non recapitargli quell'ultimo messaggio.
Il professore la guardò intensamente.
– Esenin. *Congedo* – disse poi.
Sara annuì. Attese un commento che non venne, cercò le parole giuste per continuare la conversazione.
– La lettera che mi ha fatto leggere... è stata l'unica durante tutti questi anni? – chiese.

– Sì, l'unica. Poi dopo il terremoto ha addirittura telefonato, ma io non c'ero. Mi ha fatto piacere, ma avevo paura che si fosse fatta sentire solo per pietà. Per tranquillizzarla le ho mandato una di quelle collane... sa, quelle col rosone di Collemaggio. Chissà se l'ha ricevuta. Non sapevo che fosse così malata.

Sara ebbe un tuffo al cuore, ripensò alle parole di Jeff ("regaliamo gioielli agli psicopatici!"). Non le era simpatico Jeff, ma doveva ammettere che stare dietro ai colpi di testa di Jane non era facile.

– Sì, l'ha ricevuta... – disse, sperando che non le venissero chiesti ulteriori dettagli. Ma il professore sembrava assorto nelle sue riflessioni.

Sara guardò di nuovo la lettera, aspettò altri chiarimenti che non vennero, decise di insistere.

– Ma perché vi chiamavate "Osia" e "Nadia"?

Il professore la guardò stupito, un'ombra di delusione nello sguardo.

– Era uno dei nostri piccoli segreti... Ci firmavamo come Osip Mandelstam e sua moglie Nadia... la donna che ha salvato le poesie di Mandelstam imparandole a memoria. Anche se – aggiuse amaramente, – bisogna dire che Nadia è stata molto più indulgente e devota verso Osia di quanto non sia stata Alice con me.

Sara sorrise. No, indulgente e devota Nonna Lice non poteva essere definita, con tutta la buona volontà. Ma c'era dell'altro che le sfuggiva.

– Professore, tutti questi riferimenti al fascismo, a un episodio... io non capisco bene.

– Be', sa, Benedetto Croce sosteneva che il fascismo fosse una malattia...

– Ho capito... – mentì Sara. – Ma l'episodio, l'episodio del cassetto, che faceva pensare a mia nonna che il fascismo non fosse morto...

– Ah, quello... Se lo faccia dire, sua nonna amava le soluzioni radicali, i colpi di scena... Mi auguro che lei non abbia ereditato questa tendenza.

Forse un po' sì, ammise Sara tra sé e sé, ma certo non era il momento di dedicarsi all'autoanalisi.

– Sì, ma a cosa si riferiva esattamente?

Se non fosse stato che era difficile decifrare le espressioni del volto incartapecorito del professore alla luce fioca del bar, Sara avrebbe detto che era arrossito.

– Non sono cose facili da rievocare, anche dopo tutti questi anni...

Sara continuò a guardarlo con aria interrogativa.

– Professore, la prego, sto per ripartire... forse è l'ultima occasione per parlarne, non crede?

L'uomo continuò a esaminare con grande attenzione quel che rimaneva della sua cioccolata, aiutandosi col cucchiaino.

– Andiamo, su, fa troppo caldo qua dentro.

Uscirono nell'aria incantata dalla neve che aveva poggiato un cappello bianco sull'elegante nudo maschile della fontana della piazza. Densi fiocchi si adagiavano pigri nelle fasce luminose proiettate dai lampioni, si ubriacavano di luce prima di sparire.

Il professore si diresse verso uno dei vicoli transennati proibiti alla popolazione. Si aggrappò con le mani nude al fil di ferro, aguzzando la vista dentro il tunnel scuro del vicolo. Sara cercò di fare lo stesso, ma non riuscì a vedere niente. La luce gialla dei lampioni, già imbavagliata dalla neve, moriva una decina di metri al di là delle transenne. Eppure il professore continuava a guardare fisso là dentro.

– Dobbiamo entrare.

Come aveva fatto Alessandro qualche giorno prima, si aggrappò alla barriera per spostarla. Sara gli diede manforte e presto si trovarono dall'altro lato.

– Dove andiamo?

Il professore non rispose, scomparve nel buio del vicoletto. Dopo pochi secondi Sara vide brillare una luce.

– Ma che ha, una torcia?!

– Certo, una torcia a L'Aquila è un genere di prima necessità, la consiglio anche a lei. A parte il fatto che la notte del terremoto senza una torcia non so se me la sarei cavata, come vede l'amministrazione comunale è un po' avara in fatto di illuminazione pubblica.

– Be', forse non si aspettano che uno entri nella zona rossa...

– Sciocchezze, non abbiamo mica bisogno del loro permesso per entrare a casa nostra.

Sara sorrise nel riconoscere nel professore gli stessi ragionamenti di Alessandro.

– Sa – disse affiancandolo, – anche Alessandro voleva entrarci, l'altro giorno, dal corso, ma ha avuto una discussione con un militare...

– Troppo impulsivo, quel ragazzo... Di giorno, dal corso, è chiaro che è impossibile. Ma mi creda, passando dai vicoletti e approfittando della notte si può andare dove si vuole. E poi stasera, con un tempaccio così, figuriamoci chi ci ferma... Attenzione ai calcinacci, però.

Dal vicoletto sbucarono in una piazza. La luna piena a mezzo cielo era quasi invisibile dietro lo schermo della neve che scendendo ne esaltava la luminosità, ora che lo spazio era più ampio intorno a lei Sara poté distinguere una fontana al centro, aiuole intorno, gli occhi delle finestre tenuti spalancati da pezzi di legno. Il professore percorse il perimetro della piazza per andarsi a fermare davanti a una targa che illuminò con la torcia.

Piazza Nove Martiri Aquilani.

Tre targhe più piccole portavano tre nomi l'una, in ordine alfabetico. Il primo era Alberto Arienti.

– Ma sono sepolti lì? – chiese Sara.

– No, per essere sepolti sono sepolti al cimitero, ma anche lì ci sono macerie, non ci si arriva mica... e poi Alberto io lo sento più qui, in questa piazza... piazza Ventotto Ottobre!

Sara lo guardò stupita.

– Eh sì... – riprese il Professore, – si chiamava così prima... Ma sembrano averlo dimenticato tutti... Eppure c'è un nesso, no, fra il nome che aveva prima e quello che ha adesso... Sarebbe importante ricordarlo, quel nesso... Comunque figuramoci se noi la chiamavamo piazza Ventotto Ottobre... Per noi era sempre la piazzetta... Ci vediamo alla piazzetta...

Si guardò intorno, come se si aspettasse di vederlo ancora, Alberto, alla piazzetta.

– Ma dove pensate di andare?

– A Colle Brincioni prima... poi a Bosco Martese... non siamo mica soli, sai! Il colonnello ha detto che siamo migliaia, in tutta Italia, a dire che non ci stiamo...

– Ma ne vale la pena...?

– Ma che domanda è?

– Mio padre dice che la guerra è finita, adesso dobbiamo solo stare calmi, le cose si aggiusteranno da sole...

– Tuo padre dice così perché è un gran fascista e spera di farla franca quando vinceremo e gli faremo quello che lui ha fatto a tanti altri... Bello fare gli sbruffoni con il vento a favore, eh? Adesso non si fa vedere tanto in giro, tuo padre!

– Ma smettila, è acqua passata!

– Certo, talmente passata che abbiamo i Tedeschi in casa che ci dicono di farci registrare, e una volta registrati chissà dove ci mandano...

– Ma noi no, vero? Il comunicato era per i nati dal 1910 al 1925. Noi non abbiamo ancora diciotto anni, noi non dobbiamo farci registrare.

– Anche questo te l'ha detto tuo padre? Che ne fai, una questione di mesi? Allora se invece di adesso ti devi registrare tra qualche mese ti va bene? È adesso o mai più, capisci? Adesso o mai più!

L'espressione di Alberto si fece improvvisamente preoccupata.

– Senti, questa storia dei diciotto anni... non la menzionare, va bene? Perché gli altri non volevano che andassi anch'io, dicevano che sono troppo piccolo, così ho giurato di aver appena compiuto diciotto anni. Meno male che sono il più alto di tutti, non è stato difficile convincerli. E adesso devo andare...

Il Professore si riscosse, guardò Sara.

– Così se n'è andato, e io dietro...

– Andato... dove?

– Verso Santa Maria Paganica. Aveva ragione, erano in tanti, sulla piazza...

– Alberto!

Carmine abbracciò euforico l'amico. Tutti parlavano a voce alta, come se avessero bevuto. Una decina erano armati, qualcuno intonò l'Internazionale ma fu sovrastato dall'Inno di Mameli, si ripetevano freneticamente le stesse notizie, le stesse parole: Badoglio, il comunicato, Kesselring, darsi alla macchia. C'era chi diceva di sbrigarsi, non era prudente stare così in gruppo, col rischio che arrivasse una pattuglia tedesca e si dovesse dare battaglia lì, in città, davanti alla statua della Madonna che stringeva il suo bambino e li guardava preoccupata dalla sua lunetta sul portone principale di Santa Maria Paganica.

Fulvio aveva faticato a tenere il passo di Alberto, tanto più che una scarpa sciolta lo costringeva a trascinare il piede.

– E lui? – fece Carmine indicandolo. A Fulvio sembrò di percepire una nota di fastidio nella sua voce.

– Mi ha accompagnato – rispose Alberto, – ma non viene, è troppo piccolo...

Fulvio sentì che Alberto gli sfuggiva, che aveva saltato una barriera, che apparteneva a loro, a quegli sciagurati che facevano la storia, mentre lui rimaneva a guardarsi i lacci delle scarpe. Le armi non bastavano per tutti, ma quelli che erano riusciti a procurarsele non le avrebbero cedute di certo, Alberto si teneva stretto il fucile da caccia del padre (ma c'era mai andato, a caccia?). Poi uno dei ragazzi si aprì la giacca e mostrò una salsiccia nel taschino, e ci fu un gran ridere mentre gli altri facevano vedere pezzi di formaggio, panini con la frittata, il vino nella bisaccia. L'acqua non c'era il rischio che mancasse, avrebbero bevuto alle fonti dei pastori.

Alberto però sembrava impacciato, a disagio. Si guardò intorno e vide Fulvio in disparte. Gli fu vicino in un balzo.

– Senti, è ridicolo quanta roba ho addosso...

Si tolse dal collo una sciarpa, gliela diede.

– Ahh! Va già meglio... a settembre, con due sciarpe... Mia madre ha esagerato davvero.

Con fare circospetto si tolse da una tasca interna un fascio di carte legate da un nastro viola, glielo diede.

– Le mie poesie... Conservale tu, mi sarebbero solo d'impiccio...

– Andiamo, su... – gridò Carmine, e altri gli fecero eco.

Si avviarono quasi correndo, e Alberto dietro. Fulvio aveva sperato in uno sguardo, in un saluto, ma invece sentì Alberto così preso dal gruppo, così determinato a farsi credere grande, pronto all'appuntamento, che si sentì abbandonato e solo mentre restava a guardarli che si dirigevano baldanzosi verso la Fontana Luminosa.

Sulla strada era rimasto solo lui e il tabaccaio che aveva seguito tutta la scena, col figlioletto aggrappato alla gamba. Fulvio si sentì i loro occhi addosso, si abbassò e con gran cura prese ad allacciarsi la scarpa, finalmente, era tutta la mattinata che gli dava fastidio.

– Ehi, Fulvio...

Suo padre lo aveva raggiunto trafelato.

– Che ci fai qui?

– Niente... – mentì istintivamente.

– Come niente? Ho sentito delle voci... Pare che ci siano dei ragazzi in partenza per la montagna.

– Ma no...

– Come no? Di' la verità, c'era anche il tuo amico, vero? Alberto...

Fulvio alzò le spalle svogliato.

– Scommetto che tornano subito – continuò suo padre, – che appena scende la notte tornano dalle mamme...

Guardò suo figlio, decise di cambiare strategia.

– Che, volevi andare anche tu? Guarda che se ci tieni ti ci accompagno, li raggiungiamo...

Fulvio lo guardò sorpreso.

– Davvero, perché no? Sono ragazzi svegli, e poi sono organizzati, vero? C'è di mezzo anche un colonnello...

– Sì.

– Così ho sentito anch'io... Ma la strada per arrivare al Sirente è lunga...

– Non vanno mica al Sirente, vanno solo a Colle Brincioni...

Fu appena disse quelle parole. Guardando il sorriso di trionfo che si allargava sulle labbra sottili del padre, Fulvio seppe con certezza che neanche per un minuto aveva pensato davvero di accompagnarlo.

– Grazie. Vai dritto a casa adesso, eh? Che a questa cosa ci penso io.

– Cosa vuoi fare?

– Non ti riguarda, per oggi hai già fatto abbastanza.

Il tono del padre non ammetteva repliche.

– Cerchiamo di mettere riparo a queste iniziative sconclusionate... tu fila a casa, non farmelo ripetere. Fila a casa e non ne parliamo più.

Scomparve in uno dei vicoli. Il tabaccaio guardò Fulvio per un attimo prima di voltargli le spalle e rientrare in bottega, col figlioletto incollato ai pantaloni.

Fulvio rimase solo del tutto.

Solo come si sentiva adesso sotto lo sguardo di Sara.

– E poi? – lo incoraggiò Sara.

– Poi, poi... il resto si sa, no? Furono catturati la sera stessa. Quelli che erano disarmati li lasciarono andare, ma Alberto, Carmine e gli altri armati furono picchiati, costretti a scavarsi la fossa, fucilati...

– Ma lei è sicuro che sia stato suo padre...

– Sicuro? Perché, secondo lei potevo chiederglielo, a mio padre, e ammesso che gliel'avessi chiesto, mi avrebbe risposto? Questa è una città dove non si è mai sicuri di niente, la verità traballa come la terra...

– E Alice...?

– E Alice... figuriamoci se si accontentava di mezze verità, lei... Anche lei aveva visto Alberto che partiva quella mattina, euforico, esaltato, col fucile da caccia... lo aveva visto che si imbottiva la giacca di poesie, aveva visto la madre che gli metteva un santino in tasca e due sciarpe al collo. "Niente paura, libero l'Italia e torno!"... Era un mito, per lei, l'eroe che parte, che si sacrifica... niente di più lontano dalla mentalità di questa città...

Sara pensò alla rabbia di Alessandro, al suo sentirsi soffocare.

– Non sono tutti così, gli Aquilani...

– No, certo, e nemmeno gli Italiani. Però forse gli anni di servitù ci hanno resi servi, opportunisti, inclini ad aspettare alla finestra piuttosto che a scendere in piazza...

Sara notò che la neve si andava depositando sul cappello del professore, sentì i propri piedi umidi e freddi dentro le scarpe poco adatte alla stagione, ebbe paura della piega filosofeggiante che prendeva il discorso, non erano i caratteri generali del popolo italiano che le stavano a cuore, almeno per il momento.

– Ma tutto questo che c'entra con la partenza di mia nonna?

Era stata una decisione ardita, quella di ritrovarsi a casa di Fulvio, approfittando della partenza dei genitori di lui per il paese, dove in quei giorni si raccoglievano le olive. Aveva finto di partire anche Alice per Avezzano, per una supplenza. Da quando si era scoperto che Alberto non era stato internato in Germania o in Polonia ma non aveva mai lasciato L'Aquila, che sarebbe bastato smuovere un po' di terra alle Casermette per ritrovarlo, in famiglia si faceva fatica a tenere il conto dei giorni. La supplenza in realtà c'era, ma solo il giorno dopo. Alice aveva preparato libri e registri, accettato qualche provvista, messo in borsa un regalino per la vedova che la ospitava, salutato. Ma la sua 1100 appena uscita da Porta Napoli aveva piegato su una stradina di campagna, era stata inghiottita dal garage della casa di Fulvio, che con mani tremanti si era precipitato ad abbassare la saracinesca.

E così Alice era lì, adesso, tra le lenzuola, mentre Fulvio si sforzava di preparare il caffè nella cucina fredda, sentendosi finalmente adulto, coniugale quasi.

E coniugale, quasi, anche la voce di lei dalla stanza.

– Sbrigati, dai, che fa freddo...

– Arrivo, prendi uno dei miei maglioni dal cassetto, se vuoi.

Fulvio cercò di sbrigarsi davvero, ma tutto gli era un po' estraneo in quella casa, sua madre si occupava di ogni cosa. Dovette aprire tutti gli sportelli per mettere insieme zuccheriera, cucchiaini, piattini, un paio di biscotti. Tornò in camera piuttosto fiero, due tazzine fumanti sul vassoio.

Alice però si era vestita, indossava addirittura il cappotto. Fulvio si sentì improvvisamente ridicolo nei mutandoni di lana.

– Zucchero?

– Uno, grazie.

– Ma senti davvero così freddo? E non l'hai trovato un maglione?

Lei scosse la testa, si bagnò appena le labbra nel caffè, lo guardò seria. Fulvio si chiese se fosse pentita, o delusa.

– Senti, quelle storie che girano...

– Quali storie? – Fulvio si sedette sul letto, guardò il mulinello che il movimento del suo cucchiaino creava nel caffè.

– Della soffiata che ha fatto prendere Alberto e gli altri.

– Ancora questa storia? Dopo tutti questi anni?

– Sempre così... Anche appena finita la guerra, il ritornello era sempre quello. "Ancora questa storia?". Sì, ancora... Non si finisce mai di parlare delle storie di cui non si parla mai.

– D'accordo, parliamone... Ma se non ne sappiamo niente! Forse non te lo ricordi che giorni confusi erano quelli...

– Sì che me li ricordo... Non fare il grande, hai solo due anni più di me... io mi ricordo tante cose... Ricordo Alberto che prende il fucile di papà, mamma che lo imbottisce di vestiti e cioccolata come se fosse un bambino...

I suoi occhi percorsero il muro alle spalle di Fulvio, come seguendo di nuovo i passi di Alberto. Fulvio si impose di non voltarsi.

– Anch'io gli volevo bene ad Alberto... – disse come imbarazzato, – e capisco quello che questa storia ha significato per te, per voi...

– Però...?

– Però non va neanche bene rimanere bloccati lì... Se lui è morto per qualcosa, è per permetterci di vivere in pace. Per i vecchi forse è troppo tardi, ma per te, per noi...

– Io non troverò pace fin quando non saprò cosa gli è successo.

Fulvio si stupì della determinazione nella voce di lei.

– Ma come si può saperne di più, scusa? Quelli che potrebbero dirci qualcosa sono morti con lui...

– Questo è vero fino a un certo punto... Anzitutto chissà perché sono stati fucilati solo loro...

– Questo si capisce. Loro erano armati, gli altri saranno sembrati solo un po' scavezzacollo.

– ... e poi... – continuò lei come se non l'avesse sentito, – ... come mai il colonnello che aveva architettato tutto non si è fatto trovare, dopo aver mandato allo sbaraglio suo figlio...

– Buono quello!

– Lascia stare, non è lui che mi interessa adesso... E poi, come mai i Tedeschi sono andati così a colpo sicuro...

Fulvio sollevava col cucchiaino un po' di caffè, lo lasciava ricadere nella tazzina.

– Metti le due cose insieme... Il colonnello non è andato a raggiungerli perché sapeva che era inutile, che li avrebbero presi subito...

Fulvio si portò un cucchiaino di caffè alle labbra. Si stava già raffreddando.

– ... Perché erano stati traditi.

L'affermazione non ammetteva repliche.

– Ora quello che io vorrei sapere – proseguì Alice improvvisamente calma, scandendo le parole, – quello che vorrei sapere da te, da te, bada bene, non dai suoi compagni di lotta, non dai fascisti che con i Tedeschi li hanno costretti a scavarsi la fossa e di cui per carità cristiana non si parla più...

Si era alzata in piedi, era a non più di un metro da lui che non osava levare gli occhi.

– Quello che vorrei sapere, da te, è se è vero quello che andava dicendo Pietro, il figlio del tabaccaio...

– Pierino lo scemo? Ma andiamo, ne abbiamo già parlato! Era un bambino all'epoca, ha cominciato a dire quelle cose per darsi importanza e non ha smesso più, è un ritardato mentale!

– Solo tu eri abbastanza grande e lucido all'epoca, eh? Io ero troppo piccola, Pietro un ritardato mentale...

– Ma forse ci vuole gente così – continuò Alice senza dargli il tempo di replicare, – una ragazzina che non smette di chiedere e un ritardato mentale che non smette di rispondere e dire la verità...

– Ma quale verità...

– Che tu eri con Alberto, ma hai preferito legarti i lacci delle scarpe mentre lui partiva... Celestino V!

– Alice, per favore! Già Alberto era giovane e, francamente, sarebbe stato forse più un peso che altro se davvero ci fosse stato da combattere, figuriamoci io... avevo quindici anni! E infatti, siccome avevo quindici anni e non ascoltavo Radio Londra come il colonnello e i suoi amici, e siccome la scuola non era ancora cominciata e non avevo motivo di stare a L'Aquila, ero in paese a vendemmiare, come ti ho già detto varie volte...

– Invece, curiosamente, Pietro si ricorda benissimo di te. Ricorda Alberto che ti parla, ti dà delle cose per andare più leggero...

– Per favore, Alice...

– Ricorda tuo padre che arriva con appena qualche minuto di ritardo...

– Questa poi...

– E il buffo è che non ha mai smesso di dire le stesse cose, sempre uguali, malgrado gli scappellotti di suo padre e le prese in giro degli altri...

– Perché almeno così suo padre lo prende a scappellotti, gli altri lo prendono in giro, insomma si fa caso a lui, che sennò sarebbe una specie di soprammobile... Alice, per l'ultima volta...

Fulvio alzò gli occhi, e se ne pentì subito. Perché, come se avesse aspettato di leggere nel suo sguardo la conferma che cercava, Alice tirò fuori dalla tasca del cappotto un fascio di carte avvolte da un nastro viola.

– Ti ringrazio di averle conservate...

– Alice! Ma dove le hai trovate...

– Nel cassetto, sotto ai tuoi maglioni, e sotto la sciarpa di Alberto... non volevo frugare tra le tue cose, ti assicuro... diciamo che doveva succedere...

– Posso spiegarti...

– Grazie di non averle buttate via, come sarebbe stato prudente fare... è segno che davvero gli volevi bene anche tu, o forse che in qualche modo volevi che la verità venisse a galla. Ma mi dispiace, adesso spettano a me.

Il Professore aveva parlato in maniera sempre più concitata man mano che il racconto si avvicinava alla fine, guardando alternativamente la terra e un punto davanti a sé. Sapeva che tutto era vero e al tempo stesso gli sembrava di raccontare una storia inventata, la trama di un romanzo. Mai suo padre aveva accennato a quell'episodio, e a un suo timido tentativo aveva finto di non capire. A forza di non parlarne, si era quasi convinto di aver immaginato tutto. I suoi sogni avevano preso a proporgli variazioni sul tema, con Alberto sempre grande e luminoso e lui sempre costretto a rincorrerlo impacciato dalle scarpe, dal dizionario di latino, a volte persino dalle rotelle della bicicletta, come un bambino piccolo. Le immagini del vero addio erano state inserite in quella carrellata di sogni, si erano scolorite fino ad assumerne la stessa lattiginosa consistenza. La sua sorpresa a vedere le poesie di Alberto riemergere dal cassetto era stata sincera, anche se non poteva pretendere che Alice lo capisse. Da allora in poi, per il resto della sua vita, Alberto non sarebbe stato più il solo a partire nelle albe limacciose dei suoi sogni. Alice si sarebbe intromessa nella sequenza, impadronendosi delle poesie, lanciandogli un'occhiata che ogni volta lo umiliava, prima di scomparire dietro al fratello con l'andatura baldanzosa delle partigiane scarmigliate che hanno qualcosa di più dell'invasore da scrollarsi di dosso.

Respirò profondamente, attese che i passi frementi e il profilo indignato di Alice fossero inghiottiti dal buio.

– Tutto qui – disse poi. – Poco dopo, mentre andava ad Avezzano a insegnare, si è fermata a dare un passaggio a un americano. Mi dica lei se si possono costruire delle vite su queste premesse. Il caso... tutto qui.

La conclusione lasciò Sara perplessa. Ripensò alla lettera della nonna. Il destino piuttosto, pensò. Ma anche quella formulazione non la convinceva. Il destino travestito da caso, azzardò. I gran giochi del caso e della sorte, forse. Si mise dietro al professore che furiosamente ritornò sui suoi passi, senza curarsi di rimettere a posto la transenna che aveva spostato all'andata. Camminava spedito, lasciando impronte fresche nella neve su cui Sara cercava istintivamente di mettere i piedi per bagnarsi di meno. Teneva così l'andatura, pur sentendosi leggermente fuori tempo nell'adattarsi a una falcata che non le si addiceva perfettamente. Era sorpresa dalla velocità e dalla mancanza di logica di quel cammino, come se nel professore si fossero risvegliate le forze e la confusione del ragazzo che era stato. Erano di nuovo in piazza, e i vicoli transennati rendevano impossibili deviazioni dall'itinerario. Passarono forsennati davanti alla Chiesa delle Anime Sante, poi con una curva ad angolo retto davanti alla cattedrale di San Massimo, per poi risalire verso il bar da cui erano partiti. Sara pensò che il professore volesse rifocillarsi con un altro cioccolato caldo o magari un bicchiere di Montepulciano, ma il bar stava chiudendo in anticipo per il maltempo.

– L'accompagno a casa – disse il professore.

Col riscaldamento al massimo, l'abitacolo si trasformò in una sorta di serra tropicale, Sara sentiva l'umidità che le evaporava dagli stivali inzuppati per andarsi a condensare contro i finestrini. Grandi fiocchi di neve continuavano a cadere, spostati dai tergicristalli rimanevano esitanti ai lati del parabrezza mentre il professore concentrato guidava lentamente, con le marce basse, evitando frenate e accelerate brusche. Un faticoso sciacquio accompagnava il percorso delle ruote.

– Allora buona notte, eh? Ci vediamo…

Erano le prime parole che il professore le aveva rivolto da quando erano saliti in macchina. Sara sentì che non poteva permettere che il momento le scivolasse tra le mani.

– A che ora ci vediamo domani? – chiese.

– Domani?

– Sì, domani. Senta, lei lo sa perché sono qui. Io sono sicura che lei conosce un posto, può pensare a un posto, dove sarebbe giusto fare quello che Nonna Lice… che la sua Alice, la sua Nadia ha chiesto. Quando vuole che ci vediamo?

– Domani!? – ripeté il professore.

– Sì, domani, a meno che lei non pensi che ci sono altre cose che dovrei imparare, sapere… Senta, in caso non voglia chiamare a casa di Concetta, le lascio qui il mio numero di telefono. È una chiamata intercontinentale, d'accordo, ma non dobbiamo mica restare a chiacchierare, mi dica solo quando e dove vuole incontrarmi, e io ci sarò... Posso usare quella penna e quel blocchetto per gli appunti?

Si tolse i guanti e scarabocchiò con fatica il suo numero con le dita intirizzite, lo avvicinò al finestrino per assicurarsi che fosse leggibile.

– Buona notte, e grazie.

L'AQUILA, 20 GENNAIO 2011

1. Luna piena

Ora di tornare a casa.

Davanti alla finestra aperta, l'urna tra le braccia, Sara ripensava a tutto quello che era successo il giorno prima, al *Fiore del verso russo*, alla luce della torcia del professore che faceva strada nel vicolo, ad Alberto che partiva per liberare l'Italia, a una ragazza al volante che istintivamente si fermava alla vista di un autostoppista biondo che raccoglieva lo zaino da terra e cominciava a correre verso di lei. E neve, neve, tutta quella neve che cadeva e cancellava la distanza tra il prima e il dopo, i luoghi e le persone, i morti e i vivi. Che giornata lunga era stata. L'incubazione era stata lenta ma la fioritura rapidissima, come nelle primavere dei paesi scandinavi.

Dei rumori che si avvicinavano le annunciarono il ritorno di Concetta. Si affrettò a ritirarsi in camera sua.

– Sara... Ma che hai fatto, non hai freddo?

– Sì, ho aperto solo per un attimo, per far cambiare l'aria, scusa... – Sara ricomparve in cucina, si affrettò a chiudere la finestra, chiese notizie dei vicini.

– Tutto bene – rispose Concetta, – a parte il fatto che la signora al piano terra è stata ricoverata all'ospedale con le coliche. Vuoi venire con me a trovarla?

– Io... be', non la conosco...

– Se non ti va di venire con noi fino all'ospedale possiamo sempre lasciarti al centro commerciale e passarti a prendere al ritorno.

Sara non era sicura se dietro a quella proposta si celasse la tendenza di Concetta a considerare la solitudine un'eventualità tristissima, da evitare a ogni costo, o solo la riluttanza a lasciarla sola in casa. Decise di far finta di non capire e si rifugiò in una scusa sicura.

– Sai, la passeggiata nella neve di ieri sera mi ha lasciato un po' di mal di gola – mentì, – non vorrei farlo aggravare al centro commerciale o, peggio ancora, contagiare qualcuno all'ospedale.

La frase era inutilmente complessa, troppo corretta per non destare sospetti. Concetta la guardò perplessa ma non osò ribattere. Cominciò con la lista di raccomandazioni su cosa fare per tutti gli imprevisti che potevano verificarsi nell'appartamento durante la sua assenza. Finalmente arrivò Alessandro.

– Grazie per le traduzioni – disse, – è fondamentale che ci facciamo sentire. Adesso abbiamo occupato un palazzo al centro, un ex-asilo, completamente abbandonato dal giorno del terremoto, cioè da ventuno mesi, malgrado abbia solo piccoli danni... Ti rendi conto?

Sara non capiva bene di cosa doveva rendersi conto.

– ...Però rischiamo grosso, c'è anche chi chiede l'intervento immediato della polizia. La situazione peggiora di giorno in giorno, stanno piovendo denunce, hanno addirittura sequestrato delle carriole... Con tanto di verbale, sai? I politici rubano a più non posso e la polizia fa finta che a disturbare il vivere civile siano le carriole... Dobbiamo far conoscere la nostra situazione al maggior numero di gente possibile, non sai quanti Italiani credono ancora al "miracolo aquilano".

– Ma cosa ti vai a mettere nei guai – gridò Concetta dalla sua stanza. – Sempre a fare il capopopolo, invece di farti i fatti tuoi. Meno male che c'è tuo fratello che si occupa degli affari della famiglia, altrimenti non ci avrebbero dato neanche questo appartamento.

– E infatti io non lo volevo questo appartamento, e non ci ho passato neanche una notte, e preferisco dormire per terra in un sacco a pelo piuttosto che farmi complice delle porcherie del vostro amato governo, di questa gigantesca opera di speculazione edilizia!

– Speculazione edilizia! – ribatté la voce di Concetta. – Cosa avremmo dovuto fare, secondo te, dormire nei container? L'hai sentito Bruno Vespa alla televisione, no?

– Bruno Vespa! Non bastava il terremoto, ci mancava Bruno Vespa in questa città… Lo vedi come ragionano? – disse a bassa voce Alessandro per non continuare il battibecco. – Credono a tutto quello che dice la televisione, pensano solo ai fatti loro. Stiamo freschi a parlare di città intelligente con questi, ti ridono in faccia…

– Ma tu dove abiti? – gli chiese Sara, sorpresa di non esserselo chiesto prima, di essersi accontentata di vederlo comparire ogni volta che c'era bisogno di lui, come se fosse sempre in attesa dietro la porta.

– Mi sono costruito una specie di casetta, veramente mia madre la chiama baracca, in montagna. Non volevo accettare neanche un centesimo da questi avvoltoi. Il momento in cui cominci a prendere soldi e servizi da loro diventi complice, perdi legittimità, credibilità, tutto… Non pensi più a un progetto di città, pensi a come farti valere per strappare un metro quadro in più… Mi capisci?

– Io… più o meno… credo di sì – rispose Sara.

– Così me ne sono andato in montagna, come i partigiani… – sorrise Alessandro. – Ogni tanto bisogna ricominciare da là. Certo, non è comoda, ma ci sto benissimo, la terra ha smesso di farmi paura da quando ci abito –. Abbassò lo sguardo. – Mi piacerebbe fartela vedere – disse con voce ancora più bassa.

L'arrivo di Concetta in tinello salvò Sara dall'imbarazzo di una risposta.

– Se avete bisogno di altre traduzioni potete contare su di me – disse Sara come se non avesse sentito l'ultima frase di Alessandro. – Lo sai che sono con voi.

– Davvero? – chiese Alessandro guardandola con un'ombra di scetticismo.

– Davvero.

– Grazie… Mamma, allora andiamo, che ho parecchie cosette da fare oggi…

– Parecchie cosette… – gli fece eco la madre. – Parecchie cosette, tipo strillare al megafono, importunare i passanti con la raccolta di firme, forzare l'ingresso alla zona rossa, insultare le autorità…

– Le autorità!!! – esclamò Alessandro esasperato. – Andiamo che è meglio.

– Sì, andiamo... Sara, resti a casa per un'altra oretta, posso mettere la lavastoviglie? chiese Concetta.

– Io... contavo di non uscire per niente.

Avvertì la contrarietà di Concetta.

– Il mal di gola... – si affrettò a ricordarle.

Finalmente andarono via dopo le ultimissime avvertenze da parte di Concetta. Sara si accorse di respirare più liberamente non appena si trovò sola, e subito seppe cosa voleva fare. Accese il computer, attese pazientemente che la lentissima connessione scaricasse i soliti messaggi pubblicitari, gli inviti sempre più pressanti da parte di Princeton perché pagasse le tasse d'iscrizione, le richieste di amicizia su Facebook. Tra tanto polverone, la risposta di Valerie.

"Mi hai messo un po' in difficoltà con la tua domanda. Anteo doveva sdraiarsi sulla madre per riprendere le forze, ma tua nonna di quali forze ha bisogno? Perché vi ha chiesto di disperdere le sue ceneri a L'Aquila? Dopo tanto pensare, mi si è presentata davanti un'ipotesi completamente priva di logica, che pure devo comunicarti. Ha bisogno di sdraiarsi sulla madre per morire. Ecco, te l'avevo detto che non ha senso. Ti abbraccio. Valerie".

C'era anche un P.S.: "Lo vedi come ragiono o meglio sragiono? Figurati se potevo andar bene per tuo fratello!".

Sara rilesse il messaggio più volte. Che tipo quella Valerie, no che non andava bene per suo fratello. Si accorse che considerava l'osservazione un complimento per Valerie. Come al solito si sentì in colpa, mormorò: – Povero Roger – e poi, in perfetto italiano – povero Roger un cazzo.

Sorrise compiaciuta della sua padronanza linguistica, per vergognarsene subito dopo. Aveva ragione il professore, doveva smetterla di parlare come gli Italiani. Percorse la lista dei messaggi ricevuti, controllò junk e trash, diede un'occhiata al sito del *Washington Post* per avere un'idea dei morti ammazzati, come diceva sua madre. Le notizie internazionali attrassero la sua attenzione. L'Egitto era in fiamme. Per scrupolo guardò anche i siti italiani. C'era una questione di parentele tra Mubarak e Berlusconi che non capiva bene, preferì non indagare. Il mondo fuori urlava, e lei era lì nella bolla protetta di un appartamento straniero, per una missione improbabile il cui significato continuava a sfuggirle. Una fortissima sensazione di irrealtà precipitò su di lei, si pizzicò la coscia come nei cartoni animati per assicurarsi di non star sognando. Chiuse i vari siti internet e stava per spegnere il computer quando il familiare segnale acustico le indicò l'arrivo di un messaggio. Tremò al vedere che era di Una. Quando si accorse che una foto si stava scaricando si obbligò a chiudere gli occhi. Dieci, nove, otto... no, stava andando troppo in fretta. One-Mississippi, two-Mississippi, three-Mississippi... Non l'aveva ancora capito che non bisognava sempre forzare la mano, che si doveva aspettare che le cose maturassero? E cosa erano state quelle settimane a L'Aquila se non un esercizio di pazienza? E il quadro non si era andato formando sotto i suoi occhi attraverso piccoli tratti di colore, indecifrabili se presi singolarmente? Ten-Mississippi. Aprì gli occhi.

Perfetta, la luna piena si stagliava all'interno dell'arco di pietra, sospesa a mezz'aria. La foto doveva essere stata scattata al tramonto, il calore immagazzinato emanava ora dalla terra argillosa e friabile, si rifletteva sulle scarne nuvole basse e sulla stessa luna esangue. Le striature, portato di millenni di erosioni pazienti, erano in perfetta evidenza, sfumature color mattone si alternavano a strati più pallidi. Le cicatrici del tempo, evidenti nelle irregolarità e nelle crepe, comunicavano risolutezza più che fragilità. Le tozze basi dell'arco, simili alle zampe di un animale mitologico, evocavano l'andatura dei dinosauri con cui avevano convissuto. Sole e luna avevano dovuto fronteggiarsi un attimo, in perfetto equilibrio, prima di darsi il cambio. Sara cercò di immaginare da quale punto doveva essere stata scattata la foto. Ammirò l'accortezza con cui Una, pur avendo il sole alle spalle, era riuscita a evitare che l'ombra delle montagne circostanti e quella del suo stesso corpo si proiettassero sull'immagine, complicandola inutilmente. Percepì, dietro l'apparente facilità della composizione, l'attenzione paziente con cui Una si era preparata all'appuntamento con quella signora esigente che non tollerava ritardi.

"Bella foto", scrisse. Guardò lo schermo insoddisfatta. Si sarebbe presa a schiaffi. Cancellò, riscrisse.

"Ti amo".

Premette il tasto in fretta per privarsi della possibilità di poterci ripensare, spense precipitosamente il computer, si rificcò sotto le coperte chiudendo gli occhi e cercando di ricreare l'immagine sotto le palpebre. Restò nel dormiveglia fin quando non la vide sfumare, poi si scosse, cercò sul tavolino *Il fiore del verso russo*, ricominciò a leggere.

Lo squillo del telefonino la fece sobbalzare.

– Professore...

– Ma no, sono io! – rise Jane dall'altra parte del filo.

– Mamma, ma che fai, provi ogni dieci minuti? Possibile che ogni volta che accendo il cellulare chiami?

– Ma che cara, anch'io sono così felice di sentirti! – ironizzò Jane.

– Certo che sono contenta, ma eravamo rimaste che non chiamavi, no? Perché pago anch'io, e moltissimo!

– Senti, adesso non esageriamo con le privazioni, facciamo che per questo mese te lo pago io il telefono, va bene? Così ti rilassi.

Che disastro, pensò Sara, con questa scusa adesso mi chiamerà tutti i giorni.

– E non preoccuparti, non ne approfitterò per chiamarti tutti i giorni! – aggiunse Jane ridendo, a colpo sicuro. Sara sorrise suo malgrado.

– Dove sei, a Firenze?

– No, macché... sempre a L'Aquila!

– Ah, meno male... così t'è arrivato il pacchetto FedEx, vero? – chiese Jane.

– Ah, sì, grazie... pensa che stavo leggendo il libro proprio adesso.

– E hai trovato anche i duecento euro?

– Sì, non servivano... Cioè, non servivano ma possono sempre servire, immagino che serviranno, insomma grazie.

– Sei ancora a L'Aquila... – riprese Jane meditabonda. – Ma allora ti piace proprio! Com'è la gente?

– Così... interessante.
– Come interessante? Che vuol dire?
Sara cercò la parola giusta.
– Complicata... no, forse è più giusto dire complessa. Complessa, ma anche un po' complicata – concluse. – Hanno un gran fretta di dimenticare il passato, che invece resta... forse proprio per questo, perché non lo affrontano mai, resta. Ripetono sempre la stessa storia, e non se ne accorgono.
Jane restò interdetta.
– È successo qualcosa?
– Be', di cose ne sono successe tante...
– Ci sono problemi? Hai fatto quello che dovevi fare?
– Non ancora, ma non preoccuparti, va tutto bene.
Jane si ricordò dei consigli della psicoterapeuta. Evitare domande vaghe, del tipo "come va" o "ti diverti". Ridiresse le sue energie.
– Cosa fai stamattina? Hai già fatto colazione? È mattina da te, vero?
– Niente di particolare... Sì, certo che è mattina.
Leggo poeti russi e penso alla luna piena, avrebbe voluto dire. Si rese conto all'improvviso della differenza di orario.
– Ma allora da te è prestissimo! – esclamò. – Che ci fai sveglia a quest'ora?
– È successa una cosa incredibile, dovevo assolutamente dirtela... Mi senti? – riprese Jane stanca di aspettare, abbandonando i buoni propositi e i suggerimenti per le mamme di bambini difficili. – Allora, io e Jeff eravamo andati di nuovo a Hyattsville per una casa... Sai, ci sono quartieri dove metà delle case sono adesso di proprietà delle banche. È sempre una cosa un po' triste, tu ci consideri senza cuore, ma ti garantisco che la cosa non ci lascia indifferenti.
Sara represse un commento sarcastico.
– Allora... – riprese Jane dopo aver atteso invano un segno di incoraggiamento, – quando hanno costruito quell'agglomerato hanno cercato di trasformarlo in un vero quartiere, ha aperto un barbiere, c'è qualche negozio... Io e Jeff, per riprenderci, siamo

andati a cercare un caffè. Ma ha chiuso quasi tutto e l'unica attività che sembra andare per la maggiore è un banco dei pegni. Dunque per la disperazione ci troviamo a passeggiare per questa stradina, tra l'altro in una giornata tetra, quest'inverno è stato plumbeo. Lo sguardo mi cade sulla vetrina del banco dei pegni. Non ci crederai... Indovina che ho visto?

– Cosa? – fece Sara, catturata suo malgrado dal racconto della madre.

– La collana di nonna! Sì, quella che avevo dato a quella povera donna, la moglie del reduce... Ti ricordi quante me ne aveva dette Jeff? E anche tu, devo dire, non è che sei stata proprio di sostegno. Ma insomma se voleva tornare da me poteva farlo, la collana, no?

Sara tacque, ammutolita come sempre dall'incoerenza dei discorsi materni.

– Anche Jeff c'è rimasto di stucco – continuò. – Siamo entrati di corsa. Capirai, la casa di quella donna era solo qualche isolato più in là, non c'era niente di strano che la collana fosse finita al banco dei pegni.

– Ma sei sicura che fosse proprio quella? – chiese Sara.

– Be', è abbastanza insolita, no? E poi alle mie domande il ragazzo del negozio è andato a chiamare suo padre, che mi ha detto di una donna con un bambino al collo che è andata a lasciare in pegno la collana, piangendo perché era un regalo e mai avrebbe voluto disfarsene, ma non avevano neanche i soldi per la benzina per tornare da sua madre... Il proprietario trovava di avergliela pagata un po' troppo quella collana, un po' per pietà e un po' per la paura che gli faceva un colosso con tanto di uniforme mimetica che la donna aveva pensato bene di portarsi dietro. Tutto coincideva, la descrizione, la data... Il proprietario aveva pensato subito che quella donna non sarebbe mai riuscita a riprendersela, la collana. Però a quel punto padre e figlio avevano capito che per qualche motivo io invece ci tenevo molto, e hanno sparato una cifra... Meno male che Jeff gli ha fatto capire che la collana era stata rubata e potevano avere grane...

– Ma non era stata rubata! – protestò Sara.

– Sempre fiscale... Comunque la cosa importante è che l'abbiamo ripresa, non credi?

– Ma come, non eri fiera di aver seguito il tuo istinto, l'arcana volontà del fato eccetera?

– Be' sì, ma anche il ritorno della collana è un segno del destino, no?

– Ecco, brava, adesso chiudila in un cassetto e falla riposare, è andata in giro abbastanza. E magari cogli l'occasione per riposarti un po' anche tu.

– Sì, per adesso la tengo nel cassetto, ma appena l'ho avuta tra le mani mi sono ricordata a chi dovevo darla.

– Questa poi! A chi, alla società per la protezione della foca monaca? Per pagarla poi a peso d'oro quando decidi di riprenderla tra due mesi? O hai deciso davvero di diventare buddista e di sacrificare quest'ultimo retaggio cristiano per il restauro della grande Stupa di Dharmakaya?

– Ma smettila, scema – rise Jane. – Non ricordi il testamento? Quella collana è il regalo di Nonna Lice per te! E poi, anche se non lo fosse, te la stai conquistando sul campo, mi sembra...

Non sai fino a che punto, pensò Sara.

– In fondo hai ragione – disse, – cercherò di rendermene degna.

– Lo sei già, figlia mia, lo sei già.

Seguì un breve silenzio imbarazzato. Cos'erano tutti quei complimenti? "Figlia mia", addirittura!

– Ehm, stai bene, mamma, sì? – chiese Sara esitante.

– Ma certo, sto benissimo.

– Niente valori alterati?

– Niente valori alterati... niente alterazioni di sorta, non ho neanche bevuto... Tu piuttosto... se vuoi restare un altro po' non preoccuparti, resta pure.

– Oh no, ormai sono pronta per tornare, ho nostalgia di casa. Ci vediamo tra qualche giorno... Mi riporti a quel ristorante libanese? Quello dove siamo andate il giorno della mia partenza. Sono un po' stufa di pasta e pizza, pizza e pasta...

– Quando hai il volo esattamente? – chiese Jane per prendere tempo.

– Tra un paio di giorni – rispose Sara. E poi, improvvisamente sospettosa: – Perché me lo chiedi? Che programmi hai?

– Senti, mi dispiace, anche a me sarebbe tanto piaciuto vederti, ma Jeff mi ha fatto una sorpresa, partiamo per una settimana a Las Vegas. Del resto, il tuo viaggio stava andando per le lunghe, non sapevo più quando saresti tornata…

Sempre così, pensò Sara. Inaffidabile, volubile, sempre bisognosa di appoggiarsi a qualcuno.

– D'accordo, non ti preoccupare – sillabò gelida.

– Non mi chiedi che andiamo a fare a Las Vegas?

Questo era un altro consiglio del terapeuta. Invece di recriminare per il mancato interessamento, suggerire le domande che si volevano ascoltare.

– Oh, lo immagino. Fare un giretto in gondola per la laguna di Venezia, passeggiare con un calice di spumante lungo un metro, lanciare gridolini ai fuochi d'artificio sopra la torre Eiffel e giocarsi in due ore un anno di stipendio di una persona normale, cioè, come direbbe Jeff, di una di quelle persone squallide, senza ambizioni, prive del senso della responsabilità individuale…

Peccato non poter suggerire anche le risposte, pensò Jane, ne sarebbe scaturita una conversazione più gratificante.

– No… O magari sì, ma lo scopo principale una volta tanto non è questo… Anche questo avremmo voluto dirvi a Thanksgiving… Jeff mi ha chiesto di sposarlo…

– Cosa?!

– Sì… senti, che senso ha continuare a fare i fidanzatini? Adesso che ognuno di voi ha preso la sua strada, che mamma non c'è più…

Sara avvertì un'incrinatura nella voce di Jane, la vide che percorreva nervosa il tinello, percepì la sua solitudine ansiosa. Sì, però…

– Quanta fretta… tu che mi hai sempre raccomandato di aspettare, per tutto…

– Già l'ho fatto aspettare tanto… riprese Jane, – Il divorzio da tuo padre, la malattia di mamma, poi la paura della mia malattia… Ma mi dispiace… per una volta che hai detto di avere nostalgia di casa... Non so se commuovermi o preoccuparmi...

Sara tagliò corto.

– Guarda che hai capito male. Per "casa" intendevo Moab, dove intendo approfondire lo studio della comunicazione non-verbale.

– Impertinente, sfacciata...! – protestò Jane con finta indignazione. Dio, cosa avrebbe dato per innamorarsi di nuovo!

La frase che aveva detto tanto per ferire la madre improvvisamente colpì Sara con la forza della verità. Aveva voglia di tornare a casa, a Moab.

2. Congedo

Aveva dovuto insistere perché Alessandro la lasciasse al confine della zona rossa, perché non la accompagnasse, perché non la aspettasse per riportarla a casa. Una ragazza sola, di notte, in una città devastata, a fare non si sa bene cosa. Sara si pentì di aver accettato quel passaggio, le soluzioni comode sono spesso le peggiori. Le sarebbe piaciuto aggiungere, alle brevi frasi un po' stizzite che si erano scambiati, qualcosa che segnasse un congedo tra due persone che nei modi approssimativi imposti dalle circostanze si erano pur sempre viste, parlate, incontrate. Le parole giuste le erano mancate e lo aveva ringraziato in fretta, senza neanche un "ci vediamo", anzi un "ci siamo visti", una frase qualunque insomma. Perché poi, avrebbe voluto spiegargli, non è che la sua soluzione in sé fosse sbagliata. L'idea che Sara potesse restare a L'Aquila e riprendere così il filo che sua nonna aveva interrotto partendo aveva una sua logica, una sua coerenza, era una conclusione possibile. Ma non per la sua storia.

Aveva poi cominciato la sua discesa spettrale per via XX Settembre, ribattezzata via 6 Aprile, la strada dove il terremoto aveva mietuto il maggior numero di vittime. Si era fermata davanti alla Casa dello Studente. Luca. Marco. Luciana. Davide. Angela. Francesco. Michelone. Alessio. La lista si sovrappose a quella dei Nove Martiri che aveva letto la sera prima, come se la città ancora una volta fosse stata incapace di proteggere la sua gioventù, il suo futuro. I sogni dei ragazzi morti sembravano appesi alle transenne che parenti e amici avevano decorato con foto, fiori, magliette, scritte di amore e di commiato. E poi oggetti incongrui, un cappello, un ombrello, messaggi in codice, comprensibili solo agli invisibili destinatari.

– Eccola la tua città, Nonna Lice – disse Sara piano allo zainetto sulle sue spalle. Alice si sentì investita da un rimprovero, ma come avrebbe potuto immaginare, neanche la guerra aveva ridotto L'Aquila così, faceva fatica a riconoscerla, come era potuta succedere una cosa simile, dove erano andati a nascondersi gli Aquilani. Basta, basta, via senza rimpianti, era davvero giunto il momento di abbandonare quel paese in rovina. Sara sostò ancora un attimo, cercò una formula di preghiera che non trovò, riprese insoddisfatta la discesa, abbandonò la strada principale, scese verso il luogo dell'appuntamento.

Quando arrivò il professore c'era già. Si era sbarbato e pettinato con cura, forse era anche passato dal barbiere. Dal cappotto spuntavano i pantaloni migliori, con la piega stirata. Malgrado gli scarponi da montagna cui la neve lo costringeva rovinassero un po' l'effetto complessivo, Sara non poté impedirsi di pensare che si era preparato come per un appuntamento galante. E quello in fondo lo era. Quando la vide arrivare le andò incontro con passo giovanile.

– Professore... è tanto che aspetta?

– No, no, saranno quindici minuti... tutto bene?

La guardava con occhi ansiosi.

– Scusi, sa – riprese senza attendere risposta, – Scusi se ho preferito che ci incontrassimo di notte. Volevo evitare occhi indiscreti. Spero di non averle creato problemi.

Erano davanti a una chiesa talmente ricoperta da impalcature da essere quasi irriconoscibile.

– Santa Chiara... o quel che ne rimane. Una ferita dolorosa quanto quella del centro. Una volta si chiamava Santa Maria d'Acquili.

– D'Acquili? chiese Sara.

– Sì, per via dell'acqua. Forse il nucleo originario della città, l'acqua che le ha dato la vita, e il nome.

– Come il nome? E allora l'aquila... voglio dire... l'uccello? – Mimò un abbozzo di battito d'ali con le braccia infagottate per cercare di farsi capire.

– Quello dopo, forse. Questa è via Borgo Rivera, come rivière, capisce? Per il fiume qui vicino, le sorgenti... e in generale tutta la zona è ricca d'acqua. Aquila da acqua.

– Certo che però l'aquila, cioè l'uccello, funziona meglio per gli stemmi, no? – osservò Sara.

– Certo, come no, i rapaci fanno presa sulla fantasia... Mi perdoni il grossolano gioco di parole.

Rimasero in silenzio, cullati dal rumore della notte. La neve caduta abbondante il giorno prima regalava alle cose un'intensità luminosa.

– Però la statua si è salvata – disse il professore avvicinandosi a una colonna. – S'è salvata, col suo messaggio rassicurante per il viaggiatore.

Sara capì che l'uomo stava compiendo un suo personalissimo pellegrinaggio, ed evitò di interrompere.

– Ci saremmo sposati qui – riprese lui quasi in un soffio. – Sì, lo so, due miscredenti come noi... Ma allora il matrimonio civile non si usava, almeno da queste parti... E poi questo posto ci era molto caro... Per questa pace, per questi suoni... Li sente?

Sara tese l'orecchio, concentrata. Dall'oscurità saliva qualcosa di simile a un sussurro.

– Sì, li sento... cos'è?

– L'acqua, la voce dell'acqua... Non è cambiata, questa è la stessa voce che sentivamo quando venivamo qui di nascosto, di notte.

Continuarono a scendere. Il terremoto aveva fatto danni enormi, costeggiavano palazzi sventrati, cortili chiusi. L'abbandono regnava sovrano.

Raggiunsero una piccola piazza poco illuminata. Il professore indicò un palazzo devastato.

– Lì una volta c'era un ristorante fantastico. Maccheroni alla chitarra con zafferano e funghi porcini, pappardelle al sugo di lepre...

A Sara quella malinconia gastronomica sembrava fuori luogo, ma aveva già notato quella tendenza a parlare di cibo nei momenti che a lei sembravano più strani. Sugo di lepre, poi... Si ripromise di diventare vegetariana.

– E questo? – indicò l'edificio davanti a lei.

– Quella era stupenda. La Chiesa di San Vito, con un'arcana meridiana...

– Meridiana...?

– Sì, delle linee sulla facciata che permettevano di seguire il percorso del sole e dunque di determinare l'ora.

Sara batteva i denti ma non si arrendeva. Il sussurro in sottofondo si era fatto più forte.

Il professore si mosse verso una ringhiera scura alla sua destra, entrò per una piccola discesa, si girò a guardarla.

– Attenzione, si scivola facilmente.

Sara lo seguì con cautela per la discesa lastricata di sassi bianchi e lisci. Il professore le prese la mano e la guidò al centro di una piccola piazza. All'inizio Sara ebbe l'impressione di essere circondata da facciate di chiese. Aveva già visto quell'alternarsi ipnotico di pietre bianche e rosa.

– Come Collemaggio! – disse.

– Sì... be', no, ma stesso periodo, stessa idea.

– E quelle?

Erano circondati per tre lati da pareti su cui si aprivano delle fessure che lasciavano uscire l'acqua. Fattasi più vicina, Sara vide che si trattava in realtà di mascheroni che rappresentavano teste di strani animali, e che era dalla loro bocca che usciva l'acqua il cui rumore, sempre più forte, li costringeva ad alzare la voce nella notte.

– La Fontana delle Novantanove Cannelle – annunciò il professore. – Novantanove, una per ognuno dei mitici fondatori della città. Ma anche questa, per tanto tempo si è chiamata semplicemente Fontana della Rivera, quando le donne ci venivano a lavare i panni.

Restarono in silenzio ad ascoltare il rumore dell'acqua.

– Sa cosa facevo certe notti quando mi svegliavo? Andavo ad assicurarmi che l'acqua scorresse ancora nelle fontane, nelle vene della città. Pensavo che se si fosse fermata, la città sarebbe morta!

Sara lo guardò.

– Ma non si è fermata, lo sente? L'acqua non s'è fermata, la città non è morta! – esclamò.

Il professore si strinse le spalle sconsolato, ma Sara riprese.

– L'Aquila non è morta, non può morire! Senta, prima mi sono espressa un po' così... di fretta. Magari l'aquila funzionerà anche meglio per gli stemmi, ma è proprio perché si fa catturare, mentre l'acqua è inarrestabile, è sempre lì e altrove...

– ... utile et humile et pretiosa et casta.

– Sì, certo... ma allora, se L'Aquila è l'acqua... è chiaro, no? Non può morire! Moriremo io, lei, come è morta mia nonna, com'è morto Alberto... che poi, morire... Non siamo fatti di acqua anche noi?

Ecco, brava, d'acqua siamo fatti, d'acqua e sogni. *Such stuff as dreams are made on*. Lasciami qui.

Il professore tremava anche lui e la guardava fisso. Sara posò a terra lo zainetto, attese un segnale.

– Qui?

Qui, grazie.

Dalle stelle di ghiaccio arrivavano aghi di freddo. Dai contorni argentati di una nuvola si staccò, imperioso, il disco della luna. Sara la guardò come se le portasse un saluto e un richiamo. Tempo di tornare a casa, in tempo per la luna nuova.

– Comincia a calare – disse.

Il professore non capì subito, poi seguì il suo sguardo.

– Gobba a levante... appena percettibile però. Sì, sta cominciando a calare.

Ora.

– Io... credo che sia questo il posto. Sara aprì lo zainetto con le dita intirizzite, ne trasse l'urna.

Il professore si fece pallido in volto, come per il riflesso della luna.

– Alice... Alice è là?

Eccomi, Fulvio, addio. Il professore si tolse i guanti, posò delicatamente le mani sull'urna. Erano mani tozze, da contadino, malgrado non avesse mai coltivato la terra in vita sua. Sara ne guardò il contorno chiaro sulla cassetta nera.

Grazie di tutto, ma adesso devo proprio andare.

Il professore ritirò le mani, Sara aprì l'urna.

Alice si ritrovò catapultata in aria, leggerissima. Il vento che sembrava impercettibile fu però abbastanza forte da sollevarla e farla volteggiare in alto. Sentì gli occhi di Sara e Fulvio fissi su di lei che si allontanava e avrebbe voluto avere le braccia per salutarli, per dire di non preoccuparsi, andava tutto bene, davvero tutto, fin troppo, bene. I confini che fino ad allora avevano limitato dolorosamente la sua prospettiva erano crollati e sentiva di poter abbracciare senza paura spazio e tempo. Volò sul centro massacrato della città, sulla statua di Sallustio, sull'orologio muto della torre, sul transetto sventrato di Collemaggio. Vide i ragazzi riuniti a Santa Maria Paganica che prendevano la via per le montagne mentre la terra cominciava a tremare e il soffitto della chiesa cedeva di colpo. Nell'oscurità della città abbandonata le stelle brillavano vicinissime come nelle notti di San Lorenzo della sua gioventù. E insieme alle stelle, percepiva delle voci che si inseguivano in contrappunto, delle frasi spezzate, in una magnifica recita teatrale senza attori: Alberto Arienti annuncia con gioia la nascita della sorellina Alice... sette paia di scarpe ho consumate di tutto ferro per te ritrovare... alzati dai, sennò fai tardi a scuola... He was my North, my South, my East and West... Poi, più forte di tutte, una voce roca.

One of these mornings, you are gonna rise, rise up singing...

Alice sorrise aggrappata alla canzone che la portava sempre più in alto.

You're gonna spread your wings and take to the sky.

Come lei, finalmente, con ali sempre più grandi di polvere sempre più fina.

Nothing is gonna harm you now...

Poi la luce divenne abbagliante, la musica crebbe in intensità, il vento si fece vertigine. Janis gettò la testa all'indietro, rise la sua risata sguaiata, e Alice capì che poteva morire davvero.

POSTFAZIONE

Misteriose rimangono le circostanze del sacrificio dei Nove Martiri Aquilani, uno dei primi episodi della Resistenza in Italia. Se ne trovano informazioni in Walter Cavalieri, *L'Aquila: dall'armistizio alla Repubblica, 1943-1946. La seconda guerra mondiale all'Aquila e provincia* (L'Aquila, Studio 7, 1994) e Corrado Colacito, *I martiri aquilani del 23 settembre 1943* (L'Aquila, Textus, 1996). Alberto Arienti, personaggio immaginario, combina le caratteristiche di alcuni di quei ragazzi, come la giovane età e l'amore per la poesia.

Le passeggiate notturne del professore all'ascolto delle fontane sono ispirate dal saggio di Sandro Cordeschi "L'Aquila – I luoghi della poesia", in *Un popolo di visionari e poeti. Segni di viaggiatori anomali dall'Abruzzo e dal Mondo*, a cura di David Maria Adacher, Antonio Porto e Sandro Cordeschi (2009).

Desidero ringraziare Stefania Carusi, con cui ho condiviso tutte le peripezie di questo romanzo, e le altre mie prime lettrici Annalucia Bonanni, Franca Carusi, Antonella Morano e Clara Sereni. Milla Fedorova e Graham Hettlinger hanno prestato aiuto nella traduzione di *Leningrado*. Devo molto all'incoraggiamento e alla generosità di Luisa Adorno, Claude Cazalé Bérard, Franco Fido, Claudio Magris e Daria Perocco. Impagabili l'attenzione e lo spirito critico con cui Alberto Manai ha passato al vaglio tre stesure del manoscritto.

I miei debiti verso la tradizione letteraria italiana e il fiore del verso russo traspaiono da ogni pagina, ed eccedono qualunque ringraziamento.

Finito di stampare nel mese di Luglio 2015
presso le Industrie Grafiche della Pacini Editore S.p.A.
Via A. Gherardesca • 56121 Ospedaletto • Pisa
Tel. 050 313011 • Fax 050 3130300
www.pacinieditore.it